Egon Erwin Kisch

Die schönsten Geschichten und Reportagen

Egon Erwin Kisch

Die schönsten Geschichten und Reportagen

Herausgegeben und
mit einem Nachwort
von Ilija Trojanow

aufbau
AUFBAU VERLAGSGRUPPE

ISBN 978-3-351-03229-6

Aufbau ist eine Marke
der Aufbau Verlagsgruppe GmbH

1. Auflage 2008

Einbandgestaltung Andreas Heilmann, Hamburg
unter Verwendung eines Fotos von Johner, getty images
Druck und Binden GGP Media GmbH, Pößneck
Printed in Germany

www.aufbau-verlag.de

… der Leser, der die Nase in dieses Buch steckt, sieht durch ein Periskop Gebiete der Welt (samt Beleuchtung), die er sonst nie kennenlernen könnte; diese Art Reportage ist eine Zeitnotwendigkeit.

Robert Musil über Kischs »Rasenden Reporter«

Inhalt

Frontnachrichten

Der Bleistift zitterte und das Herz zitterte, als dieses Manuskript entstand, das du jetzt lesen wirst.

Du bist klüger, als der Soldat war, der all das in sein Notizbuch kritzelte – sechzehn Jahre sind vergangen, Krieg und Frieden sind vergangen mit Lehren, mit Kämpfen um die Mächte und Personen, die wir damals nicht sahen, weil wir in den Schützengraben befohlen waren und auf den Schützengraben gegenüber zu lugen hatten.

Der Herausgeber K. ist mit dem Protokollführer K. nicht mehr identisch.

Die heute erfolgreichen Kriegsbücher sind ohne Zweifel weiser. Sie stellen die Tatsachen von damals auf Grund der Erfahrungen von heute dar, auf Grund der Verhältnisse und Absichten von heute.

Vor dem Resultat sah der Krieg im Grunde überall gleich aus, in den Argonnen wie vor Saloniki, in Serbien wie in den Karpaten, vor Przemysl wie vor Verdun, 1914 wie 1918, auf der sauberen ersten Seite des Notizbuchs wie auf der blutbefleckten letzten. Kriegstagebuch wie Kriegstagebuch.

In das meinige stenographierte ich ununterbrochen. Es war nicht für den Druck gedacht, hat aber dann doch, noch während des Krieges, vergebliche Versuche unternommen, aus dem Schützengraben zu dringen, um sich hörbar zu machen. Schließlich erschien ein Teil davon, und auch das ist schon viele Jahre her, bei K. André in

Prag unter dem Titel »Soldat im Prager Korps«. Zur Einleitung wurde damals gesagt:

Wenn einer beim Ausheben der Deckung auf einen verdutzten Maulwurf stieß, so lachte er: »Schreib das auf, Kisch!«

Zwei stritten halb im Scherz: »Wenn du noch mal mein Handtuch benützen wirst, so schmier ich dir eine Ohrfeige, daß man dir gleich die Erkennungsmarke abnehmen kann!« Und damit diese Warnung auch ordentlich gebucht sei, rief mir mindestens einer der Streitenden zu: »Napiš to, Kischi!«

Wenn ein Kamerad gefallen war, den alle rühmten, dann sagten sie mir: »Er war ein feiner Bursch. Schreib das auf, Kisch!«

Hatte man Rum gefaßt, ging einer auf die Latrine: »Napiš to, Kischi!«

So forderte man (ironisch und ernst) den Journalisten auf, der auch als Soldat stets die Blätter seines Notizbuches bekritzelte, und der Soldat bekritzelte immerfort die Blätter seines Notizbuches, weil man ihn (ironisch und ernst) aufforderte.

Und schließlich wurde das »Schreib das auf, Kisch!« ein geflügeltes Wort, angewendet auch, wenn ich nicht in der Nähe war.

Nicht in Schlagworten habe ich meine Eindrücke niedergeschrieben, sondern genau in der gleichen Form, wie sie hier im Druck vorliegen. Meist mitten im Abenteuer, niemals aber später denn vierundzwanzig Stunden nach dem Erlebnis. Während die anderen wuschen, gruben, kochten oder schliefen. Als ich dann verwundet ins Hinterland kam und meine inzwischen aus dem Stenogramm der Notizbücher übertragenen Eindrücke durchsah, versuchte ich anfangs, hier und da einen Satz zu verändern, der mir unwichtig oder falsch erschien, manchmal ein Wort einzufügen, manchmal einen Gedanken fortzulassen. Aber immer wieder mußte ich diese Korrektur beseitigen, denn sie erwies sich im weiteren Verlaufe als unlogisch und unrichtig: was mir heute falsch erscheint, war damals richtig. Und ich mußte eben das Damals gelten lassen und änderte nichts mehr.

So wird freilich der Leser dieses Protokollbuches erkennen, wie ich mich in Charakteristiken und in Voraussagen im Felde häufig getäuscht habe. Wenn man über die Tage Buch führt, dann verzeichnet man nicht bloß die geglückten Spekulationen, und wenn man die Aufzeichnungen in Druck legt, so darf man sich nicht klüger machen, als man war. So ließ ich auch die Fehler und Wiederholungen stehen. Manche Tage waren eintönig. Und doch habe ich ihren Verlauf genau verzeichnet, denn dieses Buch schreibt vor allem den gewöhnlichen Tag des gewöhnlichen Soldaten im Kriege. […]

Dolni Brodac, 10. September 1914.

[…] Um drei Viertel 3 Uhr nachts waren *wir* der linke Flügel. Hauptmann Mimra rief mir zu: »Fünfzehnte los!« Nun war zu allen unseren Zugkommandanten zu laufen, um ihnen den Befehl zuzurufen: »Fünfzehnte Kompanie von Elf Rückzug.« Leicht gesagt, aber in der beinahe lückenlosen Schwärze dieser Nacht, im übersteigerten Lärm, während in unsere Schwarmlinie andere Regimenter und andere Kompanien eingekeilt waren, sehr schwer getan. Es durfte niemand von den Kameraden zurückgelassen werden, und so rannte ich von einem Plänkler zum anderen, um den Befehl zu überbringen und nach dem Zugkommandanten zu fragen. Zwei hatte ich verständigt, als sich schon alles zum Rückzug bewegte.

Der Kompaniechef wartete auf der alten Stelle: »Fünfzehnte Kompanie nach rechts verschieben.« Zum Wald. Gegen die Drina zu. Immerfort durch Gebüsch, immerfort durch Gestrüpp. Immerfort mußte man sich zu Boden werfen, weil ein Artilleriekomet unsere Kokarden streifte, und bald hatten wir den Weg verfehlt oder glaubten es wenigstens. »Hierher, Herr Oberleutnant«, rief einer, »hierher, Herr Oberleutnant«, schrien die anderen. Wir waren bald nur fünf Leute beisammen, entschlossen uns, zur Save zu gehen und längs ihres Ufers zur Drina; aber als wir an den Fluß kamen, der durch Spiegelung des kläglichen Mondlichtes wenigstens etwas Helle gab, wußten wir nicht, in welcher Richtung die Drina liege. Einer wollte eine Streichholzschachtel ins Wasser werfen, um die Stromrichtung festzustellen. »Nicht die Zündhölzchen, das wäre schade«, wehrten alle. So warfen wir eine Feldpostkarte in den Fluß und sahen, daß wir nach links zu gehen hatten. Trupps von Soldaten brachen aus den Büschen am Ufer und schlossen sich uns an, andere überholten uns, andere kamen uns entgegen und wollten uns einreden, daß unser Weg der falsche, der entgegengesetzte der richtige sei. Wir aber wußten, in welcher Richtung die Feldpostkarte geschwommen war, und der einzige Zweifel war nur, ob wir wirklich an der *Save* seien und nicht vielleicht an der Drina oberhalb der Überschiffungsstelle. Aber bald sahen wir die Drinamündung.

Dolni Brodac, 10. September 1914

Ein Schrei aus tausend Komponenten, ein einziger Schrei aus tausend Stimmen und ohne Ende, riß an unserem Trommelfell. Wie wir herzklopfend vorausgesehen hatten, als wir den Rückzugsbefehl erhielten: beim Überschiffungsrelais herrschte Chaos. Näher an das Gellen heran, immer lauter wurde es. An Menschenmassen war die Überschiffungsstelle kenntlich. Das Geheul und unsere eigene Angst lähmten uns. Langsam, während das Gedränge uns aufsaugte, begannen wir im matten Licht des Mondes zu unterscheiden.

Leute warfen Tornister und Gewehre auf den Sand, saßen auf der Erde und nestelten hastig an ihren Schuhriemen. Die meisten standen in voller Ausrüstung bis an die Hüften im Wasser, um den Ponton zu erreichen, noch bevor er ans Ufer komme. Sie waren es, die durch schakalisches Gebrüll und durch tobsüchtiges Vonsichschleudern der Arme die Aufmerksamkeit der Pioniere auf sich lenken wollten und mit ihren Nachbarn rauften, weil diese durch noch exorbitanteres Gebaren Berücksichtigung zu finden hofften.

Andere hatten die Absicht, den Strom ganz zu durchwaten, so daß Truppen in geschlossener Masse, bis an den Hals im Wasser, vorwärts gingen. Ihnen schloß ich mich an und drängte, halbgestoßen, vor. Da mein Gewehr mich hinderte, mit den Händen zu balancieren, steckte ich den Kopf in den Gewehrriemen. Immerfort traten wir auf Tornister und Gewehre. In der Mitte des Stromes mußten wir halten, Kameraden kamen zurück: es geht nicht weiter, es ist zu tief, die Strömung zu stark.

Mit einemmal erhielt das Schreien der Massen einen gemeinsamen Text:

»Die Serben sind schon am Ufer!«

Tatsächlich verdichtete sich der Horizontalregen der Kugeln. Nicht mehr über unseren Köpfen flogen die Geschosse, sondern sie durchlöcherten das Wasser. Manche von uns rannten nach rechts zurück, denn nur von links, schien es, kamen die Serben; manche von uns wollten schwimmend das österreichische Ufer erreichen. Fünf Schritte schräg vor mir sah ich einen Offizier energisch schwimmen. Wie mir schien, war es Oberleutnant Batek. Ich rief seinen Namen, aber er hörte mich nicht. Ich wollte ihm nachschwimmen, da tauchte sein Kopf unter und kam nicht mehr zum Vorschein. Entweder hatte ihn eine Kugel getroffen, oder ein Herzschlag hatte ihm den Drinatod gebracht.

Überall das gleiche Bild: an dreißig Ertrinkende, schreiend, röchelnd, schnappend, aus dem Wasser tauchend, versuchten, sich in der Luft festzukrallen und an dem Nichts emporzuziehen; Füße streckten sich aus dem Wasser – – während ich dieses schreibe, zittert meine Hand, ich muß innehalten.

Einige Nichtschwimmer klammerten sich an Schwimmer, die wollten die Last abschütteln, schlugen um sich, bald sanken sie gemeinsam in die Tiefe. Wer in der Nähe den Boden verloren hatte, dem streckten wir, die wir noch in einer Reihe zu stehen vermochten, die Hände entgegen und zogen ihn an uns. Zweien ich. Der erste rannte gleich wieder ans Ufer zurück. Der zweite pustete eine Weile, dann sank er um und verschwand auf dem Grund.

Eine Bewegung nach rechts ging durch die Reihen. Dort fuhren drei Pontons herüber. Mitgerissen eilte auch ich hin, soweit man eilen konnte, wenn das Wasser bestenfalls bis zum Hals, an manchen Stellen bis zum

Mund reichte. Der Ponton, zu dem ich kam, war aufgehalten worden und stand nun parallel zu den Ufern. Während alle in neuerlichem Verzweiflungskampf auf der ihnen zugekehrten Seite sich in den Kahn zu schwingen versuchten, stapfte ich zu der entfernteren, dem österreichischen Ufer näher gelegenen Breitwand und hielt mich am Bordrand fest.

Noch ein zweiter ist so schlau gewesen und hängt dort. Einen der in den Kahn Gelangten flehe ich an: »Kamerad, zieh mich in das Boot.« Er packt mich, vermag aber nicht, mich über den hohen Rand zu zerren, da ich keineswegs imstande bin, ihm irgendwie zu helfen. Mit einem Blick auf meinen Nachbar, den gleichfalls jemand trotz aller Anstrengung nicht in den Ponton ziehen kann, rate ich meinem Retter: »Hilf zuerst dem da und dann mir.« Er tut es, und mein Nachbar ist drinnen.

Der Ponton hat sich bereits gefüllt, Stimmen werden laut: »Abstoßen! Niemand hereinlassen!« Ich bitte meinen Retter: »Also, jetzt komm ich dran«, aber er hilft mir nicht, der Insasse, den er unterstützt hat, ebensowenig, und mein früherer Nachbar von der Außenwand, der mir doch sein Leben verdankt, am allerwenigsten.

Inzwischen ist das ganze Fahrzeug, auch meine schon patentiert geglaubte Pontonseite, von mehr als sechzig verzweifelten Händen umklammert. »So können wir nicht rudern«, schreien die Pioniere, und das ist das Signal zu einem Angriff gegen uns »Außenseiter«. Mit Gewehrkolben schlägt man den draußen Hängenden auf die Finger oder trommelt mit den Fäusten auf ihre Hände, bis diese loslassen. Dann fallen die Armen ins Wasser, gurgeln, tauchen auf, manche zwei- oder dreimal, und sinken unter …

Die Aufgabe, mich vom Bordrand abzuschütteln, hat ein junger Bursch übernommen, dessen Gesicht ich niemals vergessen werde. Ein getreideblondes Haarbüschel schiebt sich aus seiner Mütze weit über die Schläfe, er trägt die papageigrünen Aufschläge der Einundneunziger und hat große, hellblaue, unendlich gütige Augen; mit diesen würdigt er mich keines Blickes, sondern schaut nur ganz sachlich auf meine Finger, die sich verzweifelt an der Brüstung halten.

Seelenruhig kniet er nieder und beginnt, meine Hände abzureißen, gleichgültig, als schäle er Nüsse. Endlich gelingt es ihm, meine rechte Hand zu öffnen; aber kaum macht er sich an die linke, habe ich mich von neuem mit der rechten Hand festgekrallt. So geht es demnach nicht. Einen Augenblick lang sinnt er nach, faßt dann den kleinen Finger meiner linken Hand, den Goldfinger, den Mittelfinger, Zeigefinger, Daumen.

Innerhalb dieser Zeit bin ich keineswegs stumm. Zuerst bitte ich, verspreche, ihm ewig dankbar zu sein, appelliere an seine Kameradschaft, beschwöre ihn beim Leben seiner Mutter und weise darauf hin, daß durch mich das Boot ja nicht umkippen werde. Er läßt sich dadurch in der ruhigen Ausführung seiner Absicht, mich zu ersäufen, nicht stören und hebt weiter meine Finger. Durch Flehen ist nichts zu erreichen. »Schuft«, brülle ich, »ich kenne dich ganz genau, wenn ich hinüberkomme, wirst du als Mörder aufgehängt – es nützt dir auch nichts, mich hinunterzuwerfen, die anderen werden dich schon als Mörder anzeigen!« Verfehlt den Eindruck. Er hat meine linke Hand bereits gelöst und hält sie mit seiner linken fest, damit sie nicht von neuem die Pontonwand umarme; nun schickt er sich an, mit seiner frei gebliebenen rechten an meinen rechten Fingern die Prozedur fortzusetzen.

Die anderen Insassen sind längst wütend, daß ich mich dagegen auflehne, ertränkt zu werden. »Schmeißt den Kerl ins Wasser!« Ich will nun nicht weiter lästig fallen und lasse mich ins Wasser plumpsen.

Versuche zu schwimmen. Aber ich kann kein Tempo machen, denn mein Gewehr, das ich vergessen hatte, verschiebt sich zum Hals, und der Gewehrriemen würgt. Außerdem ziehen mich die schweren Kommißstiefel und die Rüstung grundwärts. Den Gewehrriemen über den Kopf zu zerren gelingt mir nicht. Der Ponton hat sich inzwischen gedreht und befindet sich bereits an einer tiefen Stelle. Meine Verzweiflung läßt mich emporschnellen; ich packe die Zille am Heck, meinen Kopf verbergend.

Heilloser Schreck herrscht auf Deck, die serbischen Kugeln pfeifen, Aufwimmern, Schrei, Schrei und Schrei beweisen, daß sie treffen.

Eines von den serbischen Schrapnellen, die bisher rechts und links von uns ihre Füllkugeln oder ihre rotglühenden Zünder in die Drina gesprengt haben, platzt über unserm Boot: Lärm, Geächze, Stöhnen, Flüche und dann Panik: »Der Boden ist durch!« – »Schnell die Löcher zustopfen!« – »Zeltblätter heraus!« »Mäntel hineinstecken!« Ich höre tausend derartige Rufe, ohne etwas zu sehen. Nebenan gleitet ein anderer Ponton, in den nacheinander zwei Schrapnelle einschlagen. Er kippt um, ich wende die Augen weg – – –

Unser Vehikel wird von der Strömung abgetrieben, etwa zweihundert Schritte weiter nördlich kommen wir an das österreichische Ufer. Sappeure und einige Infanteristen helfen ans Land; bevor ich mich aber von der Hinterwand mit den Händen vorwärts gegriffen habe, sind alle ausgeschifft, alle aus dem Kugelregen geflüchtet, das Wrack zurücklassend.

Ich versuche an das Land zu steigen – das Wasser ist zu tief, die Strömung zu stark, ich rufe um Hilfe. Manche, die die Böschung hinaufeilen, wenden sich um, jedoch keiner kehrt zurück. Ich erkenne einen Kompaniekameraden. »Neumaier!« schreie ich. Er dreht sich um: »Wer ruft mich?« – »Ich, der Kisch.« Er kommt herunter, um mir sein Gewehr entgegenzustrecken, ich fasse es, und er zieht mich ans Ufer. Es ist steil und glitschig, ich rutsche aus; in meiner Schwäche verliere ich das Gleichgewicht, stürze rücküber ins Wasser. Neumaier springt mir, der ich mich wieder aufgerichtet habe, nach. Wir stehen bis an den Hals im Wasser. Er stellt sich hinter mich, fest hält er mich an den Hüften, stößt mich vorwärts über den Uferdamm, Boden spüre ich unter mir, Boden.

Freitag, den 13. November 1914.

Dem heutigen Tag, der Freitag und zugleich der Dreizehnte ist, hatte ich schon seit Wochen mit Befürchtungen entgegengesehen. Der Regen peitschte uns um 5 Uhr früh aus dem Zelt, das trotz des umgebenden Wassergrabens, den wir abends geschaufelt hatten, vollkommen überschwemmt war. Der Frost war über Nacht so ungeheuer geworden, daß man nicht einmal die Handschuhe anziehen konnte, so erfroren waren die Fingerspitzen. Die Fahrküche hatte uns im Straßendreck nicht folgen können, Brot hatten wir nicht gefaßt, die Zwieback-Reserveportion (genannt »Hundekuchen«) ist längst aufgegessen, so mußten wir, vor Frost klappernd und vor Hunger fast sinnlos, in die Einteilung zum Marsch, während man vor Regensträhnen und Nebel kaum den Tragriemen des Gewehres finden konnte.

Zigaretten! Gestern hatten wir uns noch aus Kommiß-Pfeifentabak und dem zugehörigen Packpapier Papyrosi gedreht, heute war gar nicht daran zu denken, das Päckchen aus der Tasche zu zerren, das nötige Quantum von Tabak gefühlsmäßig herauszugreifen, mit liebevollem Gefühl ins Papier zu ordnen und es dann sanft zurechtzuwalzen.

Alle Leute, die nur Husten und Stockschnupfen in der Nacht davongetragen haben, sind gegen jene Armen zu beneiden, die vor Rheumatismus und Zahnschmerz kaum einen Schritt machen können. Die Tornister und Decken waren von der Nässe so schwer geworden, daß man unterhalb der Tragriemen blutige Striemen auf den Schultern bekam und die Last den Mann rücküber zu stürzen drohte.

Aber Hunger, Frost, Regen, Nebel, Rauchernot, Rheumatismus, Bepacktheit und Durchnäßtheit waren noch lange nicht die ärgsten Übel dieses dreizehnten Novembertages. Die ärgste Not war der Kot. Er bedeckte die ganze Gegend, so daß Felder, Straßen und Straßengräben voneinander nicht zu unterscheiden waren; erst wenn man plötzlich bis zur Patronentasche einsank, merkte man, daß man in einen kaschierten Straßengraben geraten sei. Immerfort glitschte man aus, so vorsichtig man auch das Gewehr als Balancierstange benützte, und sauste der Länge nach zu Boden. Auf den Stiefeln häuften sich Kotpatzen und machten sie schwer wie Bleikugeln an den Fußfesseln der Katorgasträflinge.

Ich dankte dem Schicksal, daß ich die neuen Stiefel hatte, aber dafür war mir ein anderes Malheur zugedacht. Seit Pisek trug ich, weil sämtliche Knöpfe meiner Hose den Weg alles Irdischen gegangen waren, keine Hosenträger mehr und keinen Leibriemen, aber den brauchte ich auch nicht, da das Beinkleid eng war. Infolge der unterbliebenen Nahrungsmittelzufuhr bin ich jedoch so abgemagert, daß die Hose nun hinunterrutscht. Über die Stiefel kann sie zwar nicht fallen, da ich Hosenspangen trage, doch fühle ich, wie der Antipode des Bauches unter dem Mantel fast hüllenlos ist – um so unangenehmer, als infolge der Tornisterlast beim Hinfallen immer gerade diese Gegend mit dem nassen Erdboden in Berührung kommt. Dabei ist das Terrain keineswegs eben, sondern geht über Täler und Höhen, von den Höhen zu den Tälern, bei welch letzterer Gelegenheit man sich einfach niedersetzt, um in dem Kot hinunterzurutschen.

Ein ganzes Regiment in unregelmäßigem Gänsemarsch und fortwährend stockend kann man sich nicht vorstellen, es war mindestens fünf bis sechs Kilometer lang. Es sah nicht wie ein Vormarsch aus, sondern wie der zügellose Rückzug eines geschlagenen Heeres. Dieser Eindruck wurde noch verstärkt, als sich unsere Kolonnen und jene des 13. Korps miteinander vermengten und viele unserer Soldaten mit Kroaten und Magyaren einhertrotteten, ohne zu merken, daß sie in ein falsches Armeekorps geraten seien. Alles fluchte: »Wenn es doch nur *irgend*ein Ende nähme!« – »Lieber krepieren als solche Strapazen.«

In diese Flüche mischte sich ein verzweifeltes Geschrei: es waren die Kanoniere, die vergeblich mit Sporen, Zerren und Schreien die sich aufbäumenden Pferde zu der schier unmöglichen Arbeit veranlassen wollten, in dieser Lehmwüste die Geschütze vorwärts und aufwärts zu bringen. Jede Weile blieb eine Kanone so tief im Dreck stecken, daß die Räder gar nicht zu sehen waren, man spannte sechs Ochsen und drei Paar Pferde vor, das Fußvolk, das die Geschützbedeckung bildete, schob von hinten, und die Bemühungen währten oft länger als eine Stunde, bevor sie Erfolg hatten. Dieser Lärm ging durch Mark und Bein und muß auf Meilen hörbar gewesen sein.

Gestern hatten wir die Nackenschützer hervorgeholt, um uns vor der Sonne zu schützen. Heute klappten wir frierend die Ohrenschützer der Mützen herunter. Gestern waren wir noch auf den von serbischen Arbeitsmannschaften für das serbische Heer frisch hergerichteten Straßen gezogen, heute ging es über Gebirge von Straßendreck, gestern trugen wir unsere normale Last, heute ist das Rüstzeug von Nässe und Kot unermeßlich beschwert. Die fast lyrische Stimmung von gestern ist heute in eine verzweifelte umgeschlagen.

Aber so unwillig man sich vorwärts schleppte – das eigene Leid verschwand vor einem fremden, das uns begegnete und bei dessen Anblick sich die Flüche in Ausrufe des Bedauerns verwandelten: das waren die Kolonnen der geflüchteten Dorfbewohner, die wieder in ihre Hütten zurückkehrten. Auf kleinen Fuhren, vor denen Kühe gespannt waren und die mit grellbunten Decken, Polstern und anderem Hausrat sowie Gerümpel schwer beladen waren, kehrten die Armen heim. Das Vieh konnte auf der aufgeweichten Landstraße nicht ziehen, und die armen Leute mußten selbst Hand anlegen, aber das ging schwer, es waren ja nur Greise, Frauen und Kinder, die die traurige Übersiedlung bewerkstelligen sollten. Auf den Wagen hockten Mütter mit Säuglingen und Kinder, die wimmerten, weinten oder lachten. Kleine Mädchen trieben Gänse, größere das Vieh, andere schoben den Wagen an. Eine war sehr hübsch; als sie bemerkte, daß sie Aufmerksamkeit erregte, schneuzte sie sich kokett in die Hand.

Häufig blieb ein Wagen der Dörfler unwiederbringlich im Kot stecken, oder ein Zugtier stürzte um, totes Vieh lag auf der Straße, manchmal auch ein umgekippter Wagen, sein Inhalt zerstreut. Die Besitzer standen ratlos dabei, und ihre Verzweiflung schnitt uns ins Herz. Wir konnten ihnen aber nicht helfen.

Ohnedies zerriß die Rückwandererkolonne unsere Marschordnung noch mehr und hinderte uns auf Schritt und Tritt, und einige Offiziere äußerten die Ansicht, die Serben hätten uns die Armen absichtlich entgegengeschickt.

Nachmittags kamen wir im Ort Draginje-Bošnak an. Die Kompanien rangierten sich, und man befreite sich von der Last des Rüstzeuges. Da wir Hunger hatten, begannen wir die Hetzjagd auf ein Schwein. Bei dieser Sauhatz gelang es mir zwar, das Tier mit einer Latte über den Kopf zu schlagen, aber ich sauste dabei in den Dreck und schlug mir die Hand blutig. Das Wild wurde mit weiteren Schlägen betäubt und dann durch einen Bajonettstich in den Hals geschlachtet. Dann brieten wir es am Rost. Ich selbst briet mir fette Haut zu Grieben.

Es dürfte keineswegs mein Ungeschick als Koch, sondern der Mangel an Brot Schuld daran tragen, daß mir nach dem Genuß der Grieben elend zumute wurde. Trotz Müdigkeit konnte ich nicht einschlafen, weil ich immerfort Brechreiz hatte. Ich wartete sehnsüchtig auf die Mitternacht – das Ende des Unglückstages. Sie kam, ohne daß ich einen Schuß in den Bauch oder Kopf erhielt, der mich zum geistigen oder körperlichen Krüppel gemacht hätte. Das hatte ich für heute erwartet. Wenn aber der Tod heute gekommen wäre, wäre es ein Beweis dafür gewesen, daß der Tod kein Glück und keine Erlösung ist. Denn das Glück kommt nicht an einem Unglückstag.

Montag, den 22. März 1915.

In der Nacht kamen wir über Prerau, morgens gegen 6 Uhr, als ich wieder auf der Plattform stand, sah ich schon bei Leopoldau die drei Gürtel von Schützengräben, Artilleriestellungen, Stacheldrähten, Wolfsgruben und andere Befestigungen, die um Wien neu hergestellt wurden. Es seien nur »Notstandsarbeiten«, hat die Regierung die Bevölkerung beruhigt, aber das Wort ist ein zweideutiges.

Auf dem Bahnhof in Wien wollte ich vom diensthabenden Bahnhofsoffizier die Bewilligung zur sofortigen Weiterreise nach Prag erhalten, jedoch der Arzt machte die Einwendung, daß ich Quarantäne halten müsse. Also fuhr ich im Sanitätsauto in das Spital Rudolfinerhaus, wo ich neuerlich meine Bitte vorbrachte, aber ebenso höflich wie bestimmt abgewiesen wurde. Zum Glück erkannte ich unter den Ärzten einen alten Prager Bekannten, Dr. Bunzl, der mir sofort eine Überweisung

»in das Spital nach Prag« ausstellen ließ, auch für Schnellzüge gültig. So blieb ich noch zu einem guten Gabelfrühstück im Spital und fuhr dann mit dem Sanitätsomnibus auf den Nordwestbahnhof. Auf dem Bahnhof sandte ich, da ich nicht wußte, ob ich nicht in Prag direkt vom Bahnhof in ein Spital transponiert werden würde, ein Telegramm nach Hause: »Ankomme dienstlich heute 7 Uhr 52 abends Franz-Josephs-Bahnhof. Bin glücklich und pumperlgesund. Egon.« Ich malte mir aus, welche glückliche Aufregung dieses Telegramm zu Hause hervorrufen werde; meine Mutter, die vor Sorge fast krank war, wenn keine Feldpostkarte von mir ankam, und doch oft vierzehn Tage auf eine solche warten mußte, meine Mutter, die sich wohl tausendmal die Hoffnung auf das Wiedersehen mit mir verneint hatte, wird nun dieses Telegramm bekommen, das ihr ganz unerwartet zuruft, daß ich, den sie im Schützengraben in Todesnähe glaubt, in zwei oder drei Stunden in ihren Armen liegen werde.

Ich stieg in den Zug, und die Fahrt ging näher zur Heimat. Von 6 Uhr abends an vermochte ich, obwohl ich im Abteil nette Gesellschaft hatte, meine Unruhe nicht mehr zu bemeistern. In 245 Tagen und Nächten hatte es kaum eine Stunde gegeben, in der ich mir nicht die Frage vorgelegt hatte, wie sich das Wiedersehen mit der Heimat wohl gestalten werde, ob man mich als Krüppel, als Leiche nach Prag schaffen werde, ob ich unverletzt nach einem siegreichen Feldzug heimkehren werde oder mit einem Transport aus Feindesland entlassener Gefangener, wie oft hatte ich mir sehnsüchtig die Freude eines Wiedersehens mit meiner Mutter ausgemalt, aber auch nach der Stadt hatte ich mich gesehnt, nach meinen Jugendfreunden und nach der alten Wohnung im alten Bärenhaus, nach meinem Bett und nach einem Bad ... Und jetzt bin ich soweit. In wenigen Minuten soll ich alles wieder haben, was mir zu einem Traum geworden war. Kann es sein?

Nein, es kann nicht sein. Plötzlich fällt mir ein: der Zug wird entgleisen! Natürlich, das ist der Witz des Schicksals. Unvermutet? O nein, Schicksal, ich durchschaue dich, und wenn du mich auch quälen kannst, überraschen kannst du mich nicht! Ich weiß ganz gut, daß du jetzt einen Zusammenstoß beabsichtigst! Ich weiß es, ich warte sogar darauf.

In einer Station kaufte ich mir eine tschechische Zeitung und las sie mechanisch. Franz Zavřel ist gestorben, steht darin. Ich versuche mir zu vergegenwärtigen, wie schwer der Verlust für mich ist. Mein Chef und Freund. Ich möchte ihm gerne meinen Schmerz weihen, aber ich kann es nicht, ich zittere vor Aufregung, ich schwitze kalten Schweiß, stehe immerfort von meinem Sitz auf und laufe auf den Korridor, dann wieder vom Korridor in das Abteil zurück, die Passagiere belästigend.

Ein Ruck, die Waggons bäumen sich ein wenig auf: Aha, das ist der Zusammenstoß. Ich schließe die Augen.

Aber der Zug fährt weiter. Eine Haltestelle. Vorort von Prag. Ein Herr, der aussteigt, wird von einer Dame erwartet, die ihm etwas mitteilt. Der Herr dreht sich um und ruft uns zu: »Przemysl ist heute gefallen.« Große Aufregung bei allen Fahrtgenossen. Also Österreichs beste Festung ist in russischen Händen! »Das ist das Ende des Krieges.« – »In vierzehn Tagen sind die Russen in Wien. Glauben Sie nicht?« Ich erkenne, daß die Frage an mich gerichtet ist. »Es ist schrecklich«, erwidere ich.

Es ist auch schrecklich. Aber nicht für mich, was stört mich Przemysl! Dort unten, unter meinem Eisenbahnzug, flimmern tausend Lichter, die ich nicht mehr zu sehen geglaubt hatte, man sieht Straßen, durch die Menschen gehen und durch die auch ich gehen werde, ohne von Granaten getroffen, ohne aus dem Hinterhalt beschossen zu werden, ich werde von Tellern essen, eine Mehlspeise zum Fleisch bekommen, meine Mutter wird bei mir sitzen, und die ganze Wohnung wird mein sein, kein schmutziger Korporal werde ich mehr sein, der sich in der Nähe der Fahrküchen herumtreibt, um etwas von den Abfällen zu erhaschen, ich werde im Bett liegen und Bücher lesen, und vielleicht werde ich Mädchen küssen, im Kaffeehaus sitzen und mit Freunden sprechen …

Przemysl ist gefallen. Ja, ja, ja – es ist schrecklich, habe ich gesagt. Und ich werde ja nicht in Prag bleiben, ich muß ja doch wieder zurück ins Feld, im Gegenteil, der Abschied wird noch schwerer sein, Zavřel ist tot, ein Künstler … Ich rufe mir das alles krampfhaft in das Gefühl, ich denke gewaltsam an meine Kameraden, die noch in den Schützengräben vor Wola Michowa liegen, vielleicht eben stürmen, ich will an tote Kameraden denken, an viele hundert tote Freunde, denen keine Heimkehr beschieden war, die verscharrt und unverscharrt in schrecklichen Winkeln Serbiens und Galiziens liegen, aber ich kann nicht, ich kann nicht, mag ich ein Schuft sein, ich möchte schreien vor Freude.

Noch zwei Minuten. Es wird sicher eine Verspätung sein …

Meine Mutter war auf dem Bahnhof.

Prager Lokalnotizen

Café Kandelaber

Der Menschheit ganzer Jammer faßt mich an, wenn ich so um fünf Uhr früh beim Café Kandelaber mein Frühstück verzehre. Es ist zwar ein famoser Trunk, der achtziggradige, mit angenehm im Magen flammendem Rum vermengte Tee, der hier kredenzt wird – aber er bleibt doch nur ein Frühstück, ein verteufelt kategorischer Schlußpunkt nach einer schönen, kaum begonnenen Nacht. Das ist es, was mich grollen macht. Ich bin bös auf die ganze Welt. Es ist aber auch wirklich zu arg mit ihren Einrichtungen. Jedes Schulkind weiß zum Beispiel, daß der Erfinder der Dampfmaschine James Watt hieß. Weil dieser beim Brodeln eines Teekessels auf die Idee kam, die Dampfmaschine zu erfinden. Auch schon etwas? Ein anderer Erfinder, der wohl beim Vorbeifahren einer Dampfmaschine, sei es einer Lokomotive oder einer Lokomobile, auf die Idee kam, sie als Teekessel zu verwerten, ist keinem Schulkinde bekannt, seinen Namen meldet kein Lied, kein Heldenbuch. Und doch ist die Verwendung der Lokomotive als Teekessel – das Café Kandelaber – eine Erfindung, die Hunderten von müden Pilgern im nächtlichen Prag die Wohltat eines aufpulvernden, wärmenden Trankes gewährt. Der Name eines solchen Wohltäters wird in der Weltgeschichte nicht verzeichnet! Ich muß meinen Groll hinunterspülen.

»Frau Jemelka, noch einen Achtziggradigen, Zwanzigprozentigen um fünf, etwas zum Aufweichen und zwei Retten.«

Frau Jemelka stellt ein Glas unter die Mündung des Messingrohres, dreht den Hahn nach rechts und läßt die Essenz in mein Glas rinnen, in welches nun das heiße Wasser kommt. Dann sucht sie mir eine Mohnbuchte zum »Aufweichen« aus und gibt mir zwei »Sport«. Sie weiß ganz gut, daß mit der Bestellung der Retten – so wird der Ausdruck »Zigaretten« in vorgerückter Nachtstunde abgekürzt – nur »Sport« gemeint sein können, damit die Zeche die runde Summe von zwanzig Heller ausmache.

Jawohl, bloß zwanzig Heller! Man zeige mir, bitte, ein Kaffeehaus, wo für dieses Geld ein warmes Frühstück mit Mehlspeise und Zigaretten erhältlich ist. Dabei habe ich noch die feinere Teesorte, die um zehn Heller – nobel muß die Welt zugrunde gehen! – getrunken und »Sport«, statt der billigen und hier bedeutend stärker verlangten »Drama« geraucht.

Frau Jemelka steckt das Zwanzighellerstück in eine Blechbüchse, die ihr als feuer- und einbruchssichere Kassa dient. Zwölf Prozent gehören der »Cafetiere«, die nicht selbständige Unternehmerin ist, sondern eine Angestellte der Kleinschen Likörfabrik vom »Roten Stern« in Karolinental. Das fahrbare Teehaus ist Eigentum der Kleinschen Fabrik, und diese liefert die Essenz, die Tee, Rum und Zucker enthält. Den Erlös der verkauften Quanten, abzüglich der Provision von zwölf Prozent, muß Frau Jemelka abführen.

Keine Angst, die gesetzte, ins Pragerische transponierte Geisha kommt trotz alledem auf ihre Kosten. Das ambulante Teehaus, das manchen nächtlichen Passanten nährt, nährt auch seinen Mann. Im Winter kommen die Bettmeider frierend zu dem Teeverschleiß, um sich an dem behaglichen Koksofen zu wärmen, im Sommer aber gibt es zahllose Menschen, welche den im Einkehrhaus »U valšu« zu entrichtenden Logierpreis von zwanzig Hellern als eine überflüssige Ausgabe betrachten und lieber in der lauen Luft der Gassen umherspazieren. Die statten dann dem Café Kandelaber längere Besuche ab und geben oft dreimal soviel Geld aus, als das Nachtquartier kosten würde.

Außerdem haben die Kandelaber-Cafetiers noch ganz gute Nebeneinkünfte. Wenn irgendein Neuling kommt – an der Frage nach dem Preise eines Glases Tee ist er erkennbar –, dann wird ihm statt der feinen, der Zehn-Heller-Essenz, die Acht-Heller-Essenz gereicht, aber das Greenhorn muß den teuereren Preis bezahlen. Oder wird der Hahn des Kesselrohres zurückgedreht, bevor das vorschriftsmäßige Quantum der Essenz herausgeronnen ist. Wehe aber, wenn der Teemann eine solche Manipulation bei einem gewiegten Bummler in Anwendung bringen wollte! Der weiß ganz genau, daß der rechte der beiden durch ein festes Schloß vor Verfälschung oder Verwässerung durch den Kandelaberwirt geschützte Kessel die teure, der linke Kessel die billige Essenz birgt, und der wacht mit Argusaugen darüber, daß kein Tröpfchen der vorgeschriebenen Essenzmenge im Rohre des Kessels bleibe. Der würde für einen Übervorteilungsversuch Worte finden, die selbst in dem Milieu des Café Kandelaber ihre Wirkung nicht verfehlen würden.

»Café Kandelaber.« Eigentlich haben die gastlichen Lokomotiven, die in der Nacht an den Straßenecken

Station machen, offiziell einen anderen Namen. »Ambulance heißer Getränke« steht mit goldenen Lettern auf der Wagenfront. Aber der Ausdruck hat sich nicht eingebürgert. Er trifft auch nicht mehr so recht zu. Freilich ist das Teehaus ambulant, und um die neunte Abendstunde kann man das nicht mehr ungewohnte, darum aber nicht minder seltsame Schauspiel genießen, eine Lokomotive mit einer vorgespannten Dogge durch die Straßen fahren zu sehen. Dann aber bezieht sie ihren Standplatz, den sie jahraus, jahrein innehat, der Hund kuscht sich zwischen den Rädern, und Wagen und Hund rühren sich bis zum Morgengrauen nicht von der Stelle. Früher, vor etwa dreißig Jahren, war das anders. Da fuhr der Teemann durch die Straßen und machte nur auf Anruf eines hungrigen oder durstigen Passanten Halt. Dieses Geschäft, das nur auf dem Zufall einer solchen Begegnung aufgebaut war, rentierte sich nicht. So zogen sich denn die Kandelaber-Cafetiers resigniert an die Ecken der Gassen oder an die Kandelaber der Plätze zurück. Und siehe da! Kaum hatte sich der Planet in einen Fixstern verwandelt, so war er schon beliebt. Da der Berg nicht mehr zum Mohammed kam, da kamen die Mohammedaner zum Berg. Der Ausdruck »Café Kandelaber«, dessen beide Worte so prächtig miteinander kontrastierten, wurde populär, und er ist dieser Erfrischungsstelle bis zum heutigen Tage geblieben, obwohl jetzt eine Verwechslung möglich wäre, da sich ein findiger Wirt für sein Nachtkaffeehaus in der Karlsgasse, dessen Stammgäste sich aus denselben Gesellschaftsschichten rekrutieren, aus denen die Gäste der fahrbaren Teehäuser stammen, den Namen »Café Kandelaber« behördlich protokollieren ließ.

Von da ab erfreuten sich die fahrbaren Teehäuser steten Zuspruchs. Die Droschkenkutscher des nahen »Staffels« und der gleichfalls dicht benachbarte Würstelmann polemisierten und pokulierten, bis längst das Licht auf der Höhe des städtischen Kandelabers verlöscht und die Wagenlaterne des »Kaffeehauses« angezündet war. Zu ihnen gesellten sich Nachtvögel verschiedener Gattungen und blieben auch keine kürzere Zeit stehen. Der Teewagen auf dem Altstädter Ring erfreute sich einer so außerordentlichen Beliebtheit, daß sie dem Wirte sogar verhängnisvoll wurde. Hier strömten nämlich zu der Zeit, als noch die Josefstadt nicht assaniert und voll von niedrigen Beiseln war, nach der Gasthaussperrstunde verschiedene Leute zusammen, die hier ihre Affären der Liebe, des Alkohols und des Verbrechens fortsetzten. Das ging gar nicht leise und gar nicht ohne blutige Raufhändel ab. Das Café Kandelaber war fast täglich in den Rapporten des Altstädter Polizeikommissariates erwähnt, und schließlich verbot man dem Wirt diesen Standplatz. Er durfte den Ring überhaupt nicht mehr passieren, und erst als die dunkelsten Häuser der Josefstadt dem Erdboden gleichgemacht worden waren, durfte er wieder in das gelobte Land einziehen. In der letzten Zeit wird diese Geschichte in den Kreisen der »Kandelaber«-Gäste besonders oft besprochen. Man glaubt, daß durch dieses seinerzeitige Platzverbot ein Präzedenzfall vorhanden ist, der dem Teemann vom Josefsplatz verhängnisvoll werden kann: Man werde ihm diesen Platz verbieten, damit er dem Repräsentationshaus keine Konkurrenz mache.

Es ist fünf Uhr geworden. Schon graut der Tag und dem Leser. Ich muß meine sachlichen Erwägungen schließen, wenn ich noch rechtzeitig zum Five o'clock tea ins Café Kandelaber kommen will.

Wie der Türke auf der Karlsbrücke um seinen Säbel kam

Bereits in der Hochzeitsnacht preßte sich Miluschka angstzitternd in ihr Kissen, als sie unter den Kleidern ihres Herrn und Gemahls den Ledergurt mit dem krummen Messer sah. Begütigend streichelte Herr Zadriades Patkanian das aufgelöste Goldgelb ihres Haares: »Fürchtest du dich vor mir, Miluschka?« Nein, nein, woher denn, sie fürchte sich nicht vor ihm. »Also warum zitterst du so?« Nach einigem Zögern verriet sie, warum sie zittere: das Messer ...

Herr Zadriades Patkanian hatte sich während der Brautzeit äußerst galant gezeigt, als wäre Miluschka nicht eine arme Sattlerstochter und er der reichste Teppichhändler Prags, als wäre er nicht ein sechsundvierzigjähriger großgewachsener und beleibter Mann mit wellenförmigem Schnurrbart und sie bloß ein neunzehnjähriges unerfahrenes Mädel.

Von dem Tag an, da Miluschka in den Hof des Patkanianschen Hauses mit einer Botschaft für ihren Vater gekommen war, der dort die Sitze der Equipage ausbesserte, und Herr Patkanian seiner Dogge »Sultan« pfiff, vor der das Mädchen sich zu fürchten schien, war er um Miluschka bemüht gewesen. Sie hatte ihm nur kurz angebunden geantwortet, um darzutun, daß sie keine Unterhaltung wünsche, aber der Teppichhändler, dadurch keineswegs abgeschreckt, hatte ihren Vater über sie ausgefragt und um ihre Hand angehalten.

Der Sattler vermochte sehr schlecht zu verhehlen, welches Glück der unverhoffte Antrag für ihn bedeute, und Miluschka nahm in höchster Verwirrung diese brüske Wendung ihres Schicksals zur Kenntnis.

Während der Brautzeit hatte sie niemals ihrem Verlobten einen Wunsch geäußert, niemals war sie, wenn sie mit ihm spazierenging, vor einem Schaufenster stehengeblieben, um nicht Gelegenheit zu der ohnedies häufigen Frage zu geben, was sie sich wünsche.

Somit konnte Miluschka als sicher annehmen, daß ihr nunmehriger Gemahl das Messer ablegen werde, nachdem sie ihm – auf sein Drängen hin – ihre Angst eingestanden hatte. Und obwohl Miluschka ein in solchen Situationen unerfahrenes Mädchen war, besaß sie doch genügend weiblichen Instinkt, um zu wissen, daß Männer in diesem Augenblick zu ganz anderen Opfern bereit sind. Aber sie hatte sich geirrt. »Ach so, der Handschar macht dir angst«, sagte Herr Patkanian bloß mit einem überlegenen Lächeln und fuhr fort, das seidene Blond seiner jungfräulichen Gemahlin zu streicheln, »du wirst dich schon an ihn gewöhnen.«

Er schnallte wirklich während der Ehe niemals den Gurt mit dem kurzen Krummsäbel ab, den er unter dem Hemd auf seinem Leibe trug.

Frau Miluschka gewöhnte sich jedoch nicht daran. Nie konnte sie es verwinden, daß der Gemahl in dem empfindlichsten Zeitpunkte ihres Lebens ihr den ersten Wunsch abgeschlagen hatte. Selbst eine liebe Kleinseitner Sattlerstochter hat in solchen Momenten ihre Nerven, die man nicht mit einem krummen Messer durchschneiden darf. Sie äußerte auch nie wieder einen Wunsch, so gern sie es zum Beispiel gesehen hätte, daß das Nachtlager »Sultans« aus dem Schlafzimmer entfernt würde.

Gewiß, sie tat ihre Pflichten. Die waren nicht allzu anstrengend, denn Herr Patkanian war ein reicher, sechsundvierzigjähriger Mann, der seinen Haushalt und seine Lebensweise längst geregelt hatte, so daß sich seine Gattin nur einzufügen brauchte.

Dienstag und Freitag ging er zu armenischen Freunden in eine Weinstube, wo er gewürzten Wein trank und mit eingekniffenen Augen der schwarzhaarigen, schwarzäugigen Kellnerin nachsah; genau um Mitternacht kam er nach Hause. Am Samstag pflegte er mit seiner Frau auszugehen, ins Theater, in ein Café, eine Bar. In der Bar kam es übrigens einmal beinahe zu einer bösen Szene, der ersten und vorletzten in ihrer Ehe. Frau Miluschka lächelte zu einem Nachbartisch hinüber, nickte jemandem zu, obwohl dort kein Bekannter saß, niemand, der sie gegrüßt hatte. Herr Patkanian wurde kreidebleich, er stieß ein unverständliches Wort zwischen den Zähnen hervor, und Weste und Hemd aufreißend, griff er in die Richtung seines Messers. Wäre nicht in dieser Sekunde eine Dame vom Nachbartisch auf Miluschka zugekommen, eine einstige Mitschülerin, mit der sie aus längst vergessener Ursache böse geworden war und sich eben durch das gegenseitige Lächeln versöhnte, so hätte Herr Patkanian seine Frau erstochen.

Jawohl, erstochen. Zadriades Patkanian hatte vor fünfundzwanzig Jahren in Erzerum seine erste Frau getötet. Aus Eifersucht. Mit dem Krummsäbel, den er noch heute am Leibe trug. Das hatte er Miluschka selbst erzählt, an einem der vier Abende in der Woche, da sie zu Hause waren. An diesen Tagen ging Miluschka nach dem Abendessen zu Bett. Herr Patkanian aber, in weitem Schlafrock, stellte sich neben sie, einen Arm auf die geschnitzte Kopfwand des Bettes gelehnt, das Gesicht in die linke Hand stützend, den rechten Arm hinter seinem Rücken. Er sprach vom Orient.

Diese Gestalt in dieser Positur hatte Miluschka schon einmal gesehen. Nicht gleich erinnerte sich Miluschka, wo sie diesen Mann, das Gesicht in der linken Hand, die rechte hinter dem Rücken, gekannt hatte, ehe sie ihn kannte. Zuerst tauchte eine Landschaft vor ihr auf, wie in dem kleinen Kreis rechts auf einer Kinoleinwand.

Unter der Karlsbrücke, ganz nahe dem Kleinseitner Turm, dort, wo die Stiege zum einstigen Badhofe führt. Ein Brückenbogen wölbt sich über Festland, und ein festländischer Brückenpfeiler steht da und viele Wagen: Kutschen, Lastwagen, Schubkarren, geschlossene Fiaker, mancher hat nur ein Rad, mancher nur drei Räder, mancher ist zur Seite geneigt, mancher nach vorne, mancher nach hinten. Miluschka sieht sich als Kind. Vater arbeitet in der Wagnerei, und sie spielt in dem Schuppen zwischen den Wagen unter dem Brückenbogen mit sich selbst Verstecken, oder sie fährt, in einer wirklichen Equipage sitzend und Pferde ihrer Phantasie peitschend, spazieren oder turnt auf Deichseln oder schaukelt auf Handwagen. Auch auf den Brückenrand hat sie sich gesetzt und die Füße baumeln lassen, das war wunderwunderschön, aber der Vater hat's gesehen und es ihr verboten: »Wenn du das noch einmal machst, kommnt der Türke auf dich ...«

Oh, der Türke! Vor dem hat Klein Miluschka Angst. Scheu drückt sie sich an ihm vorbei, wenn sie über die Brücke gehen muß.

Der Türke auf der Karlsbrücke ist ein sehr böser Mann. In einer engen Felsenhöhle hält er drei Männer gefangen. Die sind angeschmiedet und elendiglich mager, die Armen, sie haben nichts zum Anziehen und schreien vor Hunger und Schmerz. Ein großer Hund bewacht die Grotte auf der einen Seite, auf der andern steht der Türke, sein Schnurrbart reicht bis auf die Brust, und in der rechten Hand hält er einen Karabatsch hinter dem Rücken versteckt, eine neunschwänzige Knute, die Wange lehnt er in die linke. Und um den Bauch hat er einen Riemen geschlungen mit einem krummen Säbel. Mit dem schneidet er Kindern den Kopf ab, wenn sie schlimm sind, wenn sie sich auf den Brückenrand setzen und die Füße baumeln lassen: schon vielen Kindern hat er den Kopf abgeschnitten, das weiß Klein Miluschka, der Vater hat es ihr gesagt.

Angstvoll, aber doch auch forschend blinzelt Miluschka von der Seite her auf die Gestalt.

Da ist der Türke von der Brückenbrüstung vor dem Felsenloch, worin die drei armen Männer sind, und hält den Ellbogen auf den Bettrand gepresst … Ja, neben ihrem Bett steht er … Das Gesicht in die aufgestützte linke Hand gelehnt … Das Schwert an der Seite … Den rechten Arm hinter dem Rüchen … Auch der Hund ist da …

Unsinn, sagt sich Frau Miluschka, es wird nicht so arg sein. Hat ihr denn damals der Türke etwas getan? Sie schließt die Augen und läßt ihren Film weiter abrollen, sieht sich von neuem als Kind und schaut den Türken an. Von ferne nur, von der anderen Brückenseite, damit sie noch rechtzeitig weglaufen kann ... Der Türke rührt sich nicht, wie versteinert steht er auf der Brüstung. Früher ist er den schlimmen Kindern nachgelaufen und hat ihnen die Köpfe abgeschnitten, das ist gewiß, das hat ihr der Vater gesagt, aber jetzt mag er alt und faul geworden sein. Vielleicht ist es ihm heute schon ganz gleichgültig, wenn sich ein kleines Mädchen auf die Brücke setzt und die Füße baumeln läßt? Der Wächter in den Parkanlagen war ja auch sehr streng, aber seit einiger Zeit sitzt er ruhig auf seiner Bank und springt nicht einmal dann auf, wenn ein Kind in den Rasen läuft, sich den Ball zu holen.

Nichts ist schöner, als auf dem Steingeländer zu sitzen, die Augen zu schließen, die Hände rechts und links fest aufzustützen und sich ein wenig emporzuheben, die Beine schaukeln und sich wegfliegen zu lassen, hui, über die Kampa, über die Moldau, über den Kai, über den Vyšehrad bis in den Himmel hinein. Klein Miluschka kroch also, unfolgsames Kind, wieder auf den Brückenrand. Bange blickte sie nach dem Türken; da der sich nicht bewegte, schloß sie die Augen, kurbelte mit den Beinen an, schaukelte leicht mit dem Körper und ließ sich fliegen – bis, mitten im Flug, der Türke sie von hinten packte. Gräßlich erschrak sie. Wagte nicht, sich umzusehen. Doch es war gar nicht der Türke, es war der Vater. Der schimpfte tüchtig, dann rief er seinen Lehrbuben, den Tonik, daß er ein wenig auf das Kind achte.

Von da ab spielte Miluschka oft mit dem Tonik. Das war eigentlich noch viel schöner. Der wußte ein geheimes Durchhaus auf dem Großprioratsplatz, und manchmal kroch sie mit ihm auf das Dach der Četlovskyschen Werkstätte, und sie saßen unter dem Geäst des Nußbaums, pflückten Nüsse und schälten und aßen sie und ließen die Füße baumeln, nicht wie früher über der Erde, sondern über wirklichem Wasser. Zu ihren Häupten stand der Türke, doch er konnte sie nicht sehen, denn sein Felsen mit den Heiligen und der kreuzgeschmückten Hirschkuh war dazwischen.

Einmal sagte Tonik zu ihr: »Du bist ein hübsches Mädel, Miluschka«, da wurde sie rot und bekam Herzklopfen. Ein andermal, als sie unter dem Nußbaum saß, versprach ihr der Tonik: »Wenn du mir einen Kuß gibst, werde ich dir ein großes Geheimnis verraten.« Während sie noch nachdenkt, hat der Tonik sie rasch umschlungen und ihr einen langen Kuß gegeben, daß sie wie benommen davon ist. »Jesusmante, der Türke hat sich nach uns umgedreht«, schreit sie plötzlich entsetzt auf. Tonik beruhigt sie: »Unsinn, das ist ein alter versteinerter Kümmeltürke! Der tut schon längst keinem etwas zuleide.«

Und dann läuft er mit ihr, ihr das Geheimnis zu zeigen, durch das Durchhaus auf den Großprioratsplatz, über die kleine Brücke in die Traubengasse, über die Kampa und die Doppelstiege, auf die Karlsbrücke und bis zum Altstädter Brückenturm (er will ja doch nicht an dem Türken vorbei, daher der Umweg!), wo das große Geheimnis ist: ein unanständiger Mönch mit einer Nonne, an der Kante des Turms versteckt.

Da sie wieder zurücklaufen zum Kleinseitner Ufer, müssen sie aber über die ganze Brücke, sie haben keine Zeit mehr, den Umweg über die Kampa zu machen, sie könnten den Vater verfehlen, der vielleicht schon Feierabend macht; sie müssen also am Türken vorbei, und Miluschka hat Angst vor ihm und seinem Messer, Angst wie noch nie.

Doch er steht auf der Brückenbrüstung, unter den Heiligen und der Hirschkuh, hat den Ellbogen auf die Schnitzerei von Frau Miluschkas Bett gestützt und schaut drein wie sonst.

Sonntag, Montag, Mittwoch und Donnerstag, wenn Zadriades Patkanian abends erzählend am Lager seiner Frau lehnte, dachte sie einschlummernd an den Türken auf der Karlsbrücke, der sie packte, als sie von der Brüstung in die Lüfte schwebte, der sich umwandte, als seine Frau in Erzerum mit dem Tonik unter dem Nußbaum saß und sich küssen ließ; damals hat er seine Frau mit dem Krummsäbel erstochen, sich dann wieder vor die Höhle gestellt, in der die Märtyrer angeschmiedet sind, und wartet, bis Miluschka einschläft.

Miluschkas Vater erzählt ihr eines Tages: »Du wirst dich vielleicht noch an den Tonik erinnern, der bei Četlovsky mein Lehrbub war? An den hab ich das Geschäft verkauft.« O ja, Miluschka erinnert sich noch. Sie ist dem Vater bei der Übersiedlung behilflich und kommt mit Tonik zusammen. Der hat Miluschka auch nicht vergessen, nicht den Nußbaum, das Durchhaus auf dem Großprioratsplatz, den Türken (»Den fürchten Sie wohl nicht mehr, Frau Patkanian?«) und nicht das große Geheimnis, das er ihr einmal anvertraut hat. Er hilft ihr beim Helfen.

Am nächsten Tag treffen sie einander wieder in der Werkstatt des Vaters. Zufällig. Am übernächsten Tag begegnen sie einander von neuem. Nicht mehr zufällig. Sie gehen spazieren. Auf den Großprioratsplatz. Über den Maltheserplatz. Durch enge Gassen. Über die Ewige Stiege. Bis zum Petřin. Das Gittertor ist gesperrt. Sie setzen sich auf die niedrige Mauer.

Dienstag und Freitag, wenn Herr Patkanian mit seinen armenischen Freunden in der Weinstube ist, gehen Herr Tonik und Frau Patkanian die Ewige Stiege hinauf bis zum Gittertor des Petřin und lassen sich dort nieder. Ist es halb zwölf auf der Uhr der Niklaskirche, dann steht Frau Miluschka auf, glättet ihr Kleid mit der Hand und eilt nach Hause, um vor ihrem Gemahl daheim zu sein. Die Dogge knurrt etwas böse, und erst wenn Frau Miluschka ins Bett gehuscht ist, wird Sultan ruhig.

Einmal aber, dieweil Tonik und Miluschka beieinandersitzen, schlägt es von Sankt Niklas Mitternacht. Entsetzt springt sie auf, nimmt sich nicht einmal Zeit, ihr Kleid glattzustreichen; ihr ist, als hätte sich der Türke nach ihr umgedreht. »Mein Mann wird mich töten!« – »Unsinn«, beruhigt sie Tonik wie damals, »der tut schon längst keinem etwas zuleide.« Miluschka weiß jedoch, daß er sie umbringen wird. Sie rennt die engen Gassen hinunter, durch den Kleinseitner Brückenbogen. Dort steht der Türke, der ihr das Leben nehmen wird. Sie faßt seinen Säbel, sie will – sie muß ihn zerbrechen. Aber der Säbel ist fest, er rührt sich nicht, wie der Türke sich nicht rührt. Wut über ihre Ohnmacht packt Frau Miluschka. Sie sieht sich um. Schräg drüben auf der Fahrbahn der Brücke brennt eine rote Laterne: damit die Fußgänger bei Nacht nicht in den Haufen Pflastersteine stoßen, der dort liegt. Sie hebt den größten Stein, eilt zurück, und aus unmittelbarer Nähe, mit Aufwand aller Kraft wirft sie ihn gegen die Hüfte der Statue.

In Trümmern fällt der Türkensäbel auf den Gehsteig. Nur der Gürtel, darinnen der Knauf steckt, schlingt sich um den breiten Leib des Muselmannes. Ein kleiner Sokkel, auf den der Krummsäbel gestützt war, ragt noch aus dem Burnus. Das Schwert selbst liegt auf der Erde. Zersplittert. Aufgeregt und doch auch beruhigt läuft Frau Miluschka weiter. Heimwärts.

An diesem Abend hatte Herr Zadriades Patkanian in seiner Weinstube etwas mehr vom gewürzten Wein getrunken und etwas größere Augen auf die schwarzhaarige Kellnerin gemacht und sich etwas länger aufgehalten als sonst. Es schlug schon zwölf. Er erhob sich und bemühte sich, in seinen Mantel zu schlüpfen. Die schwarzhaarige Kellnerin nahm gerade das Tischtuch ab. Herr Patkanian näherte sich ihr, sie zu umfangen. Sie wich zurück, sie lief um den Tisch, Herr Patkanian ihr nach, drängte sie in eine Ecke; nun wollte er auf sie zuspringen, aber sie schob einen Stuhl zwischen sich und ihren stürmischen Verehrer. Herr Patkanian stieß heftig gegen die Stuhlkante, und es gab einen Knacks, als hätte er eine Rippe gebrochen. Erschrocken ließ er ab. Ohne Atem, Schmerz in der Hüfte, ging er.

Im Schlafzimmer sieht er, daß seine Frau noch nicht zu Hause ist. Da tritt Miluschka ein. Er stößt ein unverständliches Wort aus und ist bleicher als sie. Überrock, Weste reißt er auf, und mit wahnsinnigem Schwung hebt er den Handschar empor.

Nein, nicht den Handschar. Nur den Griff. Die Klinge ist abgebrochen. Herr Zadriades Patkanian starrt auf seine verstümmelte Waffe.

Dann verzieht er das Gesicht zu einem Lächeln erzwungener Resignation.

Unter Brokoffs Statuengruppe des heiligen Johann Matka und des heiligen Felix von Valois auf der Prager Karlsbrücke steht der Türke mit seinem Hund. Nichts als den Schwertgriff trägt er im Gürtel. Die Klinge ist abgebrochen. Jedermann kann sich davon überzeugen und erkennen, daß vorstehende Geschichte der Realität entnommen ist.

Im letzten Kerker des Magisters

Nichts liest man in den Chroniken von den Konstanzer Martern des Magisters Johannes Hus mit so nachhaltender Anteilnahme wie die Schilderung seiner letzten Haft. Die Qualen, die er im Turm des Dominikanerklosters auf der Rheininsel und in der Feste Gottlieben erlitten, Schmach und Schmerz seiner Festschmiedung an das kalte Gestein, die Nähe der Kloake, die Dunkelheit seiner Kerkerzelle, sein Leiden an Nieren- oder Gallensteinen, das durch die Klistiere eher erhöht als gemildert wurde – das alles bleibt hinter der grenzenlos schlauen Heimtücke zurück, mit der man ihn in den ersten Junitagen des Jahres 1415 zur Verfügung des Konzils hielt, id est für die Verhandlungen ungeeignet zu machen versuchte.

Bei diesen Verhandlungen im Refektorium des Franziskanerklosters standen Hunderte von Anklägern gegen den einen, Kaiser, Päpste, Patriarchen, Erzbischöfe, Bischöfe, infulierte Äbte und Dompröpste gegen den schlichten Magister; sobald er etwas auf die Anschuldigungen zu erwidern wagte, »stürzte die ganze Menge mit Geschrei auf ihn ein, er hatte sich nach allen Seiten, nach rechts und links, nach vorne und hinten zu wehren«. Andere meckerten ihr Hohngelächter, um seine Verteidigung unhörbar zu machen. Schwieg er achselzuckend, weil in diesem Höllenkonzert seine Stimme doch verhallen mußte, so jubelten alle: »Siehst du, jetzt mußt du schweigen, weil du nichts zu entgegnen weißt!«

Während am Abend die hohen Herren in Kaleschen in ihre Absteigequartiere fuhren, um sich an gastronomischer Tafel und in weichen Daunenbetten für die morgigen Plädoyers zu stärken, wurde der kranke Magister – seit beinahe sieben Monaten hatte er nur Kerkerluft geatmet und das Tageslicht durch den eisernen Filter gesehen – keineswegs in die Kasematten des Schlosses Gottlieben zurückgeführt (wo inzwischen der Mann saß, der im Vorjahre den Hus verhaften ließ, aber nun der entlarvte Betrüger Balthasar Cossa und nicht mehr infallibler Papst war), sondern man schleppte ihn durch finstere Treppengänge in das Verlies des Hauses.

Nichts war mehr heil an dem Märtyrer Hus, und am nächsten Tage sollte er gegen die Welt der Mächtigen und Neunmalweisen die Wahrheit behaupten. Nichts war heil an ihm als der Kopf, mit dem er denken, und der Mund, mit dem er das Gedachte aussprechen konnte. Doch da geschah es, eben im Kerker der barfüßigen Franziskaner, daß ihn in der Nacht vor dem letzten Verhör (8. Juni) auch der Kopf verließ und der Mund. Schwindelanfälle packten ihn, er konnte kein Auge schließen, und die Wachsoldaten geben an, er habe gestöhnt vor Kopfweh, Fieberschauern und Zahnschmerzen. (»Nam et noctem praeteritam dolore dentium totam insomnem duxerat«, sagt der Bericht über den letzten Tag des Prozesses.)

Was mag er gelitten haben, als er den Zahnschmerz fühlte? So lange hatte er auf Hunderte von inquisitorischen Fragen zu antworten vermocht mit einer lauten Stimme, die das einzige war, was ihm in dem Wolfsgeheul der öffentlichen Verhandlung die Möglichkeit gegeben, sich Gehör zu verschaffen. Und nun verschloß ihm der Himmel, dessen Sache er zu vertreten meinte, den Mund durch die Schikanen eines Zahnes, durch Anschwellen der Backe, durch einen rasenden, in den Kopf dringenden Schmerz! Es konnte nicht Zufall sein: diese banale Krankheit tauchte auf unmittelbar vor der letzten Gelegenheit zum Widerruf, zur Abschwörung, so heftig, daß Johannes fürchten mußte, er werde am nächsten Tag nicht mehr die Kraft haben, dem Kreuzverhör zu begegnen! Wollte also Gott mit dieser Heimsuchung das Zeichen zur Unterwerfung geben?

Vom Zahnschmerz gefoltert, rief Johannes Hus die Instanz an, die entscheiden sollte. Und als sich am Morgen die Sonne aus dem Stadtgraben erhob, wußte er, was er zu tun habe. Er stand den Kirchenfürsten Rede, solange es sein Körper vermochte, dann wurde er leichenblaß und taumelte.

Der Bischof von Riga und die Hellebardiere trugen den offensichtlich von Gott gestraften Erzketzer in das unterirdische Mauerloch zurück, das er nicht mehr verließ bis zum Autodafé.

Dieser letzte und schauerlichste Kerker des verbrannten Magisters ist in Konstanz nicht leicht zu finden. Während selbst Neubauten, die an der Stelle bedeutsamer Häuser aufgeführt wurden, als historische Stätten markiert sind (so zum Beispiel weist das moderne Wohnhaus

Obere Laube, Nr. 19, eine tschechisch-deutsche Gedenktafel für Hieronymus von Prag auf), ist der Gefängnisturm des Franziskanerklosters nicht gekennzeichnet. Weder Reiseführer noch Hotelportier wissen, daß es ein Franziskanerkloster in Konstanz gibt. Nur für den Besitzer alter Stadtchroniken ist der Gebäudekomplex, der freilich längst teils »Gewerbeschule«, teils »Knabenschule« heißt und renoviert ist, mitsamt dem Turmvorbau zu erforschen. Der Haupteingang in das Volksschulgebäude liegt am Stephansplatz (Nr. 27), die hintere Front hat die Bezeichnung »Untere Laube, Nr. 12«. Hier war früher die Stadtmauer, und keine Pforte führte von dieser Seite in das Kloster. Knapp bevor die Klosterfront zu Ende ist, springt der massive Turm quadratisch vor, so daß nördlich von ihm nur ein etwa vier Meter breiter Fassadenteil des Hauses übrigbleibt, der von der Straße aus gleichfalls turmartig wirkt. Links vom Turm ist ein öffentliches Pissoir, der Eingang zum Turm geht an zwei gleichfalls öffentlichen Klosetten vorbei: Dienstag und Freitag ist hier Wochenmarkt, Verkäufern und Kutschern dient diese dreifache Fürsorge. Ferner ist im Schulgebäude das Volksbad, dessen Heizraum schon im Bereich des Turmvorbaus liegt. Er ist zweistöckig, doch sind wohl beide Stockwerke erst später aufgeführt, worauf eine Inschrift über dem Fenster im ersten Stock (1692?) hinweist. Das gewaltige Klostergebäude hat noch im vorigen Jahrhundert als Kaserne und der Turm – traditionsgetreu – als Arrest gedient. Zur Zeit des Konzils waren die Gefangenen ebenerdig untergebracht, über ihnen befand sich nur das Dach und dort, wo sich die aus zwei Meter breiten Quadersteinen bestehende Mauer lukenartig verjüngt, ein unerreichbares Fenster. In dem heute als Waschküche eingerichteten Raum sieht man auch die ungeschickte Arbeit des nachträglich eingefügten Plafonds; in der angrenzenden Rumpelkammer, die von der Renovierung verschont wurde, überrieselt einen der Gedanke unheimlich, daß hier ein Mensch auf den Steinfliesen lag; der schauerlichste aller Kerker war der des Magisters Johannes Hus, der freilich gefährlicher war als ein gewöhnlicher Ketzer; ein Rebell, ein Kämpfer für das Volk, mit Recht unter die Vorläufer des Sozialismus eingereiht.

Frau Adelsegg, die Schuldienersgattin, bewohnt den Turm, und da man ihr erklärt, was man zu sehen wünscht, schlägt sie die Hände zusammen: »Also ist es doch wahr, was der Vater immer gesagt hat!« Und beim Gitterfenster sitzt der Vater, ein Herr Anslinger, mit grauem Backenbart, achtundsiebzig Jahre alt. Er ist hier selbst Schuldiener gewesen und lebt in der alten Dienstwohnung beim Schwiegersohn im Ruhestand. »Wie ich eingezogen bin, als ganz junger Mensch, hat mir der Herr Rektor gesagt: ›Das ist eine geheiligte Stätte, wo Sie jetzt wohnen werden, das war der letzte Kerker von dem böhmischen Reformator Johannes Hus.‹« – »Wir haben es aber nicht geglaubt«, wirft die Tochter ein. – »Ja, war denn nie jemand da, um den Turm zu besichtigen?« – »Ich wohne schon vierzig Jahre hier, und noch niemand ist gekommen. Sie sind der erste.« Der Alte ist ganz stolz, weil sich noch zu seinen Lebzeiten herausstellt, er habe nicht geflunkert, und der Gast aus einem alten Werk über das Konstanzer Konzil nachweisen kann, daß ein Irrtum ausgeschlossen ist. Herr Anslinger fängt zu erzählen an, wie man vor vielen, vielen Jahren den Riesenstein aus Hegne gebracht hat, um ihn in der

Konstanzer Brühl aufzustellen, wo Hus und Hieronymus verbrannt wurden. »Acht Pferde haben den Wagen mit dem Stein gezogen, und trotzdem sind in der Kanzleistraße zwei Pferde gestürzt, und eines hat sich den Fuß gebrochen, ich war selbst dabei. Die Leute haben geschrien: ›Das ist ein Zeichen Gottes! Weil sie dem tschechischen Ketzer ein Denkmal errichten wollen!‹ Alle Fuhrleute haben ihre Pferde ausgespannt, und man hat den Stein mit Ochsen hinausfahren müssen, das hab ich mit eigenen Augen gesehen ...«

Sancta Simplicitas! Hier an dieser Stelle hat Johannes Hus, weil sein Gewissen es ihm befahl, einem stärkeren Memento, offenkundig einem Wink Gottes, getrotzt: dem Zahnschmerz.

Personalien

Karl May in Prag

Der Prozeß hätte nicht kommen sollen. Zwar hat uns die moralische Verurteilung Karl Mays heute nicht mehr so arg getroffen, da wir ja jetzt seine Werke nicht mehr so heißhungrig verschlingen, aber unser Bedauern ist ein reflexives: Wir malen uns aus, wie uns zur Zeit, da wir noch in der Sekunda saßen, die Enthüllungen des Prozesses aus allen Himmeln gerissen hätten. Wie wären wir entsetzt gewesen, wenn wir damals aus den Gerichtssaalberichten ersehen hätten, daß er »Emmeh« schnöde verlassen habe, »Emmeh«, sein geliebtes Weib, dem er in den Wigwams der Apachen und in den Zelten der Hammadil-Beduinen treu gewesen war, und von dessen Güte und Schönheit er den Mormonen und Mohammedanern mit imponierender Liebe erzählte. Wie wären wir mißtrauisch geworden, wenn wir erfahren hätten, daß der gute Idealist »Carpio«, mit dem sich unser Lieblingsautor in den Wäldern des Erzgebirges harmlos und dichtend herumgetrieben haben wollte, niemand anderer war, als ein fahnenflüchtiger Soldat und Einbrecher, mit dem zusammen Karl May räuberische Überfälle auf Marktweiber unternommen hatte.

Nein, nein, der Prozeß hätte nicht kommen sollen. Aber besser ist es, daß er jetzt kam, als wenn er damals stattgefunden hätte. Nicht etwa deshalb, weil er uns eine

Illusion, eine Leidenschaft unserer Jugendzeit geraubt hätte. Das hätten zehn solcher Gerichtsverhandlungen nicht vermocht. Niemals hätten wir ihn preisgegeben. Im Gegenteil! Im Bannkreis unserer Gymnasiastenromantik hätten wir es noch überwältigender gefunden, wenn der Autor der Abenteuer wirklich ein Abenteurer gewesen wäre. Wir hätten wahrscheinlich seine damaligen Kämpfe gegen Gesetz und Recht als vielversprechenden Beginn zur Karriere des Westmannes angesehen. Und wer weiß, ob nicht ein moralisch schwacher Phantast unter uns hingegangen wäre und ein gleiches getan hätte.

Und was hätte es für Kämpfe mit unseren Eltern gekostet, wenn die aus den Zeitungen erfahren hätten, daß unser Autor ein Dieb, ein korrupter Mensch sei! Hatten sie ihn doch ohnedies mit scheelen Blicken angesehen und uns seine Werke weggesperrt, wenn aus der Lehrerkonferenz ein Tadelzettel unfrankiert nach Hause gesandt worden war. Sie hatten gar wohl gewußt, daß unser mangelnder Fortschritt in der Schule vor allem dem Umstande zuzuschreiben sei, daß wir Tag und Nacht mit unserem ganzen Sinnen und Trachten den Spuren Old Shatterhands folgten, daß wir in sehnenden Gedanken mit ihm vom wilden Westen Nordamerikas in den wilden Osten Südeuropas reisten. Auf der Strecke von Bagdad nach Stambul waren wir besser zu Hause als in den Gebirgsketten der Alpen, deren Kenntnis der Geographieprofessor von uns verlangte. In den Cordilleren, in Ägypten, am Rio de la Plata, im Lande des Mahdi, im wilden Kurdistan, im Reiche des silbernen Löwen kannten wir uns unvergleichlich vortrefflicher aus als in den im Reichsrate vertretenen Königreichen und Ländern. Die Biographien Sam Hawkins, Old Wabbles, Old Deaths, Old Surehands, Old Firehands, des »blau-roten Methusalem«, Hadschi Halef Omars Ben Hadschi Abbas Ibn, des »roten Gentleman« Winnetou, Ikwehtsi'pas, des Utah-Häuptlings Tusahga-Saritsch kannten wir viel detaillierter als jene Schillers, Grillparzers, Lenaus. Mit der Naturgeschichte der Prärie und der Sahara waren wir vertrauter als mit jener Pokornys, und die nur für den echten Araber aussprechbare und deshalb als nationales Erkennungszeichen angewandte »Sure des Todes« konnten wir fließender auswendig hersagen als die »im Kanon der für den Lehrplan der II. Mittelschulklasse vorgeschriebenen Gedichte«.

Das war fürwahr kein Wunder. Denn während der Unterrichtsstunden hatten wir einen der Fehsenfeldschen May-Bände unter der Bank aufgeschlagen, die Zehn-Uhr-Pause opferten wir der Fortsetzung der Lektüre, und der Weg von der Schule nach Hause wurde im Schnellschritt zurückgelegt, weil man daheim in dem Buche weiterlesen konnte. Allerdings mußte man dieses mit den Deckeln des Putzkerschen Historischen Schulatlas maskieren, um bei den Eltern den beruhigenden Glauben zu erwecken, daß man über ein Lehrbuch gebeugt sei.

Praktisch wurde natürlich Karl May noch gründlicher geübt. Das Belvedere-Plateau war damals noch nicht planiert, und zur Seite der Straße war ein etwa vier Meter tiefer breiter Straßengraben, dessen Hänge von ausladenden Büschen bewachsen waren. So waren wir nach unten vor den Blicken der Spaziergänger geschützt und konnten ungestört unseren Kriegsrat abhalten, wobei wir aus irgendeiner alten Tabakspfeife, die wir mit Gras stopften, das Calumet rauchten – die Friedenspfeife. Wir hatten jeder unseren Prärienamen, nur »Old Shatterhand« durfte keiner heißen, das wäre Profanation, zu viel Ehre für den einen gewesen. Die Namen der übrigen »Scouts« waren aber durchwegs vertreten, auch waren wir in Apachen und Commanchen eingeteilt. Da gab es heftige Kämpfe. Manchmal siegten auch die Commanchen. Das war eigentlich nicht ganz im Geiste unseres Autors, denn bei dem mußten immer seine Feinde unterliegen. Er war ja – so beschrieb er sich selbst – unbesiegbar, er allein hatte tausendmal Hunderte von Feinden im Schach gehalten. Daß er doch nicht auch mit seinem Prozeßgegner fertig zu werden vermochte!

Im Oktober des Jahres 1898 war Karl May in Prag. Er führte gegen einen tschechischen Verleger einen Stritt, weil ihm das angebotene Zeilenhonorar für die tschechische Übersetzung seiner Bücher zu gering war. Schließlich kam ein Vergleich zustande. Wir verschlangen alles, was wir hierüber in der »Bohemia« finden konnten, mit wahrem Heißhunger. Denn, wenn es auch mit der kritiklosen Bewunderung längst vorbei war – das Interesse für den Autor unserer Jugend war noch nicht erstorben. Wir wollten diesen einmal von Angesicht zu Angesicht sehen. Wir ließen im Hotel de Saxe, in dem er logierte, nachfragen, ob wir mit ihm sprechen dürften. Er ließ uns vor und machte geheimnisvolle Andeutungen über ein entsetzliches Ende, das Hadschi Halef genommen hatte, über eine Goldgrube, die er im Llano Estacado entdeckt habe, aber deren Ausbeutung sehr gefahrdrohend sei. Und dergleichen. Mir, als dem Sprecher der Schüler, hat er zum Andenken den dritten Band »Old Surehand« geschenkt, in dem sich sein Bild mit der Silberbüchse, dem Trapperhut, den Ledermokassins und Henrys Revolver vorfindet. Auf die erste Seite schrieb er einen Spruch und setzte seinen Namen darunter: Der Spruch ist wirklich überaus schön. Er stammt von – Goethe.

Ausgangsstation

Ich hatte mir Bücher kommen lassen über die Frage, die mich und Millionen anderer Soldaten seit Kriegsbeginn beschäftigte: Wie ist unsere Welt umzugestalten in eine Welt ohne Kriege, ohne Greuel und ohne Unrecht? Es waren zwei Arten von Büchern: die eine Gruppe vertraute auf die evolutionäre Entwicklung der Menschheit durch harmonische Allmählichkeit der Reformen, die andere Gruppe setzte ihre Hoffnung auf einen radikalen Umsturz, ähnlich dem, den die Französische Revolution von 1789 herbeigeführt. Gerne hätte ich diese Werke in Ruhe durchstudiert.

Aber mein Dienst in Ungarn erforderte täglich einen mehrstündigen Aufenthalt im Eisenbahnzug und ließ mir wenig Zeit. Wohl hätte ich während der Fahrt lesen können, wenn ich nicht immerfort, immerfort das gleiche Gespräch hätte führen müssen. Es bezog sich keineswegs auf Reformierung oder Revolutionierung der Gesellschaft.

Wäre auch ein Gespräch über diese Frage mit den meisten Passagieren des Offiziersabteils kaum sehr ergiebig gewesen, so hätte es mich wenigstens nicht so weit von meinem Thema entfernt. Am liebsten hätte ich freilich überhaupt nicht gesprochen, sondern die Bücher gelesen. Das erwies sich jedoch als unmöglich.

Nach Vorschrift mußte sich jeder Offizier oder Offiziersanwärter beim Betreten eines Raumes, also auch eines Eisenbahncoupés, allen Ranghöheren in deutscher Sprache vorstellen. Nur die Ungarn hatten das Recht, sich ungarischen Vorgesetzten in ungarischer Sprache vorzustellen.

In Püspökladany stieg ich in den Zug. Ein Husarenmajor in blauer Uniform saß darin, auf Brustkorb und Taille mit Posamenten verschnürt, eine Art Violinschlüssel auf den prall anliegenden Hosen und goldene Bärentatzen auf den Ärmeln. Wer nicht daran erkannt hätte, daß der Major ein Ungar war, hätte es an seinem Schnurrbart erkennen müssen, der parallel zu den Posamenten der Uniform verlief und über die Ohren hinausreichte. In strammer Haltung meldete ich: »Herr Major, Kadett-Offiziersstellvertreter Kisch stellt sich gehorsamst vor.«

»Mért nem mondod magyarul?« antwortete der blaue Husarenmajor in einem Tonfall, der gutmütig war und darauf schließen ließ, daß er mir eine Frage stelle.

Daraufhin fragte ich meinerseits: »Herr Major befehlen?«

Langsam strich er den Schnurrbart entlang, den ganzen Schnurrbart. »Azt kérdezem, hogy mért nem mondod magyarul!« Das war kein Fragezeichen mehr, das war ohne Zweifel ein Ausrufungszeichen.

Ich erlaubte mir gehorsamst zu äußern, daß ich nicht verstehe. Ich sah sein Erstaunen. Er sagte in ungarischem Deutsch: »Habe ich nicht verstanden Ihre Namen. *Wie* heißen Sie, Herr Kadett?«

»Melde gehorsamst: Kisch.«

»Warum also stellen Sie sich nicht vor auf ungarisch?«

Blieb mir gehorsamst zu wiederholen, daß ich nicht Ungarisch verstehe. Worauf sein Erstaunen wuchs. »Was? Wieso nicht verstehen Sie Ungarisch. Sind Sie doch Ungar!«

Eine Dosis von Bedauern, ja Zerknirschung meinem gehorsamsten Tonfall beimischend, gestand ich, daß ich kein Ungar sei, sondern nur ein Prager.

»Aber Herr Vater hat gewesen Ungar?«

Nachdem auch diese Frage meiner kleinlauten Verneinung begegnet war, schüttelte der blaue Husarenmajor den Kopf: Da werde man im Kasino Augen machen, wenn er das zum besten gebe! »Herren werden mir einfach nicht glauben. Haben keine Visitkarte zufälligerweise, Herr Kadett?«

Und dann begann er, mir, der ich auf Eduard Bernsteins »Voraussetzungen des Sozialismus«, auf die Theorie des Reformismus neugierig war und gar nicht neugierig auf ein Gespräch mit dem blauen Husarenmajor, ausführlich auseinanderzuexplizieren: Kisch sei nämlich ein ungarischer Name. Kisch bedeute »klein«. Nagy dagegen bedeute »groß«. Und das seien die beiden häufigsten Namen in Ungarn.

Seit ich in Ungarn war, wußte ich das ganz genau, hundertmal, tausendmal hatte ich das in allen Varianten gehört, mußte aber so tun, als ob ich mit gespannter Aufmerksamkeit den Enthüllungen lausche.

»Haben wir zum Bleistift – haha, wollte sagen: zum Beispiel ...«

»Haha, haha«, mußte ich gehorsamst mitlachen.

»Haben wir also, bei uns in Satoraljauhély, wo bin ich Garnisonskommandant, einen Dichter, was auch heißt

Kisch. Kisch Josef, und der hat zusammengestellt Theaterstück für unseren Kinematographentheater. ›Simon Judith‹ ist Theaterstück übergetitelt. Das heißt, meine Tochter, was ist in Szegedin auf Lyzeum, hat gelernt, daß Dichter Kisch Josef ist schon tot zehn Jahre. Aber versteh ich das nicht, weil vor zehn Jahren hat noch nicht gewesen Kinematographentheater in Satoraljauhély. Verstehen Sie, Herr Kadett, wie kann haben geschrieben Theaterstück, wann ist schon tot?«

Das verstand ich auch nicht, bitte gehorsamst.

Und der blaue Major fuhr fort, sehr viel Kischs gebe es in Ungarn. Auf der ersten Seite jeder Budapester Zeitung stehen täglich zwei Inserate von Lotteriegeschäften, gleich oben neben dem Titel der Zeitung. Der eine Inhaber heiße Kisch und inseriere: »Kisch szerencséje nagy«, was ein Wortspiel sei, weil es bedeute: »Das Glück des Kleinen ist groß.«

Hahaha, hatte ich da wieder zu lachen, denn der blaue Husarenmajor lachte so über den Witz und klatschte sich so auf die Schenkel, daß ich glaubte, er werde sich die Violinschlüssel ins Fleisch schlagen.

Aber es komme noch besser, keuchte er. Die Konkurrenzfirma bleibe dem Kisch die Antwort nicht schuldig. Diese andere Firma heiße Török und inseriere: »Török szerencséje Török.« Das bedeute: »Töröks Glück ist ewig« und reime sich noch dazu. Darüber lachte der blaue Husarenmajor Tränen, die auf Bärentatzen, Prallhosen und Violinschlüssel kullerten.

Er wollte mir etwas noch Komischeres erzählen, aber ich entschuldigte mich, daß ich leider jetzt aussteigen müsse. Tatsächlich stieg ich nur aus, um im gleichen Zug ein anderes Abteil aufzusuchen. Wohlweislich wählte ich ein leeres. Kaum war ich in der Fensterecke installiert, als ein blutjunger Rittmeister und zwei uralte Leutnants vom Train hereintorkelten.

Ich stellte mich gehorsamst vor und bekam, wenn auch nicht zu verstehen, so doch zu hören: »Ujra valaki, aki szégyenli, hogy magyar.«

Der ungarische Feudaladel unterdrückte zwar die in seinem Staatsgebiet lebenden Kroaten, Ruthenen, Siebenbürger Sachsen und Banater Schwaben, dennoch besaßen die Ungarn ein gerüttelt Maß von nationalem Verfolgungswahn. So glaubten zum Beispiel die drei angeheiterten Train-Offiziere, ich sei ein Ungar, der seine Nation verleugne.

Als ich das aufzuklären versuchte, hörten sie unwillig zu und klärten ihrerseits mich auf: Kisch sei ein kernungarisches Wort und bedeute »klein« und der Name Kisch sei der verbreitetste Name, zehn Prozent aller Magyaren heißen Kisch und zehn Prozent heißen Nagy, was wiederum »groß« bedeute. Aber es gäbe keinen Nagy in der Welt, der nicht ein Ungar sei, und ebensowenig hätte man je etwas von einem nichtungarischen Kisch gehört.

Der letzte Satz war besonders scharf, was vielleicht darauf zurückzuführen war, daß ich die Enthüllung über meinen Namen nicht mit so gut gespieltem Staunen entgegennahm wie vor dem blauen Husarenmajor.

»Ihre Familie hat sich austrifiziert, wahrscheinlich nach 1849, als Ungarn niedergeschlagen wurde von den Österreichern und den Kosaken«, sagte der blutjunge Train-Rittmeister verächtlich, und seine beiden Leutnants nickten dazu mit ihren grauen Köpfen. Dennoch wollte er sich seine Diagnose auch von mir bestätigen lassen: »Nicht wahr, Herr Kadett, Ihr Großvater war noch Ungar?«

Nein, sagte ich, meine Familie lebe schon seit dem fünfzehnten Jahrhundert in Prag.

Er wurde noch schärfer. »Widersprechen Sie nicht, Herr Kadett! Ich befehle, daß Ihr Großvater Ungar war.«

Vorschriftsmäßig nahm ich diesen meinen Großvater betreffenden Befehl zur Kenntnis. Damit war noch nicht alles vorbei. Die drei unterhielten sich laut über mich, um mich – wenn ich protestieren sollte – dabei zu ertappen, daß ich Ungarisch verstehe. Kein Protest erfolgte von meiner Seite, und ich wollte eben meinen Eduard Bernstein weiterlesen, als mich einer der Leutnants fragte: »Sind Sie vielleicht mit dem Bela Kisch in Czinkota verwandt, Herr Kadett?«

Alle drei bogen sich vor Lachen. Der Massenmörder Bela Kisch hatte in Czinkota nach und nach ein Dutzend Heiratskandidatinnen umgebracht und die Leichen in Zinnfässern verlötet. Der Fall hatte vor einiger Zeit alle Zeitungen gefüllt.

»Nein, Herr Leutnant«, antwortete ich, »ich bin ja kein Ungar, und« – nun betonte ich jedes Wort – »der Bela Kisch war ein Ungar.«

»Ich habe doch befohlen, daß Sie ein Ungar sind, Herr Kadett«, schrie der Train-Rittmeister, wütend über meine Antwort.

Weiß Gott, was noch geschehen wäre, wäre nicht der Zug soeben in eine Station eingefahren und ein eleganter, ordensbesäter Oberstabsarzt eingestiegen. Bald war eine Unterhaltung in ungarischer Sprache zwischen den alten und dem neuen Insassen des Abteils im Gange. Über mich ging sie hinweg. Erst nach der Station, wo die drei Train-Offiziere hinaustorkelten, sprach der Oberstabsarzt mich an und erfuhr so, daß ich nicht Ungarisch verstehe.

»Oh, entschuldigen Sie«, sagte er, »da liegt ein Mißverständnis vor. Ich hatte bei der Vorstellung verstanden, daß Ihr Name Kisch ist.«

Um allem die Spitze abzubrechen, sagte ich, in der Tat führe ich merkwürdigerweise diesen kernmagyarischen und in Ungarn so häufigen Namen, obwohl meine Familie schon seit vielen hundert Jahren in Prag ansässig sei.

Er erwiderte, das sei wirklich sehr merkwürdig und ich hätte ganz recht, wenn ich sage, das sei ein in Ungarn so häufiger Name. Aber ich könne mir gar nicht vorstellen, *wie* verbreitet der Name sei, zehn Prozent aller Ungarn heißen Kisch, und zehn Prozent heißen Nagy. »Meine Frau«, sagte er, »ist auch eine geborene Kisch, aber eine adlige Kisch, eine Baronin Kisch de Ittebe. Der Onkel meiner Frau, Géza Kisch de Ittebe, ist mit Katharina Schratt verheiratet. Sie wissen doch, wer Katharina Schratt ist?« Ich bejahte mit dem für Mitglieder des Kaiserhauses angebrachten allerhöchsten Respekt, denn Katharina Schratt war die Freundin des Kaisers Franz Joseph.

Aber bürgerliche Kischs gäbe es zum Schweinefüttern, sagte der Neffe der Frau Schratt. In seinem Spital habe er einmal die Krankenzimmer inspiziert. »Da sehe ich einen Mann wachsgelb und ohne Bewegung im Bett liegen. Ich fasse seine Hand, sie ist kalt. Natürlich schlage ich sofort Krach, das geht denn doch nicht, daß einer stirbt, ohne daß man davon weiß, und daß eine Leiche so mir nichts, dir nichts herumliegt. ›Kisch‹, rufe ich nach meinem

Regimentsarzt. Und gleich kommt der Kisch gelaufen, alle Kischs auf einmal: der Regimentsarzt, der Sanitätsfeldwebel und zwei Krankenpfleger, die auch Kisch geheißen haben. Alle stehen Habt acht vor mir. Und wissen Sie, wer noch Habt acht vor mir gestanden hat? Der Tote! Er war nämlich gar nicht tot und hat auch Kisch geheißen.«

Der Oberstabsarzt lachte schallend in Erinnerung an die Szene, und dann kam noch ein Epilog: »Der Regimentsarzt Kisch war der längste Mann, den Sie sich denken können: ein Meter zweiundneunzig, und wir hatten einen ganz kleinen Assistenzarzt, ein Meter fünfundfünfzig, und der hat Nagy geheißen. Das ist doch großartig, nicht wahr? Ach so« – er schlug sich auf die Stirn –, »Sie verstehen ja gar nicht, warum das großartig ist! Kisch bedeutet nämlich auf ungarisch ›klein‹ und Nagy bedeutet ›groß‹. Jeden Tag inseriert ein Lotteriegeschäft in allen Budapester Zeitungen ...«

In der nächsten Station mußte ich umsteigen. Gerade vor meinem Waggon lief ich dem blauen Husarenmajor, dem ich entflohen war, in die Arme. Ich wollte mich verdrücken, aber er stellte mich. »Kadett Kisch!« – »Befehlen, Herr Major?« – »Wieso Sie kommen in diesen Zug? Zuerst Sie lügen, daß verstehen nicht ungarische Sprache, trotzdem Sie heißen Kisch, und dann Sie steigen in anderes Coupé. Paßt Ihnen nicht Unterhaltung mit Ungarn! Habe ich das gleich bemerkt. Ist unerhört!«

Sein Gesicht war jetzt so blau wie seine Uniform. »Wie heißen mit Taufnamen und was ist Nummer von Ihr Regiment? Werde ich Anzeige machen wegen respektwidriges Verhalten.«

Zur Hölle mit meinem Namen! Ich werde ihn reformieren im Sinne Eduard Bernsteins, dann wird Schluß sein mit dem Ärger. Ich muß meinen Namen leicht verändern, damit ich im Falle einer Entdeckung behaupten kann, ich sei falsch verstanden worden.

»Herr Oberintendant«, sagte ich im neuen Abteil, »Kadett-Offiziersstellvertreter Klisch stellt sich gehorsamst vor.«

»*Wie* heißen Sie?« fragte er, als ob er nicht recht gehört hätte.

Ich erschrak. Kannte er mich vielleicht? Wenn auch: es war zu spät. Ich wiederholte: »Klisch, melde gehorsamst.«

»Komisch«, sagte der Oberintendant, »wenn Ihnen ein Buchstabe fehlen würde, wären Sie ein Ungar.«

Ich nickte höflich und setzte mich, um die Theorie des Reformismus weiterzulesen.

»Sie fragen ja gar nicht, welcher Buchstabe Ihnen fehlen müßte, damit Sie ein Ungar wären, Herr Kadett.«

Worauf ich mir, innerlich die Zähne knirschend, gehorsamst die Frage erlaubte, welcher Buchstabe mich daran verhindere, ein Ungar zu sein.

»Der Buchstabe l, lieber Freund.«

Ich dankte gehorsamst für die Aufklärung und griff zu meinem Buch.

»Interessiert es Sie denn nicht, zu erfahren, was der Buchstabe l mit Ihrem Ungarntum zu tun hat?«

»Selbstverständlich interessiert es mich, Herr Oberintendant.«

»Also, werde ich es Ihnen sagen, wenn es Sie so sehr interessiert. Sie heißen Klisch, nicht wahr? Ohne das l aber würden Sie Kisch heißen, und Kisch ist ein ungarischer Name; und zwar ein sehr häufiger Name. Zehn Prozent ...«

Auf der nächsten Station stieg ich wieder um. Sie hieß Bekescaba, und ich werde sie mir für mein Leben merken, denn sie bedeutet eine Ausgangsstation für mich. Es war mir klargeworden, daß reformistische Lösungen keine Lösungen sind.

Im neuen Abteil lag ein fuchsteufelswild aussehender Honvedoberst ausgestreckt auf der einzigen Bank und funkelte den Kadetten an, der einstieg, um ihn seiner Einsamkeit und Schlafmöglichkeit zu berauben.

»Herr Oberst«, meldete ich, »Kadett-Offiziersstellvertreter Weitemeyer stellt sich gehorsamst vor.«

Er stand auf. »Oberst von Kisch«, sagte er und reichte mir die Hand, »freut mich sehr.« Dann setzte er sich still in die Fensterecke.

So. Jetzt konnte ich lesen, aber es war nicht mehr die Theorie des Reformismus, die ich las.

Ein Spaziergang auf dem Meeresboden

Die Taucherplätte fährt, gefolgt vom Ambulanzwagen für Taucherunfälle, auf dem die Dekompressionskammer ist, zur Suchstelle. Dort wird das Lot ausgeworfen. Siebzehn Meter zeigt die Senkschnur.

Ich bin abergläubisch, und siebzehn ist – wie ich schnell ausrechne – die Summe von dreizehn und der an sich bedeutungslosen Zahl vier. Die »Dreizehn« stört mich – kein gutes Omen. Aber jetzt ist nichts mehr zu machen. Ich bin nicht schuld, wenn es schlecht ausgeht.

Der Taucher von Schiller ist schuld mit seiner Wichtigtuerei und seinem ewigen Abraten: »Da unten aber ist's fürchterlich, und der Mensch versuche die Götter nicht ...« und so weiter. Ich lasse mir aber nun einmal nicht abraten. Justament nicht.

Und den Gürtel werf ich, den Mantel weg und auch Gamaschen, Stiefel, Rock und Hosen. Es waren keine Ritter da und Frauen, den kühnen Jüngling verwundert zu schauen. Und wennschon: meine Wäsche habe ich ja anbehalten. Darüber kommen noch eine Unterhose und zwei Hemden aus Trikot und außerdem der Taucheranzug. Er ist aus gummigetränktem Stoffe und aus einem Stück geschnitten und paßt für alle Körpergrößen mehr oder weniger. (Mir: weniger.) Über die Schenkel bis zu den Hüften kann man ihn noch selbst hinaufziehen, dann muß man aufstehen, mit angezogenen Ellenbogen die Hände auf den Bauch pressen, und zwei Henkersknechte zerren das Gewand so hoch hinauf, daß der Kautschukkragen den Hals umschließt. In die engen, allzu engen Kautschukmanschetten hilft dir ein Tauchergehilfe mit zwei schuhlöffelartigen Dehnern. Man bedenke: Trikotwäsche, Kautschukmanschetten! Es ist doch gut, daß keine Ritter da sind. Ein gestreifter Zwillichanzug wird übergezogen, das Gummikostüm zu schonen. Na, ich muß ja fein aussehen! Um den Hals und über die Schultern stülpt man mir den metallenen Koller, den kugelrunden Kupferhelm hebe ich mir selbst auf das Haupt. Der Gummikragen des Anzuges, der Helmkragen und der Helmkopf werden nun von eifrigen Händen und mächtigen Schraubenschlüsseln zu ewiger Einheit geschmiedet. Zum Glück ist das mittlere der drei Rundfenster (ein viertes, ungefähr in Stirnhöhe, ist vergittert) noch offen, so daß ich auf normalem Wege atmen, hören und sprechen kann. Inzwischen sind meine Füße zu Blei geworden, denn riesige Rindlederschuhe mit Sohlen aus diesem Metall wurden mir umgeschnallt, jeder sechs Kilo schwer.

Ich schleppe mich, unfreiwillig die Gangart des Golems kopierend, zur Taucherstiege, die vom Deck ins Meer führt. Allein auf der dritten Stufe habe ich, das Gesicht gegen das Boot gewendet, stehenzubleiben. Ich bin also nur bis zu den Hüften im Wasser und muß meinen Kopf auf das Deck legen – die Schwere des Helmes würde mich sonst umwerfen. Das Bleigewicht der Füße spüre ich nicht so sehr, da sie im Wasser sind. Man hängt mir einen stolzen Orden um den Hals, wie ein Lebkuchenherz aussehend und ebenso groß. Er ist aber keineswegs aus Lebkuchen, sondern aus Blei und wiegt zehn Kilogramm. Das Rückenblei – mir bleibt doch nichts erspart auf dieser Welt! – wiegt sieben. Indes ich, die Stirne reuig auf den Erdboden gepreßt, alles mit mir geschehen lassen muß, schnallt man auf meinem Rükken auch noch den Lufttornister an. Der ist durch den Luftschlauch mit der vierzylindrigen Luftpumpe an Bord der Taucherplätte verbunden und führt durch ein Rohr im Helm und den kleinen Atmungsschlauch in meinen Mund. Guter Tornister, du wirst da unten mein einziger Freund sein, nicht wahr, du wirst für mich sorgen? Du weißt doch: für je zehn Meter Wassertiefe schenkst du mir Luft von einer Atmosphäre mehr. Braver Tornister! (Ich streichle ihn geradezu mit meinen Gedanken.)

Noch ist die Ausrüstung nicht vollendet, die zum »Skafander« – so nennt die Marine den Tauchapparat

Rouquayrol-Denayrouze – gehört. Ein Hanftau, die Führungsleine, schlingt man mir mittels eines Leibstiches um die Hüften, Handschellen aus Kautschuk preßt man mir über die Gelenke, damit die Gummimanschetten noch fester anliegen und meine Hand sich blutig rötet, und einen Dolch in bronzener Scheide reicht man mir, und ich stecke ihn in den Gürtel. Ha, jetzt sollen sie nur kommen, die Haifische und Delphine – oder die Seeschlange!

Der Tauchermeister dämpft meine kriegerische Stimmung etwas herab. Er ist ein erfahrener Mann, hat schon manches Schiff auf dem Meeresgrund betreten und wurde oft geholt, in Seen und Flüssen des Binnenlandes zu tauchen; unter anderem hat er im Veldeser See nach der versunkenen Glocke gesucht. Er ist ein erfahrener Mann, und auf sein Wort muß man hören, solange das Mittelfenster des Helmes noch offen ist. O weh, wie viele Lehren gibt er mir! Ich muß, um Gottes willen, immer das Mundstück des Atmungsschlauches schön im Munde behalten und kann, um Gottes willen, ja nicht durch die Nase atmen und soll, um Gottes willen, ja nicht die Führungsleine loslassen und darf, um Gottes willen, die Orientierung nicht verlieren, und wenn ich Nasenbluten oder Ohrensausen bekomme, so macht das gar nichts, und ein Ruck an der Führungsleine bedeutet, daß ich den Grund erreicht habe, zwei Rucke, daß ich zuwenig Luft habe und daß man daher oben rascher pumpen müsse, drei Rucke bedeuten Gefahr, vier, daß ich nach rechts, fünf, daß ich nach links, sechs, daß ich zurückgehen will, und ähnliche Dinge. Das hätte er mir früher sagen sollen, der Herr Tauchermeister, dann hätte ich mir's wohl überlegt …

Aber schon wird an der Luftpumpe gearbeitet, ich habe das Mundstück, das vor mir einige hundert wakkere Taucher in den Mund genommen haben, zwischen Zähne und Lippen gepreßt, und das letzte Fenster wird mit erschreckend großen Schlüsseln festgeschraubt. Ade, schöne Luft, die man da oben nach Gutdünken einatmen kann, durch Mund oder Nase, in x-beliebigen Atmosphären ... Ich bin hermetisch von dir abgesperrt, ich sehe dich, aber ich fühle dich nicht mehr! Ade!

Es geht die Treppe abwärts, meine rechte Hand umklammert die Führungsleine, die linke ist frei. Ein paar Stufen, dann hört die Treppe auf, und ich schwebe, schwebe tief hinab. Ich segne das verfluchte Gewicht auf meinen Stiefeln – das bewirkt jetzt, daß ich meine Abwärtsfahrt in aufrechter Haltung zurücklege und mit den Füßen zuerst auf den Meeresboden komme. Nun, ehrlich gesprochen, ich segne meine Bleisohlen derzeit nicht, ich habe ganz andere Dinge im Kopf.

In Augenblicken der Erregung pflege ich mir vor allem eine Zigarette anzuzünden – daran ist jetzt nicht zu denken. Ich denke zwar doch daran, aber ich weiß, daß es nicht möglich ist, und so verzichte ich. Ich denke also an andere Dinge, an die ich in meinem Leben noch nicht gedacht habe: daß du mir nicht durch die Nase atmest, Kerl, und daß du das Mundstück um Gottes willen nicht aus dem Maul fallen läßt, der Helm, zum Teufel noch mal, ist der Helm schwer! Nein, das ist nicht der Helm, das wird der Wasserdruck sein, siebzehn Meter, keine Kleinigkeit. Nein, auch der Wasserdruck ist es nicht, es ist der Kautschukanzug, der drückt das Blut aufwärts gegen den Kopf und schröpft mich; wie war das doch, was der Tauchermeister sagte, ein

Ruck heißt hinaufholen, zwei Rucke heißen, daß ein Haifisch da ist, drei Rucke bedeuten Kautschukmanschetten, vier Rucke, daß ich nach links will … Aber schließlich gewöhne ich mich daran, auf dem Meeresgrunde zu sein. Ich trete meine Wanderung an und komme mir wie ein Kind im Storchenteiche vor. Nun, da bin ich eigentlich doch schon weiter: Die Nabelschnur fehlt mir nicht, und sogar einen Gummilutscher habe ich im Mund. Nicht verlieren, Bubi, sonst kommt der böse Tauchermeister!

Nur meine Hände sind nackt und greifen in die Nässe, es ist keine Feuchtigkeit zu spüren, bloß zu sehen. Rings um mich überall Wasser, blaues Wasser. Ich gehe trockenen Fußes durch das Meer: Das Wunder, das der Gesamtheit der Kinder Israels widerfahren war, vollzieht sich nun an mir einzelnem. Ich tappe schweren Schrittes über kalkige Steine, Austernmuscheln und Muschelkalk, überwachsen mit Seegras, Algen, Tang, Moos oder Gott weiß was. Dort die Muschel will ich aufheben, sozusagen als Edelweiß des Meeres; ich lege sie mir dann zu Hause auf den Schreibtisch als Andenken für mich, und wenn mich Besucher nach der Besonderheit dieser Muschel fragen, so bemerke ich leichthin: »Ach nichts, die habe ich einmal so vom Meeresgrund aufgelesen, siebzehn Meter unter der Oberfläche.«

Ja, hat sich was mit »aufgelesen«. Ich knie nieder, um sie »aufzulesen«. Aber erstens kann ich sie nicht pakken, denn bald greift meine Hand viel zu nahe, bald viel zu weit. Ich habe zwar in der Schule einmal etwas von der Brechung des Lichtes im Wasser gehört, ohne es zu glauben. Es ist doch so – ich kann die Muschel nicht finden, die ich vor mir sehe. Schließlich finde ich sie. Sie ist aber so fest angewachsen, daß ich sie nicht loskriege. Ruhig fasse ich eine andere – ganz vergeblich, auch die bewegt sich nicht. Na, liegt auch nichts dran, ich kaufe mir morgen irgendeine Muschel und lege sie auf meinen Schreibtisch. Nach ein, zwei Jahren werde ich schon selber steif und fest glauben, daß ich sie vom Meeresgrunde aufgelesen habe.

Ich stehe auf und gehe weiter. Also, dieser Schillersche Taucher, das war ein Lügner: Es wallet nicht und siedet nicht und brauset nicht und zischt nicht, und kein dampfender Gischt spritzt bis zum Himmel, und von Salamandern und Molchen und Drachen, die sich laut Aussage des Mauldreschers der Ballade hier in dem »furchtbaren Höllenrachen« regen sollen, habe ich nichts bemerkt, geschweige denn von einem grausen, zu scheußlichen Klumpen geballten Gemisch des stachlichten Rochens, des Klippenfischs und des Hummers greulicher Ungestalt, auch wies mir nicht dräuend die grimmigen Zähne der entsetzliche Hai, des Meeres Hyäne. Schiller ist da einem Hochstapler tüchtig aufgesessen. Oder hat sein Taucher in submariner Angst in den braven Sardinen so grimmige Meeresungeheuer gesehen? Die schwimmen nämlich wirklich in großen Mengen umher, kommen bis an mein Visier und schauen mir treuherzig in die Augen. Sie halten mich wohl für irgendeines der seltsamen leblosen Dinge, die ihnen in den Kriegsjahren von freundlicher Seite als Spielzeug auf den Meeresgrund gesandt wurden. Da ich mir ein solches Fischlein haschen will, springt es schnell davon. Nach einem mehr als halbstündigen (dreiunddreißig Minuten, um präzis zu sein) Spaziergang komme ich ohne irgendein Corpus delicti an das Tageslicht. Und doch habe ich das Meer von Grund auf gesehen und ein Erlebnis gehabt, das mir nirgends vorgekommen ist, außer heute auf dem Meeresgrunde. Auf die Gefahr hin, daß man mich für einen noch größeren Aufschneider halten werde, als ich den Taucher Schillers, will ich es verraten: Ich bin während der ganzen Promenade keinem Bekannten begegnet.

Der erste Schub

Am Abend brannte das Reichstagsgebäude, und am Morgen wurde ich verhaftet.

Das Zimmer in der Motzstraße hatte ich genau vier Wochen vorher bezogen, an dem Tage, an dem Herrn Hitler die Macht über Deutschland von Hindenburg übergeben worden war, von Hindenburg, den die Sozialdemokraten einige Monate vorher mit ungeheurer Agitation zum Reichspräsidenten kandidiert hatten.

Dienstag, den 28. Februar, am Morgen nach dem Reichstagsbrand, klingelte es um fünf Uhr an der Wohnungstür. Ich höre, wie meine Hausfrau fragt, wer draußen sei, jemand sie fragt, ob ich zu Hause sei, ob mein Zimmer eine zweite Tür habe … Gleich darauf klopft die Hausfrau an meine Tür. »Herr Kisch, bitte öffnen Sie.« Ich schließe auf, herein springt ein Mann. »Kriminalpolizei! Hände hoch!« Ich zeige, daß ich nichts in den Händen habe, ein zweiter Mann ist auch ins Zimmer gesprungen. »Herr Kisch, wir haben Befehl, Sie ins Polizeipräsidium abzuführen.«

»Bitte sehr, meine Herren, nehmen Sie Platz. Ich werde mich inzwischen anziehen, wenn Sie gestatten.«

»Haben Sie eine Waffe?«

Ich verneine. Sie schauen in meinem Nachttisch nach, in meinen Kleidern. Keine Waffe.

Darf ich mich waschen? Ja, ich darf mich waschen, sogar auf die Toilette darf ich gehen, aber in Anwesenheit eines fremden Herrn ist es nicht das Rechte. Während ich mich ankleide, so im Gespräch, fragen mich die Herren – es sind ein Kriminalkommissar und ein Inspektor von der Kriminalpolizei –, wann ich heute nach Hause gekommen sei.

»Es wird wohl halb ein Uhr nachts gewesen sein.«

»Hm. Wo waren Sie denn?«

»Hier im Westen. Mit dem Brand des Reichstags habe ich nichts zu tun.«

»Wieso wissen Sie von dem Brand? Sie haben unseren Besuch wohl erwartet?«

Ihnen scheint klar, daß sie in meiner Person den Brandstifter gefunden haben. Sie ahnten nicht, was wir alle schon heute nacht vermutet hatten: daß zur gleichen Stunde von hundert anderen Beamten Hunderte andere Linksradikale abgeholt wurden.

Ich sagte ihnen zwar, daß ich mitnichten der Brandstifter sei, aber sie antworteten nur, das sei egal, sie hätten den Auftrag, mich aufs Polizeipräsidium zu bringen. Außerdem müßten sie eine Haussuchung vornehmen.

»Ich habe gar kein Geld bei mir. Darf ich mir von der Hausfrau etwas leihen?« … »Bitte sehr.« Die Hausfrau borgt mir fünf Mark … dieser Betrag hat sich auf dem Polizeipräsidium als gleich Null erwiesen, denn von dem Geld, das dem Gefangenen dort abgenommen wird, bleiben sieben Mark sechzig Pfennig zur Deckung der offiziellen Haftspesen zurück. Nur wenn man mehr als sieben Mark sechzig bei sich hat, kann man sich vom Überschuß Zigaretten oder eine Aufbesserung der Menage leisten.

»Haben Sie die Absicht zu flüchten oder sich zu widersetzen?« fragen mich meine beiden Gäste.

»Nein, habe ich nicht.«

»Gut. Wir nehmen das zur Kenntnis – eigentlich sollten wir Ihnen nämlich Handschellen anlegen.«

Wir gehen zur Untergrundbahnstation Viktoria-Luise-Platz. Dort verteilt ein Arbeiter gedruckte Flugblätter: »Die Brandstiftung des Reichstags ... bestellte Arbeit! Provokateure am Werk!«

Meine Begleiter sehen einander an. Sollen sie den Kolporteur verhaften? Der Kommissar schüttelt den Kopf. Er ist nur angewiesen, den Kisch aufs Präsidium zu bringen, warum soll er durch eine polizeiliche Fleißaufgabe den Vollzug dieses ausdrücklichen Auftrags gefährden? Wir fahren mit der Untergrundbahn zum Alexanderplatz.

So, und jetzt geht es zur IA, der Politischen Polizei. Auf dem Korridor ist es schwarz von Menschen. Der erste, den ich von weitem erblicke, ist der Rechtsanwalt Dr. Apfel, der Verteidiger von Max Hölz. Fein, denke ich, fein, daß er da ist, der kann gleich für mich intervenieren. »Hallo, Dr. Apfel, ich bin verhaftet.«

»Ich auch«, sagt er nur.

Und schon sehe ich andere. Carl von Ossietzky, Chefredakteur der »Weltbühne«, Deutschlands Demokrat, der unter einem Hagel von Spott erklärt hatte, man müsse Thälmann wählen, denn »wer Hindenburg wählt, wählt Hitler«. Heute ist es genau ein Monat, seit

Hindenburg das deutsche Volk an Hitler ausgeliefert hat, seit einem Monat lacht von den demokratischen und sozialdemokratischen Hindenburgwählern keiner mehr. Da sitzt Erich Mühsam, Idealist, Humorist und Anarchist, ein ewiger Junge trotz des Vollbarts, da sitzen die Romanschriftsteller Ludwig Renn und Kurt Kläber, Dr. Hodann, der Sexualforscher, der Abgeordnete Schulz-Neukölln, Otto Lehmann-Rußbüldt, der alte Obmann der Liga für Menschenrechte, Dr. Schminke, der sozialistische Stadtarzt, Vorkämpfer für Sozialmedizin in Deutschland ... Da sitzen noch viele andere, für welche die nächtliche Verhaftung von heute, dem 28. Februar 1933, die erste Station auf dem direkten Wege zu ihrer Opferung bedeuten wird. Sie wissen es schon heute.

Ein Kordon von Polizisten riegelt uns vom übrigen Teil des Korridors ab. Je einer hält den Revolver erhoben in der Hand, der Nebenstehende schwingt den Gummiknüppel. Es sind durchwegs Leute mit den stumpfen Gesichtern professioneller Raufbolde, »Schläger«, wie man in ihrer Welt sagt. Ihre Rolle als Polizist ist ihnen, denen der Polizist als der Feind schlechthin galt – diese Rolle ist ihnen neu. Wie haben sich Strolche zu benehmen, wenn sie als Obrigkeit verkleidet sind? Sie beantworten diese ihrer Unsicherheit gestellte Frage damit, daß sie sich noch strolchischer benehmen als sonst. Sie machen höhnische Bemerkungen über uns, und wenn sie einen anschreien, so apostrophieren sie ihn als »Dreckkerl«, »rote Sau« und per du.

Nach einigen Stunden Wartens wird die Kompanie der Gefangenen in die Kellerräume eskortiert, wo sie die Schuhbänder aus den Schuhen zu ziehen und die Tascheninhalte in den Hut zu leeren haben. Die mit dem Hakenkreuz geschmückten neuen Beamten kontrollieren genau, ob keiner etwas von seiner Habe zurückbehält. Sie haben sich schon oft in fremden Taschen zu schaffen gemacht, fachmännisch gleiten ihre Hände das Rockfutter und die Hose entlang, geschulte Finger fahren in Strümpfe und Taschen.

Während dieser Prozedur, die an den Überfall einer Postkutsche erinnert, kommt der neuernannte Polizeipräsident mit seinem ganzen Stab vorbei, Herr von Levetzow – ja, er heißt Levetzow wie die geliebteste Geliebte der deutschen Poesie, und er ist vielleicht aus dem gleichen Geschlecht wie Goethes Ulrike. Der Nachfahre wäre nicht imstande, Goethes Zuneigung zu wekken, aber die Zuneigung Noskes hatte er zu wecken vermocht; Noske hat ihn gegen den Protest der Linken zum Admiral der deutschen Republik gemacht. Und jetzt steht der Admiral auf der Kommandobrücke am Alexanderplatz und befehligt die Schlacht.

»Das ist also das Pack?« fragt er und schielt das Pack verächtlich an.

.Jawohl, Herr Polizeipräsident«, beeilt sich der Adjutant zu schnarren.

»Wo bist du verhaftet worden?« fragt er einen grauhaarigen Häftling. »Wirst du die Hacken zusammenreißen, wenn ich mit dir rede, du Saubengel?«

Und schon hat er einen anderen erspäht, der ihm nicht stramm genug zu stehen scheint. »Schmeißen Sie den Lümmel sofort in den Bunker und legen Sie ihm Eisen an, daß ihm die Schwarten krachen.«

Diensteifrig stürzen sich zwei Büttel auf Otto Lehmann Rußbüldt und zerren ihn fort. Bleich ob ihrer

Ohnmacht erleben die Gefangenen den ersten amtlichen Greuel.

»Die Menschenrechte sind vorbei«, flüstere ich meinem langen Freund zu, der neben mir steht.

»Für einige Zeit allerdings«, antwortet Ludwig Renn.

Impressum

Die Börse der Nachrichten
Anekdotisches von Prager Reportern

»Bin ich ein Vogel«, pflegte ein Kollege vom lokalen Teil zu grollen, »bin ich ein Vogel, daß ich an zwei Stellen zugleich sein kann?« Nein, ein Lokalreporter ist kein Vogel, daß er an zwei Stellen zugleich sein kann, und dennoch verlangt man es oft von ihm. Aber er weiß sich zu helfen.

Die Tatsache, daß jahrzehntelang im Restaurant Brejška in der Brenntegasse und im Restaurant Choděra je eine Börse installiert war, blieb Zeitungslesern unbekannt, obwohl die Mitglieder dieser beiden Börsekammern sonst nichts im Sinne hatten als das, was sie in Erfahrung brachten, brühwarm dem Publikum mitzuteilen. Über sich und ihre Institution schwiegen sie, bis diese entschlummerte – ohne daß ihr auch nur eine Lokalnotiz gewidmet worden wäre. Nicht einmal eine Lokalnotiz – der kleinste der Börsewerte. Mit Lokalnotizen wurde gehandelt. Jede Zeitung hatte ja bloß einen Reporter, aber die Zahl lokaler Begebenheiten und die Gerüchte von solchen (die gleichermaßen recherchiert werden mußten) war sehr groß. Die Arbeit mußte also geteilt und die Ergebnisse [mußten] ausgetauscht werden. Der Berichterstatter einer Zeitung hatte die Nachrichten vom Krankenhaus zu besorgen, das heißt in der Aufnahmekanzlei nach Namen und Krankheitsform des »Zuwachses« zu forschen und auf Grund dieser kärglichen Anhaltspunkte so viel zu erfahren, daß sich eine Notiz von drei Zeilen ergab oder ein Sensationsartikel von mehreren Spalten. So fand er einmal im Aufnahmebuch nebeneinander die Namen Helena Blažek und Polyxena Blažek eingetragen. Zwei Namensschwestern gleichzeitig auf der gynäkologischen Klinik, das schien eine Sensation und war auch eine: Eine der zusammengewachsenen Zwillingsschwestern Blažek erwartete Familienzuwachs, und die andere, empört über den Fehltritt, von dem sie angeblich bisher keine Ahnung gehabt hatte, mußte unschuldig und jungfräulich im Wochenbett liegen.

Der Berichterstatter einer anderen Zeitung war ausersehen, sein kriminalistisches Talent an den Kriminalisten zu erproben, er hatte die Polizei im Ressort. Gegen ein Uhr nachmittags, vor Kanzleischluß, kam er zu den Beamten des Präsidiums, des Sicherheitsbureaus und der politischen Staatspolizei und versuchte während der Erkundigung über ihr Befinden anderes zu erkunden, Raub, Diebstahl, Einbruch, Mord, Vermißte, er passierte Aufnahmekanzlei, Gefangenenhaus, anthropometrisches Kabinett, Bureau des Fahndungsblattes und Sittenpolizei und machte am Abend dem diensthabenden Sicherheitsbeamten eine Sicherheitsvisite; zu seinen Obliegenheiten gehörte es, sich mit jedem Schutzmann an der Straßenecke in ein Gespräch über dessen Familienangelegenheiten einzulassen, nachts mit Detektiven ins Kaffeehaus zu gehen und in den Wachstuben unter irgendeinem Vorwand (zum Beispiel mit der Anzeige, daß er seine Uhr verloren habe) zu erscheinen. Er sah oder hörte dann immer etwas.

Einem dritten Reporter war die Beschaffung der Kommunalnachrichten anvertraut. Er tat sich bei Stadträten und Magistratsbeamten, im Rathaus und bei Baubehörden, in der Markthalle und im Elektrizitätswerk, bei der Feuerwehr und in der Straßenbahnkanzlei um. Andere besaßen Beziehungen zum Landesausschuß, zum Landeskulturrat, zum Militärkommando, zur Bezirkshauptmannschaft oder zum Landesschulrat und erbeuteten dort ihre Notizen. Alles, was man erfuhr, tauschte man allabendlich von sechs bis acht, auch sonntags, mit den Kollegen aus, die die Nachrichten individuell bearbeiten.

Ursprünglich hatte es nur eine Börse gegeben, im »Hotel Garni« auf dem Wenzelsplatz. Aber da dadurch alle Zeitungen Prags die gleichen Prager Nachrichten hatten, während aus Konkurrenzgründen manches Blatt dem anderen zuvorkommen wollte, so spaltete sich das Stammunternehmen: Aus den Lokalreportern der »Národní listy«, der »Bohemia«, des »Právo lidu«, der »Samostatnost«, des »Prager Tagblatt«, der »Pražske noviny«, des »Hlas národa«, des »Venkov«, des »Čech«, der »Union«, des »Čas«, des »České slovo«, der »Národní politika«, des k. k. Telegraphenkorrespondenzbureaus und des »Prager Abendblattes« bildeten sich zwei Parteien, und von Choděra und von Brejška aus befehdete man sich mit Eifer und mit Haß.

Einer der größten Kämpfe entbrannte im Oktober 1904 um die Knochen, die mit einem Zettel »Die da wurde im Keller erschlagen« in Krtsch gefunden wurden. Die eine der beiden Börsen hatte die Nachricht im Pathologischen Institut erfahren und sie unter dem Titel »Ein geheimnisvoller Doppelmord in Krtsch« sensationell aufgemacht. Die andere Börse, solcherart ins Hintertreffen geraten, versuchte daraufhin die Bedeutung des Knochenfundes abzuschwächen, ja sogar ins Lächerliche zu ziehen: es seien irgendwelche Knochen von einem Friedhof, und ihre Deformierung nichts anderes als Apodicire, eine Art Seifenbildung bei Leichen. Bald aber wurden der Gärtner Valeš und seine Frau sowie seine Stieftochter verhaftet, und sie gestanden, vor Jahren das ungarische Liebespaar Takács-Hanzély erschlagen, beraubt und im Keller verscharrt zu haben: Valeš hatte einige Knochen ausgegraben und mit diesem Zettel versehen auf einen Misthaufen geworfen, um der Stieftochter zu zeigen, daß er es mit dem angedrohten Verrat des Mordes ernst meine, und sie so zur Erfüllung seiner Wünsche zu zwingen. Die Börse mit dem »Geheimnisvollen Doppelmord in Krtsch« hatte also recht behalten, und die andere, die sie blamieren wollte, hatte sich selbst blamiert. Noch zehn Jahre später wurden die Unterlegenen mit dem höhnischen Zuruf »Apodicire« bedacht.

Eine Nachricht, die man vor der anderen Börse voraus hatte, hieß »Solokapper«. Aber nicht jeder, der einen Solokapper brachte, war geachtet. Der Berichterstatter des »České slovo« zum Beispiel, der nach dem Krieg verstorbene geniale Humorist Jaroslav Hašek, wankte jeden Tag mit einer Sensation heran, die ihm niemand abnahm. Bald hatten Fischer bei Podbaba in der Moldau einen Haifisch gesichtet und waren ihm an den Leib gerückt, wobei das Boot umkippte, so daß die Haifischfänger nur mit Mühe ihr Leben retten konnten, bald hatten Diener des Anatomischen Instituts aus Wut darüber, daß kein Mädchen in der »Gifthütte« mit ihnen tanzte, mit zwei im Gebärhaus verstorbenen Frauen einen Leichenwalzer getanzt und dergleichen mehr. Zog man die Glaubwürdigkeit dieser Meldungen in Frage, war Jarda Hašek empört und blinzelte erst dann wieder vergnügt, wenn man ihm zur Versöhnung ein Glas Pilsner zahlte.

Manche waren mit Zeilenhonorar angestellt, und einer von ihnen, ein tschechischer Kollege, beneidete die Deutschen um die langen Worte ihrer Sprache: »Ihr schreibt auf ›Kadettoffiziersstellvertreter‹, und schon habt ihr fünf Kreuzer verdient!« Das Wort »Stadtverordnetenkollegium« erregte seinen besonderen Neid. Dieser Prager Penny-a-liner pflegte auf der Börse die Verweichlichung der Menschen zu beklagen: »Ja, früher hat es noch Energie bei den Pragern gegeben, da hat es sich gelohnt, Lokalberichte zu schreiben. Die beiden Burschen zum Beispiel, die die Juweliersfrau Gollerstepper erschlagen haben – das waren Kerle! Oder die drei Trainsoldaten Čučko, Velek und Otcovský, die den Hotelier Wolf abkragelten! Auch Kindermißhandlungen mit tödlichem Ausgang kamen jede Weile vor. Das waren noch goldene Zeiten!« Als er heiratete, veröffentlichte er in der Lokalrubrik seine Vermählungsanzeige, wobei er drei Taufnamen seiner Frau angab, hinzufügte: »Tochter des Landwirtes Wenzel... aus Kleinbenatek (Post Unter-Houbovice) bei Pardubitz«, und das Zeilenhonorar für diese Meldung aufrechnete, die er eigentlich hätte bezahlen sollen. »Diese fünfundzwanzig Kreuzer waren das einzige, was ich von meiner Ehe gehabt habe.« Boshafte Kollegen erzählten von ihm, daß er Kinder, die auf Fensterbrettern spielten, von der Straße aus lockte, um sie zum Hinabspringen zu bewegen, damit er einen Unfall melden könne. Wütend war er, wenn die Redaktion seine Notizen wegen Platzmangels zusammenstrich oder gar wegen Unwichtigkeit ganz wegließ. Eines Tages bekam er einen Tobsuchtsanfall: Auf das Telegramm von der Erfindung der X-Strahlen durch Professor Röntgen hin setzte der Prager Professor Puluj, der die epochale Erfindung gleichzeitig gemacht, aber mit ihr nicht in die Öffentlichkeit zu treten gewagt hatte, einen Vortrag im Saal der Technischen Hochschule an, um das Wesen der ultravioletten Strahlen und ihre körperdurchdringende Wirkung an Hand jahrelang konstruierter Apparate vorzuführen. Über diesen Vortrag erschien in den Blättern ein ausführlicher Bericht, und eine Notiz des Lokalreporters mußte reduziert werden. »Über eine alberne Photographiererei schmieren sie ganze Spalten«, brüllte er auf der Börse, »aber für einen Liebesmord in Koschiř haben sie nur zehn Zeilen Platz, diese Trottel in der Redaktion!« Hatte einer der Kollegen ein Feuilleton geschrieben, dessen Titel typographisch etwa so aussah:

Osterspaziergang
Von
Cyrill Dušek,

so interessierte ihn daran nur, ob die Administration dem Autor das Wort »Von« als eigene Zeile berechnet hatte.

Im Gegensatz zu dieser »Strebsamkeit« stand ein dikker Berufsgenosse, dessen einziges Ideal es war, lange zu schlafen. Seine Frau, erzählte man, konnte ihn morgens nicht anders aus den Federn kriegen, als indem sie ihm zurief: »Vražda!« Bei dieser Mitteilung, daß ein Raubmord passiert sei, sprang er doch auf. Eine Zeitlang hatte er allabendlich nach Holleschowitz, wo der große Dichter Svatopluk Čech im Sterben lag, zu gehen, damit sein Blatt den Tod rechtzeitig erfahre; an dem Tage, an dem die Ärzte das Ende als unmittelbar bevorstehend bezeichnet hatten, kam er um neun Uhr und erkundigte sich nach dem Befinden des Meisters. »Es geht ihm augenblicklich etwas besser«, sagte die Schwester des Kranken. – »Verflucht«, erwiderte der Reporter, »da muß ich heute noch einmal nach Holleschowitz laufen!« Die Hinterbliebenen berichteten diese Antwort der betreffenden Redaktion, und die entließ den Mann, dessen Faulheit bis zur Gefühlsrohheit ausgeartet war, auf der Stelle.

Der Vertreter der feudal gesinnten »Union« hatte es besonders leicht, Zeilen zu schinden, denn Dr. Fořt hieß bei ihm nie anders als »Seine Exzellenz, der Herr kaiserlich-königliche Minister für Handel und Gewerbe«, und so weiter.

Die Verkümmerung aller Phantasie war eine naturnotwendige Folge der Tätigkeit, alltäglich Fakten niederzuschreiben. Einem der Chronisten, der schon dreißig Jahre dieses Amt versah, konnte man nachsagen, er habe zeitlebens nicht mehr als drei Überschriften für seine Notizen verwendet. »Entmenschte Jugend«, »Der Gattin in den Tod gefolgt« und »Tragische Begebenheit«. Er fühlte die Berechtigung dieses Spotts, und als sich eines Tages in Nusle ein besonders komplizierter Vorfall abspielte – durch den Todessturz eines Maurers scheute ein Gespann und überfuhr eine schwangere Frau –, wollte er der Nachricht einen recht originellen Titel voransetzen. Er dachte lange nach, aber plötzlich kam ihm die Erleuchtung, begeistert rieb er sich die Hände und setzte auf seinen Bericht die Überschrift: »Unfall«.

Als durch die Obstruktion im Landtag die Erhöhung der Landesbierumlage im Wege eines Oktrois beschlossen wurde, tauschte man auf der Prager Journalistenbörse auch die Nachricht aus, wie die tschechischen und die deutschen Bezirke diese Maßnahmen aufgenommen hatten. Ein deutscher Journalist hatte eine solche Notiz unter dem Titel »Flammender Protest gegen die Biersteuererhöhung« einem tschechischen Kollegen übergeben und mußte sich nun sehr wundern, sie am nächsten Tag in dem tschechischen Blatt folgendermaßen übersetzt zu lesen: »Protest flamendrů proti zvýšení pivní dávky«.

Übersetzungs- und telefonische Hörfehler waren an der Tagesordnung; über einen Zwischenfall bei der Aufführung von »Macht der Finsternis« berichtete ein schwerhöriger und literarisch nicht sehr gebildeter Journalist: »Bei der gestrigen Vorstellung des Tolstoischen Dramas ›Maxl Winternitz‹ ...« Das Korrespondenzbureau gab sogar folgende Meldung in die Welt: »Den Teilnehmern des Banketts wurde je eine prächtige Jantar-Zigarrenspitze überreicht«; die auswärtigen Zeitungen hielten dies für ein edles, wohl nur in Böhmen vorkommendes Mineral, während der Berichterstatter einfach nicht gewußt hatte, daß das Wort »Jantar« auf deutsch »Bernstein« heißt.

Eine Episode auf der Börse, an die sich die Erinnerung erhielt, war das Debüt eines Volontärs, der sich aus kriminalistischem Interesse der Polizeiberichterstattung widmen wollte. Von einem Mitglied auf der Börse eingeführt, pries er seine detektivistische Begabung an. Eben hatte sich in der Josefstadt ein Familiendrama abgespielt, und die Börse entsandte den zukünftigen Sherlock Holmes zur Aufhellung des Tatbestandes auf den Schauplatz. Er kam nicht zurück, und erst am nächsten Tage stellte sich heraus, daß er zwar alles genau recherchiert, aber den Rückweg zur Börse nicht gefunden hatte, trotzdem der findige Kriminalist stundenlang in der Jungmannstraße, Charvátgasse, Brenntegasse und Ursulinergasse umhergeirrt war.

Von den Mitgliedern der beiden Börsen, die sich durch Abschießung von Solokappern bekriegten, sind nur wenige beim Metier geblieben, das allerdings heute keiner Börse mehr bedarf, da es offiziöse Polizeimitteilungen und Lokalkorrespondenzen gibt, aber die Mehrzahl ist jung gestorben – die ewige Unruhe und Sprungbereitschaft zehrte Nerven und Körper auf. Tot ist der cholerische Kollege L., ein ewig aufgeregter, unflätig fluchender und wild gekleideter Lokalberichterstatter des »Venkov«. An ihn knüpft sich ein Vorfall, der allen Teilnehmern das Blut erstarren ließ: Beim Einzug des Kaisers 1908 hatten sich die Berichterstatter im ersten Burghof des Hradschin gruppiert, unmittelbar neben der Generalität Böhmens, die en pleine gala mit zinnoberroten Hosen, weißen Waffenröcken und grünen Federbüschen zum Empfang bereitstand. Auf Wunsch des Korpskommandanten Czibulka sollten die Journalisten diesen Platz verlassen, aber die Intervention des Polizeidirektors Křikava scheiterte an deren Widerstand, und schließlich erschienen der Statthalter, der Korpskommandant mit dem Polizeipräsidenten und anderen Herren bei den Journalisten. Auf ihre Anforderung antwortete ihnen L. mit weithin hörbarem Baß: »Dobře, tak půjdeme domů a vysereme se na císaře pána!« Keine Dynamitbombe hätte die Stimmung weihevoller Devotion fürchterlicher zerreißen können. Entsetzt taumelten die Würdenträger zurück, aber sie hielten es dennoch für gut, so zu tun, als hätten sie nichts gehört, und ließen die Vertreter der Presse auf ihrem Platz.

Lieferanten trafen täglich auf der Börse ein, Subreporter für die Faits divers aus der Vorstadt, für die Resultate der Lottoziehung, für Besitzwechsel von Grundstükken, und einer schaffte allabendlich aus dem Kirchenamt die Liste der Verstorbenen heran, weshalb er »redaktor mrtvých«, »Totenredakteur«, genannt wurde. Beamte, die in ihrer Kanzlei etwas Mitteilenswertes erlebt hatten, brachten die Nachricht aus journalistischem Interesse hierher, Advokaten kamen mit dem Bericht über die Verhandlung, Abgeordnete mit einer Meldung von ihrer Intervention, die sie in allen Blättern veröffentlicht wissen wollten. Selbst Fürst Thun bediente sich zur Verlautbarung inoffizieller Nachrichten der Reporter, die die Statthalterei frequentierten; einmal rief er einen von diesen in der Wohnung an. Die Mutter des Journalisten kam zum Telefon: »Wer dort?« – »Hier Statthalter Fürst Thun.« – »Sehr gut«, lachte Frau Kisch, »ausgerechnet: Statthalter Fürst Thun! Sie werden's, auf Ehre, billiger geben!«

»Auswärtige« Berichterstattung

So nannte man die Berichte, zu denen Eisenbahnfahrten erforderlich waren: »Auswärtige Berichterstattung«. Seither habe ich fünf Weltteile covered, und so darf ich über diese Reisen lächeln, die so kurz waren, daß es gar nicht nötig war, von ihrem Ziel aus einen Bericht abzusenden. Meist konnte man nämlich gleich zurückfahren und das »Telegramm unseres Spezialberichterstatters« am Redaktionstisch niederschreiben. Das ersparte die Anwendung von Telegrammkürzungen, alles Warten am Schalter, Verstümmlungen und hauptsächlich Telegrammspesen.

Viele Spalten habe ich auf diese billige Art über »Ereignisse« »telegrafiert«, die der Entsendung eines Spezialberichterstatters wert befunden waren, also wichtige Ereignisse sein mußten. Ich reiste sehr gerne, denn außer dem Vorfall, wegen dessen ich entsandt war, gab es in der Provinz, in der nicht täglich eine Journalistenmeute die Begebenheiten sozusagen als Embryos dem Mutterleibe entriß, immer einen Findling zu finden. War er auch schon einige Tage alt – was machte es aus, die Hauptstadt wußte wenig oder nichts von seiner Geburt. Deshalb habe ich auch die Weekends mit oder ohne Weekend-Freundin außerhalb der Stadt verbracht und brachte immer etwas heim. In der Wirtsstube von Hassenstein bei Komotau setzte sich ein lokalpatriotischer Finanzbeamter zu mir und langweilte mich mit der Idée fixe, daß Hassenstein der Schauplatz von Goethes »Novelle« sei; ein paar Wochen später erwähnte ich diese Theorie in einem Artikel, ein Dozent der Germanistik stürzte sich darauf und bewies in einem großen Buche, daß sie richtig sei. Bei einem Ausflug in Dux hörte ich, daß der Fabrikant Marx vor vierzehn Tagen die Grabplatte Casanovas aufgefunden hatte. An einem Sonntag, den ich zu ganz anderem Zwecke im Städtchen Kladno zu verbringen dachte, sahen wir aus dem

Hotelzimmer einem Zusammenstoß zwischen streikenden Kohlenarbeitern und Gendarmerie zu, bei dem es vier Tote und viele Verwundete setzte.

Meine Kollegen hänselten mich mit einem Witz: Kisch verlangt am Eisenbahnschalter eine Fahrkarte für fünf Kronen. »Wohin?« fragt der Beamte. »Das ist egal«, antwortet Kisch, »ich habe überall zu tun.«

Bei jedem Vorfall in der Provinz meldete ich mich mit dem Vorschlag hinzufahren. Aber gewöhnlich war es der Verlagsdirektor, der es verhinderte. Er haßte die Reisespesen, weil er geizig war, und wir haßten ihn, gleichfalls weil er geizig war. Wo waren die Zeiten hingeraten, in denen jeder Redakteur darum gekämpft hatte, als Spezialberichterstatter ausgeschickt zu werden, weil damals der Wahlspruch anerkannt war: »Wagen gewinnt.« Wer heutzutage einen »Wagen« in der Spesenrechnung anrechnete, gewann nicht mehr, denn der Verlagsdirektor strich ihn weg.

Der Zeitungskönig Gordon-Bennett soll von Zeit zu Zeit seinen Korrespondenten den Auftrag gegeben haben, irgendwohin (er wußte selbst nicht, wohin) zu fahren und von dort (über) irgend etwas (er wußte selbst nicht, worüber) dreihundert Worte zu depeschieren. Auch ich hätte gern einmal den Auftrag bekommen: »There's somewhere something in the air, travel to the place and wire threehundred words. Gordonbennet.«

Jedoch, ach, unser Verlagsdirektor war von solcher Verschwendungssucht frei, vornehmlich Reisespesen und Telegrammkosten waren ihm ein Greuel, und wenn mein Ideal der großzügige Gordon-Bennett war, so war sein Ideal der Wiener Journalist Mendel Singer, weil dieser den Rekord an Telegrammkürzungen besaß. Als Erzherzogin Annunziata in Ischl einen männlichen Erben gebar, gab Mendel Singer seiner Depesche diese, die wohl kürzeste Form: »Annunziata prinzte«. (Wäre das Kind ein Mädchen gewesen, hätte er »prinzeßte« telegrafiert.)

Einmal fand in Trautenau die Stichwahl zwischen den Reichstagskandidaten Doktor Eppinger und Karl Hermann Wolf statt – wenn man will, kann man sie als ein Vorspiel zu der großen Auseinandersetzung zwischen Demokratie und Nazifaschismus werten. Doktor Eppinger war Führer der Fortschrittspartei, ein würdiger Mann mit gemäßigt liberalen Grundsätzen. Karl Hermann Wolf, der ihm gegenüberstand, war hingegen ein Jüngling mit Stentorstimme, Tschechenfresser, Judenfresser, Kapitalistenfresser, was ihn nicht hinderte, jüdischen und tschechischen Journalisten insgeheim Notizen zuzustecken und vom Kartell der Zuckerfabriken Subventionen für seine Zeitung anzunehmen. Er war der Schüler des großdeutschen Radau-Antisemiten Georg von Schönerer und der Lehrer Adolf Hitlers, der am Tag nach der Okkupation Österreichs dem inzwischen gealterten Wolf eine Ehrenpension aussetzte.

Zu dieser Stichwahl sollte ich nach Trautenau fahren, und der Verlagsdirektor bewilligte mir nur sechzig Kronen Reisespesen. Hundert Kronen hatte ich verlangt. Ärgerlich trat ich die Reise an, entschlossen, mich zu rächen. So sandte ich der harrenden Redaktion folgendes Telegramm:

»Um halb elf Uhr nachts erschien Bürgermeister Rauch auf dem Rathausbalkon, um das Ergebnis der Stichwahl zwischen Eppinger und Wolf zu verkünden.

In der auf dem Platz versammelten nach Tausenden zählenden Menge, die bisher nationale Lieder gesungen hatte und mit Zusammenstößen und Ausrufen beschäftigt gewesen war, trat atemlose Stille ein. Bürgermeister Rauch verkündete, daß Skrutinium habe mit der knappen Mehrheit von hundertvierundachtzig Stimmen das überraschende Ergebnis gezeitigt, daß – hier endet Vorschuß. Kisch.«

Die Erinnerung an ein anderes Telegramm verknüpft sich mit einer Grubenkatastrophe im Brüxer Kohlengebiet. Knapp vor sechs Uhr abends kam ich mit einem mehrere Seiten langen Bericht, den ich telegrafisch aufgeben wollte, an den Schalter des Postamtes in Bruch.

»Das soll ein Telegramm sein?« schrie der Postverwalter, »das ist ja ein ganzes Buch! Es ist ein Viertel vor sechs, und ich bin nur verpflichtet, bis sechs Uhr zu amtieren. Ich nehme höchstens ein Telegramm von dreißig Worten.«

Ohne mit der Wimper zu zucken, schrieb ich auf ein neues Telegrammformular: »An Seine Exzellenz Handelsminister Wien stop Postverwalter von Bruch verweigert aus Bequemlichkeit Weiterleitung sozialpolitischen wichtigen Berichtes über Grubenkatastrophe stop erbitte sofortige energische Intervention Unterschrift Kisch Berichterstatter der Bohemia.«

Ich legte es dem Beamten hin. »Es sind nur achtundzwanzig Worte.«

Er las das Telegramm stirnrunzelnd durch. Eine Weile lang dachte er nach, reichte es mir dann zurück und sagte: »Wissen Sie was, geben Sie mir lieber das andere.«

Kriminalnotizen

Die Mutter des Mörders

Um fünf Uhr nachmittags war Frau Bergmann ermordet und beraubt in ihrer Wohnung aufgefunden worden; der Verdacht lenkte sich sofort auf den Geliebten des Dienstmädchens (die Hausbesorgerin hatte ihn um drei Uhr das Haus verlassen sehen), und um sechs Uhr waren sowohl das Mädchen wie auch Franz Polanski verhaftet und dem Sicherheitsdepartement eingeliefert.

Anstatt dort die Beendigung des Verhörs abzuwarten, das bei Raubmorden stundenlang zu dauern pflegt, eilte ich in die Wohnung des Festgenommenen. Polizeibeamte waren bereits dort gewesen, hatten den Schrank Franz Polanskis durchsucht und sich bemüht, seine Mutter einzuvernehmen. Aber diese verlor bei der Nachricht jede Zurechnungsfähigkeit, so daß sich die Beamten damit begnügten, sie für den nächsten Tag zur Polizei vorzuladen.

Als ich an die Wohnungstür klopfte, antwortete mir niemand. Frau Polanski, die allein in ihrer Stube saß, beachtete mein Eintreten und meinen Gruß nicht. Ihre Augen waren trübe, dennoch weinte sie nicht. Weshalb hätte sie denn weinen sollen? Sie verstand ja noch gar nichts, es war ein gräßliches Unglück geschehen, ihr einziger Sohn hatte … So etwas versteht man nicht gleich. Ich fragte sie etwas, erhielt jedoch keine Antwort.

»Verzeihen Sie, Frau Polanski, ich bin nämlich von der Zeitung.«

Da löst sich ihr Krampf, löst sich in einem Aufschrei. Sie begreift die Öffentlichkeit ihrer Schande. »Von der Zeitung!« wiederholt sie entsetzt und schluchzt Worte, eine Zusammenfassung ihres Lebens, die in eine Bitte mündet.

»In der Zeitung wird es stehen! Um Gottes willen, mein ehrlicher Name! Mein Seliger – achtzehn Jahre ist er schon tot, mein Seliger – in seinem ganzen Leben hat er nie etwas mit der Polizei zu tun gehabt. Und ich, mein Gott, ich und die Polizei! Ich bin eine arme Waschfrau, seit fünfundzwanzig Jahren wasche ich für fremde Herrschaften, und noch nicht eine einzige Windel hat gefehlt, noch kein Paar Strümpfe habe ich vertauscht, und ich achte immer darauf, daß die Manschetten nicht zerfransen, und auf einmal soll ich in der Zeitung stehn, alle Leute werden es lesen! Geben Sie's nicht in die Zeitung, junger Herr!«

Ich verfluche meinen Einfall, diese alte Frau aufgesucht zu haben, die nichts mit dem Mord zu tun hat, nichts von der Welt weiß und nun noch vollends um den Verstand gekommen ist und mich anfleht: »Geben Sie's nicht in die Zeitung, junger Herr, um Gottes Barmherzigkeit willen, tun Sie mir und meinem toten Mann nicht eine solche Schande an, bitte, bitte, nicht in die Zeitung.«

Ich versuche ihr zu erklären, daß das nicht in meiner Macht steht, derartige Angelegenheiten ließen sich ja nicht verschweigen, über einen Raubmord müsse doch berichtet werden.

Das Wort »Raubmord« schmettert die Frau nieder. Sie sieht die Sinnlosigkeit ihrer Bitte ein und starrt von neuem aus verhängten Pupillen in die Ecke der Stube. Zu sich selbst spricht sie jetzt, ohne daß ihre Lippen sich bewegen: »Ein Raubmord. Daran hab ich noch gar nicht gedacht – das heißt ja Raubmord, und mein Franz ist ein Raubmörder. Der Franz Polanski, wird in der Zeitung stehn, der Sohn von Frau Anna Polanski, Wäscherin, Brückengasse 4, das ist ein böser Raubmörder. Und ich bin die Mutter eines bösen Raubmörders, weiter gar nichts. Mein ganzes Leben lang bin ich fleißig und ehrlich gewesen, und niemand hat mir auch nur soviel nachsagen können, und jetzt wird die ganze Gasse mit Fingern auf mich zeigen.«

Auf irgendeine Weise möchte ich die Unglückliche trösten, mein plumper Ausdruck hat ihr den Rest gegeben. »Niemand wird Ihnen die Schuld geben, Frau Polanski, alle wissen, daß Sie eine brave Frau sind«, sage ich, aber sie hört gar nicht zu.

»Raubmord«, wiederholt sie tonlos, »Raubmörder.«

Vielleicht können direkte Fragen sie ablenken. »Wie lange hat denn Ihr Sohn schon die Bekanntschaft mit dem Dienstmädchen von Frau Bergmann? Wie lange ist Ihr Sohn schon ohne Arbeit?«

»Raubmord! Raubmörder! Der Franz Polanski, der Sohn von der Frau ...«

Nichts zu machen. Ich verabschiede mich mit der Phrase, ich hätte sie nicht belästigen wollen, hätte nur gedacht, sie könnte ihrem Sohn vielleicht helfen, wenn sie mir einige Auskünfte gäbe.

Da schreit sie wieder auf: »Helfen! Ich will ihm nicht helfen! Ein Raubmörder ist er, er hat die Frau Bergmann erschlagen, um ihr den Schmuck wegzunehmen. Wissen Sie, wie man das nennt, mein Herr? Das nennt man

Raubmord, und das kommt in die Zeitung, mein Herr. Niemand kann ihm da helfen. Ich möchte ihm ja helfen, meinem Franz, er ist doch mein Junge, mein einziger Junge – aber wie kann ich ihm denn helfen? Ich bin nur eine arme Wäscherin. Ich werde zu einem Rechtsanwalt gehn, ich werde schon das Geld dafür aufbringen. Sie haben doch gesagt, ich kann meinem Franzl vielleicht helfen. Wie denn? Sagen Sie's mir, junger Herr, bitte, sagen Sie's mir!«

Ich erkläre ihr, daß es für alles mildernde Umstände gäbe. Große Not, zum Beispiel, entschuldige vieles, oder vielleicht ist der Franz nicht ganz in Ordnung, leidet an krankhaften Anfällen oder so etwas. Auch Vererbung gelte vor Gericht, wenn er zum Beispiel vom Vater oder von der Mutter her ein jähzorniges Wesen hat.

»Vererbung? Wenn er etwas herhat vom Vater oder von der Mutter?«

Was habe ich da wieder angerichtet! Das Andenken ihres Mannes verdächtigt, ihren guten Ruf angetastet, den einzigen Besitz dieser Unglücklichen. »Sie dürfen mich nicht mißverstehen, Frau Polanski, ich weiß, daß Sie eine brave Frau sind.«

»Vererbung heißt das, wenn man etwas herhat von der Mutter? – Es ist Vererbung! Von mir hat er's her, der Franz.«

»Frau Polanski, ich wollte Sie wirklich nicht beleidigen, ich habe bloß gemeint …«

»Er kann nichts dafür, der arme Franz, von mir hat er's geerbt, von mir!«

Ach so, jetzt will diese Mutter alles auf sich nehmen, womöglich sich als eine Borgia hinstellen, weil sie glaubt, ihrem Sohn damit zu helfen.

»Ja, ja, ganz recht, ich will ihm helfen. Sie verstehen mich ganz richtig, aber Sie glauben es mir nicht, daß das in mir war, mein ganzes Leben lang, dieses Morden. Noch keinem Menschen habe ich es gesagt, nicht einmal gebeichtet hab ich es, sooft ich auch zur Beichte gehe, aber Ihnen werde ich es erzählen, damit Sie es in die Zeitungen hineindrucken. Sollen sie mich nur holen kommen, die Polizisten! Soll man auch mit Fingern auf mich zeigen, das ist mir gleichgültig! Lange genug habe ich mich verstellt, jetzt pfeife ich auf alles! Meinem Jungen will ich helfen! Warum soll er um meinetwillen leiden – Vererbung ist das, weiter gar nichts – ich werde Ihnen die Wahrheit sagen: Ich bin eine Mörderin!«

Ich wünsche mich weit weg von hier. Nun wird sie anfangen, ihre armseligen Sünden auszukramen. Das reicht bestenfalls für eine Notiz: Die Mutter des Unholds, eine brave Wäscherin, beschuldigt sich kleiner Vergehen, damit ihm eine vererbte Anlage als mildernder Umstand angerechnet werde.

»Ja, ich bin eine Mörderin, ich! Mein Junge hat nur mehr Kraft gehabt als ich, der hat es ganz durchgeführt.«

»Nun ja, so durch den Kopf geht einem vieles.«

»Nein, nein, das ist mir nicht bloß so durch den Kopf gegangen; da sehen Sie …«

Frau Polanski hat ihr Tuch vom Kopf gerissen, ihr Haar flieht wirr von Stirn und Schläfen. Sie eilt zum Tisch. Eine junge Frau ist sie jetzt, wie sie das Schubfach aufzerrt und ein Küchenmesser herausnimmt.

»Da sehen Sie dieses Messer, mit dem habe ich einen erstechen wollen. Das ist schon fast dreißig Jahre her, als ich Stubenmädchen war beim Finanzrat Martin in der Marienstraße, ein ganz junges Mädel war ich noch, eben vom Lande gekommen.«

»Wen wollten Sie denn damals erstechen?«

»Wen ich erstechen wollte? Den ersten Menschen, der lieb zu mir war in meinem Leben. Niemand war vorher lieb zu mir gewesen, in meinem Elternhaus waren wir acht Kinder und haben nie ein gutes Wort bekommen. Und dann kommt einer und sagt mir: ›Sie sind hübsch, Fräulein‹ und streichelt mich, küßt mich, verführt mich.«

»Und heiratet Sie dann nicht. Das alte Lied.«

»Ach, daran hab ich nie gedacht. Er war ja der Bruder von meiner Gnädigen. Mit seinen Schmeicheleien hat er mich eingeweicht wie in Seifenwasser. Wenn die Wäsche einmal drinliegt in dem Trog da, dann kann man alles mit ihr machen, man muß sie nur zwischen die Finger nehmen, und alles geht weg – freilich, wenn man zu heftig anpackt, auch die Farbe und die Fasern.«

Ganz gut gesagt, denke ich, ich nehme den Notizblock aus der Tasche und schreibe mir auf: »Vergleiche einer Wäscherin« oder »Die Philosophie am Waschtrog«. Das kann man als Titel geben, zweispaltig.

»Ich bin zu ihm in die Wohnung gekommen, und ein paar Wochen lang war ich glücklich. Dann aber hat er mich nicht mehr aufgefordert, zu ihm zu kommen.«

»Wollten Sie ihn deshalb umbringen?«

»O nein, ich war ja ein solches Gänschen und hab alles genommen, wie es gekommen ist, und hab geglaubt, es muß so sein. Aber dann ist etwas geschehen, wo ich gewußt hab, es muß nicht so sein, es kann so nicht in Ordnung sein. Er hat mir gesagt, ich soll die blaue Bluse anziehen, die er mir geschenkt hat, und abends zu ihm kommen, er gibt ein kleines Fest. Also habe ich mir Ausgang genommen, bin hingegangen. Es waren noch zwei Freunde von ihm da, zwischen die er mich gesetzt hat, und eine Dame, die hat neben ihm gesessen – ›eine Dame‹ –, ich hab bald gesehen, was das für eine Dame war. Sie hat zu ihm gepaßt, das Weibsbild!«

»Ich kann mir schon denken«, nicke ich.

»Wir haben belegte Brötchen gegessen und Wein getrunken, und dann haben sie Halbdunkel gemacht. Nur eine Tischlampe mit rotem Seidenschirm hat gebrannt. Seine beiden Freunderln sind zudringlich geworden, sie haben mir zugesetzt, mehr zu trinken, und er hat mir gesagt, ich soll mich nicht zieren, wir sind hier nicht bei der Dorfmusik. Ich war so unsicher, ich bitte Sie, ein Gänschen vom Land, ich hab nicht recht gewußt, was ich machen soll, und erzürnen wollte ich ihn auch nicht – da hab ich mir genug gefallen lassen. Plötzlich sagt einer: ›Die Damen sollen sich ausziehn.‹ Die andere war gleich dabei, aber ich wollte nichts davon wissen. Da hat er mich beiseite genommen und hat mir einen Krach gemacht, er müsse sich für mich schämen, ich sei doch sonst nicht so zimperlich gewesen – wenn ich Geschichten machen will, ist's aus mit uns – oder ob ich nicht doch lieber sein nettes Annerl bleiben wolle? Ich wollte unbedingt weg.«

»Sind Sie weggegangen?«

»Er hat die Tür abgesperrt, und da hab ich Schnaps und Wein in mich hineingeschüttet, um mir Mut zu machen, und die Schweinekerle haben mich ausgezogen. Die andere hat das alleine besorgt, sie hat eins – zwei den Rock und die Bluse unten gehabt, na ja, die wollte sich zeigen, weil sie Batistwäsche angehabt hat mit Spitzen, und ich hab mich geschämt für meine langen

Barchenthosen, aber die geilen Kerle haben nicht Ruhe gegeben, ehe sie mich ganz ausgezogen hatten bis auf die Strümpfe – die hätte ich mir aber nicht runterziehen lassen, um nichts in der Welt – und jetzt hab ich doch besser ausgesehen als die andere!«

Vor wenigen Minuten war ich in einer Stube voll Seifengeruch mit einer weinenden alten Wäscherin, einem Waschtrog und einem Küchenherd, und an der Wand hingen zwei Heiligenbilder. Das alles ist jetzt verschwunden. Um mich ist das rot abgedämpfte Licht eines Junggesellenzimmers und vor mir ein junges Mädchen, das man zwingt, sich zu entkleiden.

Warum hat sich die Alte in ihre Jugend verwandelt? Warum holt sie vergangene Sünden hervor? Bringt die Verzweiflung sie auf den Gedanken, daß es ihr nichts genützt hat, als anständige Frau zu gelten, daß es sie nicht davor bewahrt hat, zur Mutter eines Raubmörders zu werden? Warum rühmt sie sich ihres einstmals schönen Körpers? Berauscht sie sich an dieser Erinnerung? Warum erzählt sie:

»Und dann haben sie ganz dunkel gemacht. Am Morgen haben mich meine beiden neuen Liebhaber in einer Droschke nach Hause gebracht, ich habe gespien und nichts von mir gewußt. In der Küche konnte ich kaum stehen, Fieber hab ich gehabt, und die Gnädige hat gefeixt: ›Freilich, bummeln gehn, lauter Vergnügungen und Genüsse, dann kann man natürlich nicht arbeiten!‹ Am Ersten soll ich meine Sachen packen und gehn. Ich habe sie gehaßt für jedes Wort, das sie gesprochen hat. ›Lauter Vergnügungen, lauter Genüsse‹ hat sie mir vorgeworfen – das Kotzen war noch in meinem Mund und das Heulen in meinen Augen, wenn ich an die ›Genüsse‹ gedacht habe. Und die Gnädige kanzelt mich ab, genau wie ihr Herr Bruder gestern nacht, als ich seine Vergnügungen und Genüsse nicht mitmachen wollte. Da ist etwas in mir hochgestiegen, ich weiß nicht, ob es der Satan war, ich hab mich nicht dagegen wehren können. Am Abend, wie der Bruder der Gnädigen zum Essen gekommen ist, war ich schon ganz verrückt, ich habe das Küchenmesser genommen, dieses Küchenmesser da, und bin auf ihn zugerannt und hab auf ihn eingestochen.«

Jetzt sieht sie in der Tat wie Lucrezia Borgia aus. Unheimlich, wie sie das Messer schwingt. Man versteht den Sohn, der mordet. Sicherlich war sie eine Mörderin, damals, als sie so alt war, wie ihr Sohn heute ist. Ohne Zweifel liegt erbliche Belastung vor.

»Ins Herz hab ich ihn treffen wollen – aber vielleicht ist er ausgewichen, oder vielleicht ist die Klinge abgerutscht von der Brieftasche, ich weiß es nicht, mein Messer ist ihm in den Arm gegangen, und das Blut hat nur so gespritzt.«

»Hat man die Polizei geholt?«

»Die haben sich schön gehütet! Die ganze Familie hat sich auf mich gestürzt, alle haben mich festgehalten, ich bin aber ohnmächtig zusammengebrochen, und sie mußten mich auf mein Bett tragen. Am nächsten Tag hab ich meine Siebensachen ins Holzköfferchen gepackt, so krank ich war, und bin gegangen. Das Küchenmesser habe ich mitgenommen, zum Andenken. Dafür hab ich meinem Herrn Liebhaber die blaue Bluse dortgelassen, die er mir geschenkt hat.«

Eine Liebesgeschichte also wie viele andere, weder Polizei noch Gericht haben sich damit befaßt, davon nimmt die Zeitung nicht Notiz. Da hat nun diese Frau ihr Innerstes entblößt, ihre Lebenslüge eingestanden, und es ist unmöglich, damit ihrem Sohn zu helfen.

»Ja, schreiben Sie nur alles auf, junger Herr, geben Sie das ruhig in die Zeitung; die Frau Polanski ist gar keine anständige Frau, müssen Sie hineinschreiben«, mit ihrem Zeigefinger diktiert sie, »sie ist eine böse Mörderin, sie hat nur nicht die Kraft gehabt, ihre Morde ganz auszuführen, aber ihr Sohn, der hat die Kraft gehabt; der Franz Polanski ist ein ganz unschuldiger Mensch, müssen Sie hineinschreiben, er ist nur ein Opfer von der, alles hat er nur geerbt von der, von dieser Frau Anna Polanski und von ihren Morden – so schreiben Sie doch!«

»Morden? Haben Sie denn noch ein zweites Mal so etwas gemacht?«

»Gemacht! Mein Sohn hat einen Mord gemacht und ist unschuldig, und ich bin schuldig, schuldig an den Morden, zu denen ich keine Kraft und keine Zeit gehabt habe. Da drinnen, in dem Waschtrog da, da drinnen liegt meine Kraft begraben und meine Zeit.« Sie trommelt auf den Waschtrog. »Das ist meine Wiege und mein Bett und mein Sarg, das sag ich immer. Da drinnen stecke ich mein Leben lang und wasche Batist und Seide und zartes Leinen, die nicht mir gehören, und ich habe die Frauen beneidet, die das getragen haben, auch ich war jung und hübsch.«

Mit jugendlichem Haß schlägt sie auf den Rand des Trogs. Auch sie sei hübsch und jung gewesen, wiederholt sie, »ob Sie mir's glauben oder nicht, und gerne hätte ich die feine Wäsche getragen. Aber ich habe die Fäuste geballt, und …«, jetzt lacht sie konvulsivisch, »… mit den geballten Fäusten hab ich die Wäsche gerieben, bis sie sauber war, blitzsauber. Alles für die anderen.«

Manchmal freilich habe auch sie sich schöngemacht und habe ein Paar fremde Ajour-Strümpfe angezogen und ein Hemd aus Batist, das sei aber schon ewig her, ihre Jugend und ihre Schönheit und all ihre Hoffnungen seien ertrunken in dem Seifenwasser, und ausgeschüttet habe sie alles. Längst sei es vorbei, daß Männer ihr nachstellten.

»Mein Geliebter war Polizist«, erzählt sie, »hu, war der eifersüchtig, nicht einmal tanzen hab ich mit einem anderen dürfen. Aber wie ich schwanger geworden bin, hat er mir lang und breit auseinandergesetzt, daß er nur provisorisch angestellt ist, ans Heiraten darf er gar nicht denken, und ich muß mir das Kind nehmen lassen. Ich hab Glühwein getrunken mit Gewürznelken, wie es mir die Freundinnen geraten haben, das hat aber nichts genützt. Da hat er mir zugeredet, ich soll einmal mit dem Polanski schlafen, damit ich dem das Kind aufbinden kann.«

Soll auch der tote Gatte einbezogen werden in diese zwecklosen Selbstbeschuldigungen der verwirrten Frau?

»Nein, bleiben Sie, junger Herr, jetzt kommt eine Mordgeschichte für die Zeitung. Mein Herr Polizist hat also wollen, ich soll mit dem Polanski gehn, damit er das Kind auf ihn schieben kann. Vorher hat er sich über den Polanski lustig gemacht, einen soliden Geschäftsdiener aus unserer Straße, der mir immer Blumen gebracht hat und rot geworden ist, wenn er mich gesehen hat. Ich wollt nichts davon wissen, den armen Menschen so hereinzulegen, aber mein sauberer Freund hat so lange auf mich eingeredet, bis ich vom Tanzsaal mit dem Polanski nach Hause gegangen bin. Mein Freund ist uns nachgeschlichen bis an die Haustür, er wollte verhindern, daß ich mir's noch überlege. Mir hat es den Hals zugeschnürt wie damals nach jener ekelhaften Nacht beim Bruder der Gnädigen, und wieder hat mich der Haß gepackt, und am Abend hab ich das Messer mitgenommen zum Stelldichein mit meinem Herrn Polizisten. Damals habe ich es mir klar und kalt überlegt und hab gewußt, dieser Stich wird nicht danebengehn.« – »Haben Sie ihn wirklich …?«

»Ich hab ihn nicht erstechen können, er ist nicht gekommen. Er hatte mich ja verkuppelt und keine Verpflichtungen mehr gehabt. Ein Ehrenmann! – Lange hab ich nicht den Mut gefunden, dem Polanski zu sagen: Ich bin schwanger. Erst wie man mir's schon angesehen hat, bin ich damit herausgerückt. Der arme Narr hat sich so gefreut, gejubelt hat er vor Freude, daß er Vater wird und daß wir gleich Hochzeit machen müssen. Da hat mir der Gefoppte so leid getan, und ich wollte das Kind nicht austragen, um keinen Preis der Welt, auch wenn es mein Leben kosten sollte. Aber keine Hebamme hat es machen wollen, ich war schon im siebenten Monat. Wieder hab ich Glühwein getrunken, zwanzigmal bin ich vom Tisch gesprungen, vor der Mutter Gottes hab ich gekniet und gebetet und gebeichtet und gefastet und Gelübde getan; nichts hat geholfen. An diese Teufelswand von dem Waschtrog da, hier in der Mitte, wo ich immer stehe, hierher hab ich meinen Bauch gedrückt und hab gewaschen mit zusammengepreßten Fäusten, die Frauenhemden, die blutig waren; nur ich hab kein Blut gehabt. Da hab ich mein altes Messer genommen und hab es mir in den Bauch gestoßen, damit Blut kommt, damit das Kind krepiert und ich mit ihm …«

»Haben Sie sich schwer verletzt?«

»Man hat mich ins Spital gebracht, zwölf Tage habe ich dort im Fieber gelegen. Wie ich wieder zu mir gekommen bin, hat man mir mein Kind gezeigt, den Franzi. Ich hatte ihn nicht getroffen – vielleicht war es gut so; ich hab ihn liebgewonnen. Auch den Polanski hab ich liebgewonnen, der hat den ganzen Tag an meinem Bett gesessen und mich nachher geheiratet. Er hat nur eine Sorge gehabt, der arme Narr, ob der Bub nicht tuberkulös sein wird wie er. Ich hab eine andere Sorge gehabt: ob der Bub nichts erben wird von meinem Blut, das nicht hat fließen wollen ohne das Messer da. Aber ich werde ihnen das sagen, den Herren vom Gericht, ich werde mir kein Blatt vor den Mund nehmen bei der Verhandlung, ich werde denen schon sagen …«

Da wird die Tür aufgerissen. »Guten Abend, Mutter.«

Frau Polanski schaut ihren Sohn an, der seine Mütze aufs Bett schleudert; sie ist ganz woanders, sie steht vor Gericht.

Wie kommt ihr Sohn in ihre Stube? Wie kommt die Stube hierher?

»Weißt du schon, daß man mich wegen Raubmord verhaftet hat? Was sagst du dazu, Mutter?« Er sieht die durchwühlten Schubfächer. »Aha, hier waren sie auch schon, die gescheiten Herren von der Polizei.«

Frau Polanski schaut ihren Sohn groß an. Wo kommt er her, kommt er vom Galgen?

»Was schaust du so, Mutter? Hast du vielleicht auch geglaubt, daß ich der alten Bergmann den Schädel eingeschlagen hab?«

Ich trete auf ihn zu. »Verzeihen Sie, ich bin Berichterstatter. Wieso hat man Sie entlassen?«

Franz Polanski lacht. »Da wär ich ja beinahe in die Zeitung gekommen! Mutter, was sagst du, fast wäre ich berühmt geworden. Leider haben sie schon den Mörder, es ist der Sohn von der Hausbesorgerin. Aber ich hab seit Mittag nichts gegessen; Hunger hab ich, Mutter.«

Sie steht noch immer da mit wirrem Haar und dem Blick einer aus der Vergangenheit hervorgeholten Jugend.

Sie schaut auf mich: Die Mutter eines Mörders hat die Dunkelheiten ihres Lebens einem Mann von der Zeitung enthüllt, und jetzt ist sie nicht mehr die Mutter eines Mörders, und der Mann von der Zeitung hat hier gar nichts zu suchen in dieser ehrlichen Stube. Sie hat sich vor ihm entblößt, weil sie gehofft hat – was hat sie nur gehofft?

»Hunger hab ich, Mutter, hörst du nicht? Seit Mittag hab ich keinen Bissen im Mund gehabt! Was starrst du denn so? Fressen will ich, wie oft soll ich es noch sagen?«

Da zuckt Frau Polanski zusammen, sie bindet ihr Kopftuch um, und gebückt, eine alte Wäscherin, stapft sie zum Herd. »Na ja, na ja, ich geh ja schon.«

Und ich verlasse die Wohnung, ohne eine Notiz, ohne auch nur eine Zeile zu haben.

Ein Mädchen, das des Mörders harrt

»Aber«, wandte jemand ein, als wir eines Abends von 1913 über kriminelle Begebenheiten sprachen, »wenn es wahr ist, daß die Verbrecher dumm sind, wie kommt es dann, daß so viele Verbrechen gelingen?«

»Weil ihre Opfer noch dümmer sind.«

Zustimmend nickte die Frau meines Verlegers und fragte: »Sie kennen doch mein Stubenmädchen?«

»Die alte Klara?«

»Die alte Klara. Neulich hat sie mir ihren Liebesroman gebeichtet: In ihrer Jugend war sie Kindermädchen in Hannover. Die Familie, bei der sie diente, fuhr zum Sommeraufenthalt nach Vöslau bei Wien. Dort hat die Klara einen Mann kennengelernt und sich mit ihm verlobt. Sie fuhr nach Hannover zurück, um ihre Ersparnisse zu beheben und in Wien zu heiraten. Ihr Bräutigam nannte sich Ingenieur Siegel und deutete an, daß er in Wirklichkeit ein Fürst Wipolinski sei.«

»Nicht Winipolski?« fragte ich.

»Ja, Winipolski, ganz recht. Sie kennen ihn? Wer ist dieser Fürst Winipolski? Wenn Sie den Mann kennen, ist die Sache vielleicht doch anders. Mir schien es unglaubhaft, daß der Zar ihn von Mördern verfolgen lasse. Ich war überzeugt, die Klara sei einem Heiratsschwindler in die Hände geraten.«

»Wie ging denn die Sache weiter?«

»Sie fuhr nach Wien. Ihre Ankunft hatte sie ihm angekündigt, aber er war nicht an der Bahn. Sie ging in ein Hotel, das er ihr angegeben. Dort war er auch nicht. Auf dem Postamt erfuhr sie, daß ihre letzten Briefe nicht behoben waren. So wußte sie, daß ihr Verlobter verhindert war, entweder durch Krankheit oder durch eine wichtige Geschäftsreise. Ein paar Tage wartete sie im Hotel, dann kehrte sie nach Hannover zurück. Seither wartet sie, daß er kommen wird und sie heiraten, wie er ihr geschrieben. In einer Schatulle hat sie seine Briefe aufbewahrt mitsamt dem Verlobungsring – ihr einziges Heiligtum.«

»Könnte ich die Briefe sehen?«

»Die Klara wird sie sicherlich nicht zeigen wollen.«

»Sagen Sie ihr doch, ein Graphologe könnte aus der Handschrift feststellen, ob der Schreiber noch lebt, ob er wiederkommen wird.«

»Warum interessiert Sie die Sache so?«

»Ich werde es Ihnen erzählen, wenn ich die Briefe gesehen habe.«

So lud mich die Frau meines Verlegers für einen Sonntag ein, an dem Klara Ausgang hatte, und ich nahm Einsicht in ihren Schatz.

Er bestand aus sechs kurzen Billetts aus der Zeit vom Juli bis Dezember 1883, aus zwei gepreßten Rosen und einem goldenen Ring mit einem großen weißen Saphir. Diese Unterpfände plus einem oder zwei Gesprächen hatten genügt, um Klara drei Jahrzehnte lang in Glaube, Liebe, Hoffnung des Verlobten harren zu lassen. Der brauchte wahrlich nicht mehr zu tun, um sich ihrer zu versichern, und er hätte auch kaum Zeit gehabt, mehr zu tun.

Denn er, der mit »Hermann Siegel, Ingenieur« unterzeichnet, war, wie ich sofort wußte, als der Name »Fürst Winipolski« fiel, kein anderer als der Dienstmädchenmörder Hugo Schenk. Und in jener Zeit, als er das junge hannoveranische Kindermädchen kennenlernte und lieben lehrte, übte er eine Tätigkeit aus, so bestialisch, daß noch Jahre später dieser Alpdruck in den Schlafkammern der Dienstmädchen lastete.

Aus alten Zeitungsberichten über seinen Prozeß konnte ich feststellen, was der Fürst ihres Herzens während der Verlobungszeit getrieben, wann und wieso es kam, daß er mit Klara anbandelte, genauer wohl, als sie selbst es weiß.

Weshalb war er in Vöslau? Kurz vorher hatte Hugo Schenk mit der böhmischen Dienstmagd Josefine Timal und seinem erprobten Mordkomplizen Karl Schlossareck einen Ausflug nach Weißkirchen zur Schlucht »Gevatterloch« gemacht. Im Walde ließen sie sich nieder und Schlossareck ging abseits. Als er mit einem großen Stein zurückkam, lag die Timal in derangierter Kleidung auf dem Boden. Schlossareck fragte Schenk: »Warum hast du das getan?« Schenk erwiderte: »Sie hat es verlangt.« – »Was?« fragte Josefine, und das war ihr letztes Wort, denn in diesem Augenblick knebelte Schenk das Mädchen, mit dem er wenige Minuten vorher zärtlich gewesen, und Schlossareck fesselte ihr Arme und Beine. Gemeinsam lösten Schenk und Schlossareck die Schmuckstücke von Arm, Fingern, Ohren und Hals des Mädchens und nahmen das Sparkassenbuch, das sie in der Bluse verwahrt hatte, an sich. Dann banden sie ihr den Stein um den Leib und warfen sie lebend die Böschung hinab in das Wasser des Gevatterlochs. »Wie fuchtig sie uns ang'schaut hat«, sagte Schlossareck, sonst bloß gefühlloser Gehilfe, zu seinem Meister, »die Augen werd ich mein Lebtag nicht vergessen.«

Die Tat fällt in jene Epoche des Schenkschen Schaffens, in der er sich zur Erkenntnis durchgerungen hatte, ein Opfer dürfe nicht bloß beraubt, sondern müsse auch getötet werden, und ebenso alle Leute, die einen Anhaltspunkt zur Aufhellung der Tat geben könnten. Im gegebenen Fall war die Tante der ermordeten Josefine, Fräulein Katharina Timal in Budweis, aus der Welt zu schaffen, weil sie nach dem Verbleib ihrer Nichte forschen konnte. Außerdem hatte auch Katharina Geld.

Ingenieur Siegel, recte Schenk, entschloß sich, ihr zu schreiben, daß er Josefine geheiratet habe, und lud die Tante ein, zu ihnen auf ihr Landgut bei Pöchlarn zu übersiedeln. Da er die Adresse von Tante Katharina nicht wußte, fuhr er nach Vöslau, um die Schwester der Josefine danach zu fragen.

Das war rasch erledigt, und es blieb ihm noch Zeit, das hannoveranische Kindermädchen Klara auf der Straße anzusprechen, ihr ewige Liebe zu schwören, sie um ihre Hand zu bitten, das Jawort zu erhalten und ihr sein Lebensgeheimnis zu enthüllen, daß er vom Zaren verfolgt werde. Ferner erkundete er noch die Höhe ihrer Ersparnisse, besprach den Termin der Hochzeit und trug ihr strengstes Stillschweigen auf, ohne daß diese Überfülle von Erklärungen und Verpflichtungen dem jungen Mädchen aus den achtziger Jahren irgendwie auffiel.

Katharina Timal aus Budweis kam, der vermeintlichen Einladung der »jungverheirateten« Nichte Folge leistend, mit Hab und Gut am 21. Juli in Wien an. Ihr neuer Neffe Hermann Siegel erwartete sie und fuhr mit ihr nach Krumm-Nußbaum. Abends gingen sie dem nicht vorhandenen Landgut zu, als Schlossareck am Donauufer an sie herantrat. »Brauchen Sie einen Fährmann?« Hugo

Schenk bejahte – das verabredete Zeichen –, und im gleichen Augenblick fiel Schlossareck über Katharina Timal her, um sie zu erwürgen. Da sie sich loszureißen versuchte, schnitt ihr Hugo Schenk mit einem Schlachtmesser Hals und Kehle durch. Dann nahmen sie der Sterbenden Pretiosen und ein auf zwölfhundert Gulden lautendes Sparkassenbuch ab, banden ihr einen Stein um den Leib und warfen sie in die Donau. Tags darauf behob Hugo Schenk in Wien die Spareinlage und machte mit Emilie Höchstmann, einem Mädchen, das er wirklich zu lieben schien, eine Landpartie nach Melk, wo sich, um in seinem Stil zu sprechen, ihre Beziehungen nach seinem Wunsch gestaltet haben.

Am gleichen Tage putzte sich unsere Klara in Vöslau schön heraus, sie erwartete ihren Verlobten. Statt seiner kam ein Brief, sein erster Brief:

Wien, 25. Juli 1883

Verehrtes Fräulein!

Ich bestätige den Empfang Ihres w. Schreibens vom 22. und muß ich nur bedauern, daß ich Sonntag nicht zurecht kommen konnte, da ich Ihr Schreiben viel zu spät erhielt. Es hätte auch meinem Herzenswunsch entsprochen, mit Ihnen den Sonntag auf dem Lande zu verbringen, doch kam Ihr Brief erst gestern an. Heute ist es leider zu spät, denn ich nehme an, daß Sie in den nächsten Tagen nach H. verreisen werden. Ich hätte Sie dann gerne in Wien erwartet, aber ich reise heute abend nach Ungarn (geschäftlich), was mich ein bis zwei Wochen aufhalten wird. Reisen Sie glücklich, verehrtes Fräulein, ich hoffe bestimmt, daß Sie in Ihrer Heimat die Versprechungen nicht vergessen werden, die wir uns gegenseitig gegeben haben, und an denen ich mit ganzem Herzen festhalte. Mit innigen Grüßen zeichne ich mich

Hermann Siegel
Ingenieur

Adresse: H. K. S.,
Westbahn Wien,
Posterestante.

Der Brief ist wie alle folgenden mit gewandter Hand geschrieben; Hugo Schenk, Sohn eines Kreisgerichtsrates in Teschen, hatte gute Schulbildung genossen und war, obwohl er erst vierunddreißig Jahre zählte, ziemlich weit gereist. Er hatte jung geheiratet, lebte aber nicht mit seiner Frau, die in Prag und später in Saaz wohnte und bis zu seinem Tode verzweifelte Versuche machte, seine Liebe wiederzugewinnen.

Schenks nächstes Schreiben an Klara ist nach Hannover gerichtet, nach einer neuerlichen Bluttat, die er allein verübte. Am 5. August 1883 war er mit dem Stubenmädchen Therese Ketterl nach Lilienfeld zur Gebirgsschlucht »Sternleiter« gefahren, an deren Rand er das Mädchen erschoß. Hugo Schenk beraubte die Leiche vollständig, sogar Kleider, Wäsche und Strümpfe zog er ihr aus. Drei Tage darauf schreibt er an Klara nach Hannover:

Wien, 8. August 1883

Verehrtes Fräulein!

Anzeige Ihnen, daß ich von meiner Geschäftsreise zurückgekehrt bin, habe viele Aufregungen hinter mir, doch glaube ich alles gut erledigt zu haben, sodaß unsere Zukunft jetzt heller erscheint. Ich fand Ihre beiden 1. Briefe und können Sie sich denken, wie ich mich freute. Ich vertraue Ihnen vollkommen, wie Sie auch mir vertrauen können. Das Leben hat viele ernste Momente, doch mit Mut und Geduld kann man alles überwinden. Auch Haß und Mißgunst können nichts ausrichten gegen die Einigkeit zweier treuer Herzen. Ich würde Ihnen raten, alle notwendigen Papiere sich von Ihren w. Eltern schicken zu lassen, und auch alles andere bereit zu halten. Sie werden von mir sehr bald erfahren, was ich für uns beide beschlossen habe, und glaube ich, daß dann unser Glück vollkommen sein wird. Seien Sie vielmals und aufrichtig innig gegrüßt von Ihrem

Hermann S.

Dieser Brief, mit dem er sich Klara als Opfer sichern will, ist der Brief eines Unermüdlichen, denn die letzte Beute ist so beträchtlich, daß er sich eine Zeitlang Ruhe gönnen könnte. Hat er doch das Depot der Ketterl, 1400 Gulden, behoben und dem Leichnam ziemlich viel Schmuck geraubt.

Mit der geliebten Emilie Höchstmann fährt er nun nach Stein an der Donau, nicht ohne vorher der Klara obige edle Sentenzen von den ernsten Momenten des Lebens und von der Macht des Muts und der Geduld eingeprägt zu haben. Den Rest seiner Flitterwochen mit Emilie Höchstmann verbringt er in Wien, wo Plakate das Verschwinden der Therese Ketterl anzeigen und den Verdacht eines Raubmords aussprechen.

Doch Klara drängt sich zu ihrem Glück und schreibt ihm, daß sie demnächst nach Wien komme. Hermann S. winkt ab. Korrespondenzkarte genügt:

Wien, 25. August 1883

Verehrtes Frl.!

Ein Telegramm zwingt mich, auf einige Zeit zu verreisen, und muß ich Sie daher bitten, Ihre Abreise zu verschieben, bis ich Ihnen meine Rückkunft anzeige, welches hoffentlich recht bald der Fall sein wird. Mit vielen Grüßen zeichne ich mich

Hermann S.

Hermann S. arbeitet an neuen Dingen. In Baden bei Wien lebt die greise Baronin Malfatti, Witwe nach dem Leibarzt des Herzogs von Reichstadt, und bewahrt goldene, brillantenbesetzte Geschenke auf, die der einzige Sohn und Erbe Napoleons dem ärztlichen Freund vermachte. Bei Baronin Malfatti will Schenk einbrechen. Vorher macht er fürsorglich die Bekanntschaft ihrer Zofe Josefine Eder. Die verfällt der Macht ihres neuen Freundes so sehr, daß der es gar nicht nötig hat, den Einbruch zu verüben. Sie selbst stiehlt das napoleonische Erbe mitsamt dem Schmuck der Baronin, um es dem Freund zu bringen.

Diese gute Prise, die sich allerdings nicht gleich veräußern läßt, hindert Schenk keineswegs daran, ein anderes Stubenmädchen aufs Korn zu nehmen, Rosa Ferenczi, die achthundert Gulden besitzt. Aber sie hat ihr Sparkassenbuch verloren, und es muß amortisiert werden, bevor er darangehen kann, sie umzubringen.

Deshalb schreibt Hugo Schenk wieder an die Reservebraut nach Hannover:

Wien, 12. Oktober 1883

Verehrtes Fräulein Klara!

Mitteile Ihnen voller Freude, daß ich gesund zurückgekehrt bin und daß Ihre Briefe vorgefunden habe. Bin sehr schmerzlich überrascht, weil Sie an meiner Treue verzagt sind, ich bin ein Mann von Wort und was ich mir vornehme, führe ich durch, auch wenn sich noch so unermeßliche Schwierigkeiten gegen mich türmen. Seien Sie versichert, daß auch ich der schönen Stunden in V. mich gerne erinnere und nichts sehnlicher wünsche, wie unsere endliche Vereinigung. Schreiben Sie mir, wann Sie nach hier kommen können, damit ich, mit Berufsgeschäften und -sorgen überhäuft, alles einrichten kann. Nehmen Sie nochmals die Versicherung meiner vollsten Liebe und Ergebenheit entgegen von Ihrem

Hermann S.

Diesem Wink kann Klara nicht sogleich Folge leisten. Bevor sie Ende August zur Hochzeit zu fahren beabsichtigte, hatte sie ihrer Herrschaft gekündigt. Als dann die absagende Postkarte aus Wien kam, wollte Klara wieder in der Stellung bleiben, und ihre Dienstgeber willigten nur unter der Bedingung ein, daß sie sich für weitere vier Monate verpflichte. Obwohl sie jeden Tag Fürstin sein könnte, hält sie ihr Wort, das sie der Herrschaft gegeben.

Wenn der Bräutigam »sehr traurig« darüber ist, bis Neujahr auf Klara warten zu müssen, so ist das begreiflich. Denn die Amortisierung von Rosa Ferenczis Sparkassenbuch verzögert sich, und die Inhaberin ist deshalb noch nicht schlachtreif. Aber diesen Grund seiner

»Sehr-Traurigkeit« gibt Schenk der Klara selbstverständlich nicht an, nur ungeduldige Liebe gibt er ihr an:

Wien, 2. Nov. 1883

Verehrtes Fräulein Klara,

bestätige Ihnen Ihre beiden Briefe vom 18. und 26. Oktober und bin sehr traurig, daß Sie sich auf so lange Zeit verpflichtet haben. Ich habe unsere Vereinigung, die ich so sehr ersehne, für diese Tage erwartet und bin sehr traurig, daß ich bis Neujahr warten muß. Schreiben Sie mir, wann Sie eintreffen, da ich Sie sehnsüchtig am Bahnhof erwarten werde. In meinem Leben ist unerwartet eine sehr günstige Wendung eingetreten, ich gebe Ihnen die bestimmte Versicherung, daß sich unsere Zukunft sehr günstig gestalten wird. Vergessen Sie nicht, die Papiere mitzubringen und alles andere, damit nichts verzögert, ich habe hier bereits alle Vorbereitungen getroffen. Mit der Hoffnung auf endliches baldiges Wiedersehen, empfiehlt sich Ihnen Ihr Sie liebender

H. S.

Der letzte Brief, den Schenk an Klara schreibt, und in dem er ihr – vielleicht wirklich »aus aufrichtigem Herzen« – ein »glücklichstes Weihnachtsfest« wünscht, »weil es doch das letzte ist …«, trifft auch alle Anordnungen über ihre Ankunft.

Wien, 10. Dez. 1883

Verehrtes Fräulein Klara,

wie ich aus Ihrem letzten Briefe vom 1. d. M. ersehe, haben Sie alles so erledigt, wie ich es nicht besser wünschen kann. Betreffs Ihrer Befürchtung kann ich Sie vollkommen beruhigen, ich bin ein freiheitlicher Mann und habe keine Vorurteile. Bewahren Sie mir nur Ihre w. Zuneigung und Vertrauen, und seien Sie versichert, daß ich Gleiches mit Gleichem vergelten und meine Zärtlichkeit niemals erkalten wird. Ich wünsche Ihnen aus aufrichtigem Herzen ein glücklichstes Weihnachtsfest, weil es doch das letzte ist, das Sie in ledigem Stand verbringen.

Abreisen Sie also am 1.n.M., nehmen Sie alles mit und schreiben Sie mir noch die Stunde ihrer Ankunft. Ich werde auf dem Perron warten, wenn ich in Wien bin. Sonst gehen Sie ins Hotel »Zur gold. Spinne« auf der Landstraße, wo ich ein Zimmer reservieren werde. Es kann nämlich sein, daß mich eine wichtige unaufschiebbare Angelegenheit zu einer kurzen Reise zwingt. (Geschäftlich.)

Nehmen Sie die Versicherung meiner vollsten Ehrenhaftigkeit, mit der ich mich zeichne

Siegel.

PS Bitte antworten Sie mir noch umgehend.

Eine Woche nach der Absendung dieses Briefes trifft endlich die Mitteilung an Rosa Ferenczi ein, daß ihre Einlage auf ein neues Sparkassenbuch umgeschrieben wurde. Am 28. Dezember macht Schenk mit der Ferenczi einen Ausflug nach Preßburg, Schlossareck fährt mit. Von dort gehen sie nach dem Marktflecken Kittsee. Vielleicht – man erlaube eine kleine Hypothese – spielen dort vor dem Haus des Kaufmanns Goldmann dessen Knaben. Vielleicht fragt Hugo Schenk sie nach dem nächsten Weg zur Furt, und vielleicht erklärt sich auch der kleine Max bereit, sie hinzuführen. Aber das Drama, das am Ufer gespielt werden soll, bedarf keines

Regisseurs, und wenn es auch der zukünftige Max Reinhardt wäre ...

Kaum fünfhundert Schritte hinter dem Goldmannschen Haus läßt sich die Gesellschaft am Ufer nieder. Schlossareck nimmt eine Hacke aus seinem Koffer und reicht sie Hugo Schenk. Der zertrümmert der Rosa Ferenczi damit die Schädeldecke und holt das Sparkassenbuch aus ihrer Handtasche. Ohrgehänge und Perlenarmband nimmt Schenk der Leiche rechtens ab, denn es sind seine Geschenke, der Schmuck, den die Eder bei der Baronin Malfatti gestohlen. Steinbeschwert sinkt Rosa Ferenczi auf den Grund des Donaustroms.

Schenk holt am nächsten Tag das Geld aus der Sparkasse, dann aber wird er vorsichtig. Das Verschwinden der Rosa Ferenczi könnte in Verbindung mit der Abhebung des Spardepots Verdacht erwecken, und die Dienstgeber der Ferenczi kennen ihn. Auch die Schwester der Josefine Timal kennt ihn und die Josefine Eder, die wegen Diebstahls der napoleonischen Andenken in Haft ist. Deshalb hält sich Hugo Schenk in der Wohnung Schlossarecks verborgen, betritt die Straße nicht.

Klara kommt in Wien an, und weil ihr Bräutigam sie nicht am Bahnhof erwartet, geht sie ins Hotel »Zur goldenen Spinne«. Kein Zimmer reserviert, ein Ingenieur Hermann Siegel unbekannt. Auf dem Postamt der Westbahn erfährt sie, daß ihre letzten Briefe nicht behoben sind. Sie fährt nach Hannover zurück. Auch hier kein Brief. Nun, sicherlich hat ihr Bräutigam wichtige, unaufschiebbare Geschäfte.

In Wien wird Hugo Schenk von der Polizei ausgeforscht, verhaftet, prozessiert, und am 22. April 1884 baumelt er neben Schlossareck auf dem Galgen.

Alle Bänkelsänger singen von ihm, kein anderes Motiv erfüllt die Kolleginnen seiner Opfer mit solch gruselnder Wollust. Auch der blinde Methodius hat in seinem Repertoire die Hugo-Schenk-Ballade, und bei der Stelle, da die Kehle der Katharina Timal durchschnitten wird, reißt er das Messer mit einem Ruck über den Schleifstein, daß die Funken sprühen wie Blut und die Hörerinnen grell aufschreien.

Vielleicht kennt Klara dieses Lied, vielleicht singt sie es selbst, schüttelt dabei den Kopf und denkt: Wie weltenfern sind doch die Männer voneinander verschieden!

Zur Arbeit und zur Muße, im Wachen und im Traum, in Liebe und im Liede denkt sie an den ihren. Sie betet vor dem Heiligenschrein, darin die Briefe sind, zwei Rosen und ein Ring, das Liebespfand ihres Fürsten, der vornehm, zurückhaltend und feinfühlig ist wie kein anderer Mann der Welt. So harrt sie seiner seit Jahrzehnten, unbeirrbar überzeugt, er werde wiederkehren und sie freien.

Kriminalfall wie keiner

Auch wenn in dem Kriminalfall, von dem ich nun zu berichten habe, der Täter verhaftet worden wäre, hätte man ihn nicht gerichtlich bestrafen können. Denn in keinem Strafgesetz findet sich ein Paragraph, nach welchem er zu verurteilen wäre, obschon er geraubt und wissentlich den Tod eines Menschen herbeigeführt hat. Gewiß, es scheint unglaubwürdig. Indes, gerade die Nichtstrafbarkeit stempelt diesen Kriminalfall zu einem so merkwürdigen.

Vielleicht ist es auch kein Kriminalfall im engeren Sinne des Wortes, weil er ja, wie gesagt, niemanden ins Kriminal geführt hat und auch nicht führen konnte. Höchstens deshalb kann man von einem Kriminalfall sprechen, weil der Held ein Krimineller war und seine Tat der Denkweise des Verbrechers entsprang.

Unser Regimentskommando wußte, daß der junge Infanterist Alois Davidek wegen Diebstahls mit Zuchthaus vorbestraft war, und das war auch der Grund, weshalb er weder einen Chargengrad noch eine Auszeichnung bekam. Beides hätte er reichlich verdient, und zwar von dem Tage an, an dem wir eine neue Waffe zu handhaben hatten.

Diese neue Waffe war die Handgranate. Von ihrer Existenz wußten wir nichts, bis sie in ein paar hundert Exemplaren in unserem Schützengraben anlangte mitsamt einem Instruktor, der seine Instruktionen im Eilzugstempo abhaspelte, um so schnell wie möglich aus dieser unbehaglichen Gegend zu verschwinden.

Wir hielten die neue Waffe für modernistischen Unsinn. Zwischen uns und dem Feind, den Serben, lagen fünfundsechzig Meter flaches Feld. Abgebrochene Kukuruzstauden. Granattrichter neben Granattrichter, und dazwischen Hügel, aufgeworfen vom Einschuß. Soldatenleichen, die nicht geborgen werden konnten. Spanische Reiter, die man hüben und drüben vor die Gräben geschoben hatte, um dem Feind ein Herankommen zu erschweren. Auf diesem Terrain hätte bei Tag jede Figur augenblicklich gesehen werden müssen. Und bei Nacht knatterte das Angstschießen; es bestrich den Raum so dicht, daß einer, der sich im Dunkeln über den Wall des Schützengrabens hinausgewagt hätte, zum Sieb durchlöchert worden wäre, auch ohne ein sichtbares Ziel zu sein. Auf eine Entfernung von fünfundsechzig Metern konnte niemand die Granate schleudern, und sich näher heranzuschleichen schien unmöglich.

Wir begnügten uns damit, sie in die Richtung des Feindes zu werfen, ins Niemandsland. Unseren Vorgesetzten war das recht, denn so konnten sie Meldungen über die eifrige Verwendung der neuen Waffe erstatten.

Nur dem Alois Davidek mißfiel die Vergeudung von Material. Ich sah ihn einmal vor den Handgranatenverschlägen stehen und sie mit wunschvollen Blicken messen, als handle es sich um fremdes Hab und Gut.

Im Abenddämmer machte er sich an die Handgranaten heran. Zuerst trug er zwei der mit Stroh ausgestopften Uniformpuppen, die wir oft zum Spaß aus dem Graben steckten, an den linken Flügel der Kompanie. Dann warf er vor seine Stellung, die am rechten Flügel lag, ein Bündel Kukuruzstauden, anscheinend, um nicht gesehen zu werden, wenn er aus dem Graben steigen würde. In der Tat sprang er ins Vorterrain, und zwar genau im Augenblick, da an unserem linken Flügel die Puppen hochgehoben wurden. Sein Sprung blieb unbemerkt, denn der Feind konzentrierte das Feuer selbstverständlich auf die beiden Ziele.

Erregt beobachteten wir Alois Davidek, der flach auf dem Boden lag. Was, wenn er sich aufrichtet? Aber es fiel ihm gar nicht ein, sich aufzurichten, dem Feind seine Figur darzubieten. Liegend, den Körper ans Erdreich gepreßt, bewegte er sich vorwärts. Das Wort »kriechen« wird im Sprachgebrauch oft für »Langsamkeit« verwendet. Hier kroch etwas mit der Schnelligkeit eines Salamanders, aber es war kein Salamander, sondern Alois Davidek. Er jagte dem Feinde im Zickzack zu, die winzigste Deckung ausnutzend, bald eine Soldatenleiche, bald ein Hügelchen, bald ein Büschel vertrockneter Stauden. Selbst uns, die wir ihn nicht aus den Augen ließen, verschwand er zeitweilig aus den Augen.

Wie ein Fassadenkletterer die Senkrechte aufwärts läuft und jede Mauerzacke, jedes griffgeeignete Ornament und jedes Gesimse ausnützt, so nun kletterte Alois Davidek auf einer horizontalen Fassade.

Nachdem er einige Sekunden auf diese Weise liegend galoppiert war, buchstäblich »ventre à terre«, verschwand er in einem flachen Granatkessel, etwa zwanzig Meter am Feind, und aus diesem seinem Kessel sausten nun in raschem Intervall vier Eier in den feindlichen Graben. Um die Wahrheit zu sagen, ich sah nur eines fliegen, denn im gleichen Augenblick bäumte sich drüben der Boden auf, der Schutzwall brach krachend zusammen, seine Bestandteile wirbelten durch die Luft.

Bevor sich der Rauch verzog, war Alois Davidek wieder bei uns, triefend vor Schweiß. Auch den Rückweg hatte er bauchwärts zurückgelegt, weil er, wie er sagte, unsere Schüsse mehr fürchtete als die des Feindes, der in diesem Augenblick mit sich selbst beschäftigt war.

Der Regimentskommandeur ließ Alois Davidek rufen, schüttelte ihm die Hand, kredenzte ihm ein Glas Wein und ein Stück Torte und teilte ihn dem Regimentsstab zu. Nur unmittelbar vor Sturmangriffen wurde Alois Davidek in die Schwarmlinie beordert. Jedesmal bereitete er seine Aktion auf andere Weise vor, einmal zum Beispiel ließ er zwei kleine Schweine aus unserer Stellung nach vorne jagen, und während die Serben ihnen ihr Augenmerk zuwandten, explodierte ihr Schützengraben.

Eines Tages wurde auch ich zum Regimentsstab berufen, um den Meldungen über unsere Sturmangriffe einen ähnlichen Schwung zu verleihen, wie Alois Davidek ihn seinen Handgranaten verlieh. Vielleicht war es Alois Davidek, vielleicht mir zuzuschreiben, daß unser Regimentskommandeur avancierte. Er übernahm ein Brigadekommando.

An seine Stelle kam ein langer Oberstleutnant, geschnürt und parfümiert, in übertrieben eleganter Uniform, Monokel über dem rechten Tränensack und Dünkel in den herabgezogenen Mundwinkeln. Unseren Soldaten aus dem nördlichen Böhmerwald war es gleichgültig, wer von den vielen tausend Stabsoffizieren der österreichisch-ungarischen Armee zum Kommando des Regiments bestimmt wurde, denn sie kannten ja die hohen Herren nicht. Nur gerade diesen Oberstleutnant kannten viele von ihnen. Er war nämlich Kontrolloffizier der Waffenfabrik Skoda gewesen, deren Abteilung für Holzbearbeitung sowie die Versuchsstellen für Geschütze innerhalb unseres Ergänzungsbezirks lagen. Unsere Soldaten hatten, bevor sie noch Soldaten waren, durch ihn den ärgsten militärischen Drill am eigenen Leib erfahren. Wenn ein Zehntel davon wahr war, was sie von der Brutalität des Oberstleutnants gegen die männlichen Arbeiter und von seiner Zärtlichkeit gegenüber den weiblichen erzählten, so wäre das Unbehagen bereits hinreichend erklärt, mit dem sie ihn bei uns auftauchen sahen.

Für Zärtlichkeiten gegenüber dem weiblichen Geschlecht fehlte es bei uns an Gelegenheit. Um so ungehemmter entfaltete er seine diktatorischen Neigungen. Vor allem führte er eine neue Ordnung ein. Punkt fünf Uhr morgens hatte der Koch mit einem Glas Zitronensaft ans Bett des Oberstleutnants gestellt zu sein. Fünf Uhr dreißig begann der Oberstleutnant die Inspektion, die zugleich sein Verdauungsspaziergang war und ihn bis zu den vier Bataillonskommandos, aber auch nicht weiter hinaufführte. Er tauchte, wo es nicht gefährlich war, in den Unterständen der Telefonisten und Gefechtsordonnanzen auf, bemängelte die Lage der Tornister und Brotsäcke und befahl, Uniformen und Stiefel zweimal täglich zu putzen.

Außerdem heischte er eine unausgesetzte Straßensäuberung. Der Laufgraben, der von der Gefechtslinie zum Sanitätshilfsplatz führte, auf dem sich Köche mit tropfenden Fahrküchen bewegten, auf dem blutende Verwundete sich schleppten oder getragen wurden – dieser Einschnitt in Erdreich und Kot sollte gereinigt und gepflegt werden wie der Kiesweg eines Schloßparks. Fand der Oberstleutnant irgend etwas zu beanstanden, so ließ er den Schuldigen schnurstracks an den nächsten Baumstamm binden. Persönlich achtete er darauf, daß das keine Formalität blieb, sondern die Stricke tief ins Fleisch schnitten.

Glock sieben morgens schritt er zu einer sakralen Handlung. Für deren Vollzug hatte er sich gleich am ersten Tag eine nur für ihn bestimmte Latrine zimmern lassen, die an Komfort weit über das hinausging, was die »k.u.k. Anweisungen zum Bau feldtechnischer Anlagen« vorschrieben. Wohl bestand auch die für den Oberstleutnant hergestellte Konstruktion nur aus einer Bank, aber diese war so groß und so stabil, daß das ganze Offizierskorps gleichzeitig auf ihr hätte Platz nehmen können. Überdies war sie poliert und mit einer bequemen Rückenlehne versehen.

Uns verdroß die Mißachtung, mit welcher die Latrine direkt vor unserem Unterstand aufgerichtet wurde. Wir mußten mit der Mehrheit unserer fünf Sinne wahrnehmen, wie der Oberstleutnant jeden Morgen um sieben dort seinen Platz bezog und den Akt zelebrierte mitsamt einer eindringlichen Nachmusterung, zwecks welcher er sich prüfend über die Rückenlehne beugte.

Unser Unterstand lag am Rande des Laufgrabens, und dort sah der Oberstleutnant eines Tages ein paar Papierschnitzel auf dem Boden liegen. Wütend herrschte er den Alois Davidek an, der sich damit verteidigte, daß eben in diesem Moment jemand die Papiere hingeworfen haben müsse. »Klaub das Zeug auf«, befahl der Oberstleutnant seiner ihn begleitenden Ordonnanz, »und trag es zum Nachrichtenoffizier!«

Vom Nachrichtenoffizier erfuhr der Oberstleutnant, daß die Papierschnitzel einen an den Infanteristen Alois Davidek adressierten Briefumschlag gebildet hatten. Alois Davidek wurde gerufen, um zu hören: »Du verlogenes Schwein! Eine Stunde anbinden! Du sollst an mich denken!«

Alois Davidek stand auf den Zehenspitzen, den Körper mit Stricken an den Baumstamm gepreßt. Seine langen Finger waren wie aus Gips. Weiß war auch sein Gesicht. Nur in seinen Augen war Farbe, sie flackerten, wie ich sie noch nie flackern gesehen.

Sie flackerten noch immer in dem noch immer weißen Gesicht, als er in unseren Unterstand zurückkehrte. Die Augen flackerten, aber sahen nicht. Alois

Davidek hörte auch nicht. Wenigstens gab er mir keine Antwort auf die Frage, ob er einen Schluck Kaffee haben wolle. Er sprach zu sich selbst. Er zischte sich etwas zu. Ich verstand die Worte »so ein Hund«, »muß krepieren, *muß* krepieren«.

Die Nacht brach herein, eine der Sternennächte Serbiens, die heller sind als der Tag.

»Willst du dich nicht schlafen legen?« fragte ich ihn endlich.

»So ein Hund«, sagte er zu mir oder zu sich, »morgen muß er weg. Schon morgen. Morgen werde ich's ihm besorgen, ich schwöre das beim Leben meiner Mutter.«

Erschreckt setzte ich mich auf. »Du willst ihn erschlagen?«

Die flackernden Augen richteten sich erstaunt auf mich. »Was redest du da? Erschlagen? Hältst du mich für einen Mörder? Ich bin ein Dieb, verstehst du: ein Dieb.«

Als ich mich wieder hingelegt hatte und er mich wohl schlafend glaubte, schnallte er den Feldspaten von seinem Tornister los und verschwand aus dem Unterstand. Ich sprang auf und sah, wie er sich auf die Erde warf und vorwärts jagte im Horizontallauf, den ich von seinen Exkursionen mit den Handgranaten kannte.

Erleichtert merkte ich, daß er nicht die Richtung zum Regimentskommando nahm, wo der Oberstleutnant schlief. Alois Davidek bewegte sich zur neuen Latrine. Dort, unter oder unmittelbar hinter dem Sitzbrett, sah ich ihn, sein eigener Schatten, auf dem Boden herumkriechen, den Feldspaten hantierend, aber ich verstand nicht, was das bedeutete.

Zunächst dachte ich, daß er das Erdreich lockere, damit die Bank umfalle, wenn sich jemand darauf setzt. Oder wollte er gar die Stützpfeiler der Bank durchsägen? Ich war entschlossen, es zu verhindern, denn das mußte ja ans Tageslicht kommen.

Noch stiller und friedlicher als sonst Nächte in der Natur sind die Nächte im Krieg. Der Gefechtslärm, das ununterbrochene Knattern der Gewehrpatronen und das Rollen des Geschützfeuers werden von dieser Stille aufgesogen, lösen sich in ihr ohne Rückstand und dienen nur dazu, sie zu verstärken. Draußen rückt Artillerie vor, ächzen die Achsen, schnauben die Pferde, knallen die Peitschen und fluchen die Feuerwerker, und die Soldaten liegen im sanftesten Schlummer. Aber wenn im Zelt nebenan jemand zu schnarchen beginnt, fahren die Schläfer wütend auf, denn er stört die tiefe lärmende Ruhe.

Inmitten dieser Stille hätte ich genau gehört, wenn sich Alois Davidek an dem Bretterwerk der Latrine zu schaffen gemacht hätte. Absolut lautlos kroch Alois Davidek hinter dem Sitzbrett herum. Dabei bewegte er die rechte Hand, in der er den Spaten hielt. Dann sah ich ihn einige Maisstaudenbündel, die überall herumlagen, näher an die Latrine heranschieben.

Der Morgen kam. Punkt sieben schritt der Oberstleutnant wie immer zu seiner morgendlichen Tätigkeit. Ich schaute nach Alois Davidek aus, sah ihn aber nicht. So ließ ich, dem nichts Gutes schwante, den sitzenden Oberstleutnant nicht aus dem Auge, bis er zu Ende war.

In dieser Sekunde sah ich einen rasend schnellen Salamander in Menschengröße, fest an den Boden geschmiegt und sich durch Maisstauden deckend, von hinten an den Oberstleutnant heranhuschen, fast unter ihn hin. Ein Feldspaten nahm etwas auf, und der Menschensalamander verschwand.

Der Oberstleutnant war inzwischen aufgestanden, drehte sich um und neigte sich, die Hände auf die Rükkenlehne gestützt, hinab.

Er sah nichts.

Er beugte sich tiefer vor und sah nichts.

Er klemmte sein Monokel ins Auge und sah nichts.

Er nahm das Monokel aus dem Auge, hauchte es an, putzte es, klemmte es wieder ins Auge, beugte sich ganz tief hinab und sah nichts.

Neben mir stand der zurückgekehrte Alois Davidek und beobachtete den Oberstleutnant, der sich wieder auf die Latrine setzte.

Als der Oberstleutnant schließlich aufstand, resultatlos selbstverständlich, wankte er in seinen Unterstand und rief nach dem Regimentsarzt. Der rannte herbei, untersuchte den Oberstleutnant, verabreichte ein Laxativ und blieb bei ihm – mochten die verwundeten und ruhrkranken Soldaten unten am Hilfsplatz sehen, wie sie selbst mit ihrem Leid fertig würden, ein verstopfter Oberstleutnant hat vor laufender Kundschaft natürlich den Vorrang.

Alois Davidek lag wieder auf dem Anstand. Kaum eine halbe Stunde brauchte er zu lauern, bis der Oberstleutnant blaß seiner Latrine zueilte. Mit einer Geste, als ob es sich um einen Revolver handle, nahm Alois Davidek den Feldspaten und zog los. Wieder sah ich ihn, mit seinem Schatten vereinigt, dahinjagen, wieder sah ich ihn die Beute schöpfen, mit ihr verschwinden. Als er zurückkam, rieb er die Schaufel mit Erdreich ab und ließ Wasser darüber laufen, sie hatte das Ihrige getan und wusch ihre Hände in Unschuld.

Drüben stand der Oberstleutnant und straffte sich. Seine Bewegung atmete Befreiung, Befriedigung, Glück. Langsam, den Genuß verzögernd, wandte er sich um.

Und damit waren seine schönen Gefühle zu Ende. Verständnislos blickte er hinab, fassungslos beugte er sich tiefer und starrte regungslos auf das Nichts. Er untersuchte seine Kleider und Schuhe, ging um das Sitzbrett herum, musterte es genau. Nur das Nichts war überall, nichts als das Nichts.

Einem Kadaver glich er, als er sich zum Regimentsarzt schleppte, von ihm ein neues Abführmittel in Empfang nahm und sich aufs Feldbett legte. Wie uns eine Ordonnanz berichtete, wand er sich in Schmerzen, ein begreiflicher Zustand, da er zwei Dosen Laxativ im Leibe hatte und sonst nichts anderes, wenn auch er und der Regimentsarzt das Gegenteil glaubten.

Ein Krankenwagen fuhr vor, um den Oberstleutnant ins Divisionsspital zu schaffen.

Mit welchen Symptomen auch immer man im Divisionsspital eintraf, man wurde auf Dysenterie untersucht, und wer in der Dysenteriebaracke untersucht wurde, steckte sich unfehlbar von den Kranken an. Beim Oberstleutnant schien die Diagnose Dysenterie von allem Anfang an klar. Hatte doch das zweite Laxativ durch die Fahrt im ratternden Krankenwagen seine Wirkung getan und mangels anderer Masse nur Blut und Wasser zutage gefördert.

Einige Tage später kam die Nachricht vom Heldentod des Oberstleutnants sowie die postmortale Verleihung des Eisernen Kronen-Ordens an ihn. In der Zeitung lasen wir den Bericht über die Enthüllung einer Ehrentafel in den Skodawerken; auch eine Straße sollte nach ihm benannt werden.

Und damit ist meine Geschichte zu Ende, die Geschichte eines Verbrechens mit tödlichem Ausgang, das nicht bestraft werden kann.

Politik

Rettungsgürtel an einer kleinen Brücke

Über die Brüstung der Liechtensteinbrücke, einer kleinen Brücke, die vom Hintereingang des Zoologischen Ganens zum Tiergarten führt, ist ein Rettungsring gehängt. Ein Seil, das sich nicht verfitzen kann, ermöglicht es, den tragfähigen Gürtel weithin in den Landwehrkanal zu schleudern. Die Gegend ist, man kann es nicht anders sagen, idyllisch.

Der Kandelaber, der den Rettungsring darbietet, hält gleichzeitig eine Papptafel mit illustrierten Anweisungen zur Wiederbelebung Ertrinkender. Ferner verkündet ein Schild, daß sich die nächste Rettungsstelle im Hause Nr. 9 der Budapester Straße befinde.

Bedenkt man, daß die Lebensmüden sich für einen ernstgemeinten Selbstmord eine Stunde aussuchen, da niemand in der Nähe ist, und daß sie selten um Hilfe rufen, bedenkt man, daß die Aussicht, hier unversehens ins Wasser zu fallen, selbst für einen Bezechten gering ist, bedenkt man ferner, daß nächtlicherweile in Berlin, in der Tiergartengegend, die freiwilligen Samariter besonders dünn gesät sind, auch im Falle einer Hilfsbereitschaft sich kaum jemand des Rettungsgürtels erinnert, und daß der Ertrinkende während der Loslösungs- und Wurfvorbereitungen bereits entkräftet ist und einen in seine Nähe geschleuderten Gegenstand nicht mehr zu erreichen vermag – bedenkt man also all das, so wird man annehmen können, daß der Gürtel am stillen Brücklein noch keinen vom Tode gerettet hat.

Aber der Rettungsgürtel ist hier nicht unangebracht angebracht. Da ja immerhin die Möglichkeit besteht, daß jemand im Kanal umkommt (ein Füsilier, der 1904 bei einer Rettungstat ertrank, hat hier ein Denkmal aus Bronze, Stein, Efeu und Baum), so besteht auch die Möglichkeit, daß einmal in Jahrzehnten der Korkring einen Menschen dem Wasser entreißen könnte, der Wiederbelebungsversuch laut Anweisungen auf dem Pappkanon Erfolg hätte, die Rettungsstelle Budapester Straße Nr. 9 rechtzeitig benachrichtigt und ihre Abgesandten rechtzeitig an Ort und Stelle sein könnten.

Ein Menschenleben kann nicht hoch genug bewertet werden.

Von dem Rettungsgürtel auf Wurfweite entfernt ist die Stelle, wo uniformierte Männer einen Frauenkörper ins Wasser warfen.

Irgendwelche Bürger von der Einwohnerwehr hatten sich Rosa Luxemburgs in dem Haus bemächtigt, in dem sie wohnte, und aus irgendwelchen Gründen gerade ins Eden-Hotel gebracht, wo der Stab der Gardekavallerie-Schützendivision hauste, forsche Herren, monokelnd und näselnd, die nun kurzerhand übereinkamen, die »Galizierin« um die Ecke zu bringen.

Um die Ecke zu bringen – sie machten die Phrase wahr, die sprachliche Wendung zu einer wirklichen Wendung.

Das Haus muß rein bleiben, das ist der Grundsatz jedes biederen Ehemannes, etwas anderes ist das, was man außerhalb des Hauses tut. Das Haus muß rein bleiben, und erst in der Sekunde, da Rosa Luxemburg, vom herbeigeholten Mordkommando begleitet, den Fuß aus dem Hotelportal setzte, zertrümmerten die Helden mit Gewehrkolben von hinten ihr Schädeldach und legten sie ins Auto. Herr Leutnant Vogel fuhr mit, er saß verkehrt neben dem Führersitz, preßte seines Revolvers Mündung auf die Stirn der halbtoten Rosa Luxemburg und drückte ab. Der Schuß ging nicht los, denn die Waffe war nicht entsichert; nun, so entsicherte er sie eben, preßte von neuem seines Revolvers Mündung auf die Stirn der halbtoten Rosa Luxemburg und drückte von neuem ab.

Das Auto fuhr inzwischen die Straße geradeaus, die damals noch Alter Kurfürstendamm hieß und jetzt Budapester Straße heißt, während statt dessen die Budapester Straße nach Friedrich Ebert genannt wird, so daß sowohl Horthys Budapest wie Deutschlands Ebert eine ihrer würdige Ehrung haben. Aber das Auto fuhr nicht geradeaus über die Corneliusbrücke, sondern bog links ein – man hatte ja Rosa Luxemburg um die Ecke zu bringen.

Um die Ecke zu bringen – an der ersten Ecke, links vom Alten Kurfürstendamm, ist die Gegend finster. Auf der einen Seite die Wirtschaftsgebäude vom Zoo, auf der andern Seite der Landwehrkanal. Nahe der Liechtensteinbrücke wächst sogar noch Gebüsch zwischen Weg und Wasser, hier hält das Auto. Kein Mensch kommt zu so später Stunde hierher, es ist auch heute keiner da, wohl aber Gardeoffiziere mit Maschinengewehren; sie bewachen die Brücke, an der der Rettungsgürtel hängt. »Halt, wer da?« – »Um Gottes willen, nicht schießen!«

Oberleutnant Vogel (zum herankommenden Offizier): »Bitte, veranlassen Sie nichts! Ich habe die Leiche der Luxemburg.« Der Offizier: »Gott sei Dank!«

Dann wurde Rosa Luxemburg ins Wasser geworfen. Da der Körper, tot oder halbtot, auf der Oberfläche schwamm, soll er (gewiß weiß man es nicht; denn die des Meuchelmordes angeklagte Garde-Division stellte selbst den Gerichtshof) wieder herausgefischt worden sein, mit Draht umwickelt und mit Steinen beschwert. Woher nahm man so eilig den Draht? Wahrscheinlich vom Rettungsgürtel.

Vorsitzender: »Erinnern Sie sich nicht, daß Leutnant Röpke, die Hand an die Mütze legend, Ihnen gemeldet hat: ›Die Leiche Rosa Luxemburgs ist soeben ins Wasser geworfen worden, wenn Herr Hauptmann sie sehen will, dort schwimmt sie.‹«

Hauptmann Weller: »Als ich auf der Brücke stand, sah ich einen dunklen Gegenstand im Wasser treiben. Da kann vielleicht jemand gesagt haben: ›Da schwimmt sie.‹«

Dieser dunkle Gegenstand ist Rosa Luxemburg.

Dort schwimmt sie, ein dunkler Gegenstand. Die lichten Helden, die sie um die Ecke gebracht haben, fahren um die Ecke zurück, rühmen (zueinander) ihre Tat, zahlen Belohnungen aus, lassen Wein auffahren, sich als Gruppe photographieren: der Jäger Runge, der den ersten Kolbenhieb drosch, darf mit den Herren Offizieren auf das Bild. Großer Sieg.

Ein Menschenleben kann nicht hoch genug bewertet werden.

Auf der einen Seite der kleinen Brücke, an der fürsorglich der Rettungsgürtel hängt, ist das Liechtensteinportal des Zoologischen Gartens. Auf der anderen Seite beginnt der Neue See; dort haben zwölf Minuten früher die Kameraden des Leutnants Vogel den Kameraden von Rosa Luxemburg um die Ecke gebracht.

Um die nächste Ecke, erst im Tiergarten, wo vor hundert Jahren die hohen Herren das Wild zu erlegen geruhten. An der ersten Stelle, die dunkel war, ein Seitenweg zweigte ab, zerrte man den beim Ausgang des Eden-Hotels gleichfalls halb erschlagenen Karl Liebknecht aus dem Auto und forderte ihn auf, zu Fuß zu gehen. Nach links, obwohl man angeblich nach Moabit wollte, also schnurstracks geradeaus. Aber man mußte ihn doch um die Ecke bringen.

Sechs Offiziere, Kapitänleutnant Horst von Pflugk-Hartung, Leutnant Stiege, Leutnant von Ritgen, Leutnant z. S. Schulze, Hauptmann Heinz von Pflugk-Hartung und der Leutnant d. R. Liepmann, cand. phil., Sohn eines Charlottenburger Justizrats, ein Jude, der sich von keinem Gardeoffizier einen Mangel an schneidiger Bestialität nachsagen lassen wollte, sowie der Jäger zu Pferd Clemens Friedrich führten oder schleppten Karl Liebknecht.

Kapitänleutnant Horst von Pflugk-Hartung feuerte von hinten den ersten Schuß ab, Signal zu dem Bombardement auf Liebknecht. Als dieser tot zusammenbrach, todsicher tot, konnte er auf die Unfallstation gebracht werden, deren Adresse neben dem Rettungsgürtel an der kleinen Brücke angegeben ist.

Es sei ein »unbekannter Spartakist«, sagten sie, wollten zunächst beide Meuchelmorde verheimlichen, gaben dann eine Erklärung heraus, Herr Dr. Liebknecht sei von der vor dem Hotel angesammelten Menschenmenge schwer verletzt worden, habe im Tiergarten flüchten wollen, auf mehrfaches Anrufen nicht haltgemacht und einem Verfolger einen Messerstich versetzt, worauf man ihm nachschoß. Wo Frau Dr. Luxemburg sei, wisse man nicht, verlautbarten ihre Mörder endlich; eine spartakistische Menge habe sie mit dem Ruf »Das ist die Rosa« an der Corneliusbrücke (also nicht um die Ecke, versteht ihr!) vom Wagen geholt und sei mit ihr in der Dunkelheit verschwunden.

All diese Behauptungen wurden selbst vor dem Kameradschaftsgerichtshof nicht aufrechterhalten; sie hatten sich längst als Lügen herausgestellt; vor dem Hotel waren weder Zivilisten, die Karl Liebknecht aus antispartakistischen Gründen tödlich verwundet hatten, noch Zivilisten, die aus spartakistischen Gründen Rosa Luxemburg bei der Corneliusbrücke in die Dunkelheit retteten. Kein Zivilist wußte von der Festnahme und gar vom Abtransport der beiden, kein Zivilist war dem Auto begegnet, als es um die Ecke bog.

Obwohl die Gardekavallerie-Schützendivision aus dem Eden-Hotel das Divisionsgericht stellte, also keinem der Herren Mörder etwas passieren konnte, muß anerkannt werden: Alle verleugneten tapfer ihre Mannespflicht, drückten sich, verlangten keinerlei öffentliche Anerkennung von ihrem Chef Noske und ihrem Oberchef Ebert dafür, daß sie, sieben Mann, Liebknecht überwältigt hatten, und verzichteten auf Orden und Ehren, damit im Interesse von Staat und Gesellschaft die Wahrheit über seinen Tod verschwiegen werde.

Ein Menschenleben kann nicht hoch genug bewertet werden.

Das alles fällt einem so ein, wenn man auf dem idyllischen Brücklein steht, an dem fürsorglich ein Rettungsgürtel hängt.

Justiz gegen Eingeborene

Den Kadi, mit dessen weisem Spruch die Märchen aus Tausendundeiner Nacht enden, den gibt's im Orient immer noch.

Viele Stufen muß man vom Gouvernementsplatz hinabsteigen, um zum Eingang der Djama-Djedid, der größten Moschee Algeriens, zu kommen. Aber der Bau ist so hoch, daß die weiße Wölbung mit dem goldenen Halbmond wieder hinaufragt in das europäische Häuserkarree und, eine zinnenumrahmte Halbkugel, mitten darin liegt zwischen Handelskammer, Rathaus, Börse und Bronzemonument, fremd, alt, groß und geheimnisvoll.

Vom Platz aus führt ein schmaler Seiteneingang direkt in die Höhe der Kuppel, man tritt in einen kahlen Vorraum, gegenüber der Türe ist ein ebenso kahles Kämmerlein, links geht's zur Mahakma, der Gerichtsstube, wo der Kadi amtiert, seit dreihundert Jahren in demselben Raum, seit tausend Jahren auf dieselbe Art.

Ließe sich denken, ein Kadi sei jung? Nun, unserer ist alt, unter seinem weißen Bart schlingt sich der weiße Licham um den Hals, als gälte es jeden Augenblick, ihn vor den Mund zu legen, um sich vor dem Samum zu schützen. Des Kadis Stirn verschnürt ein golddurchwirktes Turbantuch, und die goldene Brille gibt ihm, der Achtung von Amts wegen genießt, überdies das Ansehen tiefer Buchgelahrtheit.

Er sitzt in breitem Stuhl auf einem Podium, die braune Täfelung der Wand liefert ihm den Hintergrund – zu der Kalifen Zeiten mag der Richterstuhl ein Thron gewesen und die Drapierung der Wand von einem Teppich gebildet worden sein, damals fehlte wohl die Barriere, die den Gerichtshof vom Volk der männlichen Kläger, männlichen Beklagten und männlichen Zeugen trennt; die weiblichen sind dahinter in den kahlen Raum gepfercht, und nur durch Gitterfenster dürfen sie, die tief Verschleierten, den Gang der Verhandlungen verfolgen, und nur durch die Gitterstäbe erheben sie Klage, sprechen sie Worte der Verteidigung oder erstatten sie Zeugenaussage.

Nicht minder ehrwürdig als der Kadi: die beiden beturbanten Hilfsrichter zu seinen Füßen. In beinahe demutsvollem Tone bringen sie ihre Einwände vor, der Mufti rechts die belastenden, der Mufti links die entlastenden. Neben ihnen sitzt je ein Schreiber, auf dem Kopf die rote Scheschia, die afrikanische Ausgabe des Fes, besorgen sie Namensaufruf, Vorlegung der Aktenstücke und Protokollierung der Urteilssprüche.

Nicht lange dauern die Prozesse, kaum eine Viertelstunde jeder. Es sind die kleinen Zivilstreitigkeiten der arabischen Händler aus dem Basar und dem Hafen, der Zank der Mieter aus den Häuschen des Kasbah-Viertels und Konflikte religiöser Art. Die meisten Vorgeladenen sind nicht erschienen, man leistet gewöhnlich erst der zweiten oder dritten Ladung Folge; die aber, die gekommen sind, verhalten sich respektvoll. Eine Handbewegung des Kadis, und der erregteste Beklagte unterbricht seinen langatmigst angelegten Sermon. Und doch ist dieser Streit um ein paar Franken, diese Feindschaft um Weiberklatsch nur objektiv geringfügig, für die armen Eingeborenen sind sie wichtig, sonst kämen sie nicht zum Kadi gelaufen.

Schlimmer ist es, wenn sich die Beherrscher des Landes mit einem Delikt befassen, sie, die freigebig sind mit Todesurteilen und Verbannungen und Kerkerstrafen gegen den verachteten «indigène«, sie, vor denen man sich nicht verteidigen kann, weil sie die Sprache und die Sitten nicht verstehen, sie, die die Macht haben, den Mohammedaner in seinem eigenen Lande zur Dienstpflicht gegen das eigene Land zu zwingen, ihn einzusperren oder zu töten, obwohl sie ungläubige Hunde sind.

Weh dem, der der Cour correctionelle in die Hände fällt! Wer seiner Pflicht als Bluträcher Genüge getan, wer den Pferdedieb erschossen oder den Ehebrecher erstochen hat, wie es die Ehre erfordert, tut am besten daran, zu verschwinden; die Stammesgenossen verraten keinen, und die Urteile, die erlassen werden, erfährt der Täter nicht.

Tapeziert sind die Wände des Justizpalastes mit offiziellen Anschlägen der gleichen Art: »Lamu Mohammed ben Ali, genannt Felkani, zweiundvierzig Jahre alt, geboren 1884 in Beni Felkaï im Regierungsbezirk Sétif, Sohn des Ali ben Mohammed und der X ...« Der Name von Gattin oder Mutter ist seltsamerweise den Gerichten niemals bekannt. »Taglöhner, wohnhaft im Duar Mentano, Kreis Péregotville, Witwer ohne Kinder, des Lesens und Schreibens unkundig, von der Justiz nicht ergriffen, wird hiermit in contumaciam schuldig gesprochen, am 13. Oktober 1925 in Maison Carré, Regierungsbezirk Algers, vorbedacht den Teggali Haon ben Mohammed aus dem Duar Mentano getötet zu haben, und wird nach Code Pénal, Artikel 295 und 304 des § 3 zu lebenslänglicher Zwangsarbeit verurteilt.«

Die französischen Gendarmen werden keinen dieser verurteilten Lamu Mohammed finden, wohl aber findet jeden der Dolch des Vaters oder des Sohnes von jedem ermordeten Teggali Haon ben Mohammed.

Das mag kulturlos und unheimlich sein, schwerlich jedoch ist es kulturloser und unheimlicher als die Verhandlungen gegen Einheimische vor dem französischen Richter. Ein Mann aus der Großkabylie muß – o Schande – ohne Turban über dem in verkümmerten winzigen Löckchen geringelten Schwarzhaar vor Gericht stehen, zwei Gendarmen flankieren ihn, unten sitzt der Privatbeschädigte und ein Zeuge, gleichfalls ohne Turban über dem Karakülfell des Scheitels, und alle Stehplätze sind von den weither gekommenen Dorfbewohnern gefüllt. Niemand wagt es, einen der leerstehenden Stühle zu benutzen. Niemand versteht die Richter. Die thronen im Talar mit weißen Bäffchen, zwei mit Monokel, einer mit Kneifer, niemand versteht die gelangweilte Rede des Staatsanwalts und die kurze Replik des Ex-officio-Verteidigers. Der Angeklagte schaut apathisch drein, der junge Bursch auf der Privatklägerbank starrt alle Redner an, als müsse Allah ihm plötzlich die Eingebung der französischen Sprache schenken, traurig und anteilnehmend sind die Landsleute über die Brüstung des Stehparterres gebeugt.

Ob der Kläger mit der Gattin des Beklagten wirklich nur geredet habe, als dieser den Schuß abfeuerte? Diese

Frage wiederholt der Dolmetsch resigniert und erhält keine Antwort, so entlastend sie wäre – die Muselmanen, die keine Frau in die Gerichtsstube lassen, würden niemals die Ehre einer Frau bloßstellen, am allerwenigsten vor den Giaurs.

Von meuchlerischer Mordabsicht deklamiert der Staatsanwalt, habe sich doch der Angeklagte geäußert, er werde den Burschen sehr bald – »der hohe Gerichtshof wird entschuldigen, daß ich hier ein derart brutales Wort in den Mund nehmen muß« – verdoppeln. Nun spricht der Anwalt, er glaubt, es sei mehr als eine Plauderei gewesen, was den Schuß des eifersüchtigen Gatten veranlaßte, und gibt (anscheinend ist er Kommunist oder Anarchist) den Europäern die Schuld an dieser und jeder anderen Schießerei, denn sie waren es, die den Eingeborenen die Gewehre brachten.

Der Gerichtshof verliest das Urteil, der Dolmetsch übersetzt es, der Angeklagte duckt sich und wird abgeführt, die Kabylen aus seinem Dorf schleichen sich aus dem Saal, die Verhandlung hat kaum eine halbe Stunde gedauert, und ein Sohn der freien Berge muß auf drei Jahre ins Gefängnis, weil er getan, was ihm die Gesetze seines Volkes vorschreiben und was den Gesetzen der Machthaber widerspricht.

Mord, Mord und wiederum Mord, zehn Jahre lang

Die Menschheit »feiert« heute ein Jubiläum wie keines zuvor: zehn Jahre Mörderherrschaft und Mordsystem.

So lang schon sind die an der Macht, die ihre Macht nur dann als Macht zu empfinden imstande sind, wenn sie sich als Herren über Leben und Tod austoben an Wehrlosen. Sie nennen es Geschichte machen, wenn sie alles Geschichtliche zerstören, und sie nennen es »unwiderrufliche Tatsachen schaffen«, wenn sie alles Menschliche töten, und sind stolz darauf. Die Rache des Unmenschen am Menschen tobt sich, unhemmbar und unstrafbar, erlaubt, ja sogar von Staats wegen gefördert, also als Akt rohester Feigheit, nach Lust und Laune aus.

Mord, Mord und wiederum Mord, bereits zehn Jahre lang, zehn Jahre des zwanzigsten Jahrhunderts nach Christi Geburt. Junge deutsche Menschen, die edelste, lernbegierigste Schicht der deutschen Arbeiterschaft wurde zu Tode gepeitscht oder von Nazistiefeln zu Tode gestampft im Columbiahaus oder im Prinz-Albrecht-Palais und deren folgsamen Zweigstellen in tausend deutschen Städten. Für deutsche Männer, fortschrittliche, sozial fühlende und bekennerisch mutige, wurde das Handbeil eingeführt. Deutsche Soldaten des Weltkriegs, Priester und Professoren, Deutschnationale, Zentrumsparteiler und Demokraten wühlten in den Abfalleimern der dreihundert deutschen Konzentrationslager nach einem Stückchen Essen, um dann doch dem Hungertod oder dem Prügeltod anheimzufallen. Deutsche Greise und Greisinnen, deutsche Veteranen und Großmütter, deutsche Kranke wurden in den Altersheimen und Spitälern gemeinsam giftvergast oder zu Tode injiziert.

Und der Rest? Die deutschen Jünglinge, die sich das Nazitum zu fangen gewußt hat, sind wenigstens sie die Erben der Ermordeten, die Nutznießer des Massenmords? Nein. Zu Millionen, vollzählig fast, blutete, fror, verblutete und erfror ihr zerfetzter Leib in der Schneewüste und im Kotmeer vor Leningrad, vor Moskau, vor Stalingrad oder im Sande Ägyptens. Dort, wo die deutsche Jugend den ihr versprochenen Lebensraum finden sollte, fand sie ihren Todesraum, und kein Hegehof kann sie dem deutschen Volk wiederschaffen.

Massenmord an Millionen von Juden, weil sie Juden sind. »Die Juden sind schuld an unserem Unglück!«, so steht's angeschrieben. An welchem Unglück? Am Unglück, daß Hitler kam? Am Unglück, daß die Nazis alles Geld und alle Banken und Profitunternehmungen an sich rissen? Am Unglück, daß der irre Marktschreier einen friedlichen Staat nach dem andern zu überfallen und auszuplündern befahl? Am Unglück seiner gewonnenen und seiner verlorenen Schlachten, am Unglück, daß aus Engeland nichts wurde? Am Unglück des Blutbads von Röhms Stab? Am Unglück der plötzlich gestorbenen Generale? Am Unglück, daß die dummen Russen sich 1941 noch wehrten, obwohl sie schon tot waren allesamt? Am Unglück von Afrika, von Toulon, vom Kaukasus?

Die Juden sind »schuld«, weil sie keine Nazis sein können. Daher verdächtigt sie der Nazi, Menschen zu sein, wie er die »reinrassigen« deutschen Demokraten, Katholiken, Protestanten, Sozialisten und Kommunisten, die er hinrichtet oder totmartert, der gleichen Schuld verdächtigt.

Mit Mord, Mord und wiederum Mord, zehn Jahre lang, glaubten die braunen Schinderknechte die Welt zu ändern und ihr eine neue Ordnung zu geben. Sie wissen nicht, was die Welt ist und die Weltordnung, und sie wissen nicht, was das Menschenleben bedeutet. Seit der Urzeit diente der Mensch dem Menschen, seit es Wissenschaft und Kunst gibt, gab es sie im Dienste des Menschenlebens. Über die Heilung eines kleinen Gebrests forschten die Ärzte seit Asklepios, über das Ausmaß der Strafe für das kleinste Vergehen stritten schon die Rechtsgelehrten der vorbiblischen Zeit, über Fragen der Lebensverschönerung ereiferten sich die Philosophen, die Priester und die Bildner des klassischen Altertums, und selbst die Wilden strebten nach Erhöhung der Lebensfreude und nach Geistigkeit.

Staat, Gemeinschaft, Freiheit, Gleichheit, Gerechtigkeit – der Nazi weiß nichts dergleichen, ihm ist Recht nur, was dem deutschen Volk schadet, schadet in den eigenen Reihen und in den Reihen aller anderen Völker. Er benedeit den Tod und predigt nur Mord, Mord und wiederum Mord und übt diese Lehre des halbgebildeten Tobsüchtlings seit zehn Jahren ungehemmt aus.

Ungehemmt? Nein, nicht mehr ungehemmt. Endlich hat die Welt zu hemmen begonnen. Und so pessimistisch auch der Pessimistischeste denken mag – das wagt er doch nicht auszudenken, daß noch einmal zehn solch entsetzlich schmachvolle Jahre kommen könnten voll Mord, Mord und wiederum Mord.

Die Hinrichtung

Da starb einer von des Henkers Hand, Blut stieß in langem und breitem Strahl aus seinem Nacken, das Leben spritzte hoch aus einem, der tot gewesen schien vorher.

Unwirklich, blaß im gelben Gesicht, huschte er morgens aus dem Raum des Polizeiautos, seine Hände staken in Nickelspangen, sein fadendünner, fadenlanger Körper im grauen Chinesenmantel. Er wiegte sich in den Hüften, er schwebte dahin wie ein Gespenst im Kirchhofswind.

Ich hatte mir seine Physiognomie und seine Gestalt, während ich wartete, nicht vorgestellt, ich weiß, daß Mörder im allgemeinen keinen Stiernacken, kein vorgeschobenes Kinn, keine fliehende Stirn haben. Dieser aber sah doch allzusehr nach Nicht-Mörder aus, sah eher wie ein Ermordeter aus, nicht wie einer, der noch vom Leben zum Tode zu befördern ist.

Tsang Kja-ying schlenkerte mit den Schultern, mit den Beinen und sogar mit den aneinandergefesselten Händen, als man ihn in die Zelle des Bagatellgerichts abführte zu den dreißig, vierzig Leuten, die heute zur Verhandlung kommen sollten und ungewiß ihres Schicksals harrten. Er allerdings, er brauchte nicht ungewiß seines Schicksals zu harren, er war tot und konnte dem Totsein nicht entfliehen. Seine beiden polizistischen Begleiter waren draußen vor der ohnedies hinreichend bewächterten Eisentür geblieben. So konnte er sich als Gleicher unter Gleichen in die Schar der ihm Ungleichen ducken. Sie merkten nicht, daß einer von ihnen nur mehr ein Schemen war.

Plötzlich öffnete sich die Eisentür respektvoll weit. Großmächtig, breitspurig trat das Leben ein: eine Polizeifigur. Sie bewegte sich schlüsselklirrend auf Tsang Kja-ying zu. Jetzt erst erfuhren die andern …

Behaupten die Europäer nicht, dem Chinesen bedeute der Tod nichts oder wenigstens weniger als uns? »Die Kerle lachen bei ihrer Hinrichtung«, hat mir draußen der Inspektor erzählt.

Hm, Tsang Kja-ying, aus dessen Leichnam Leben verspritzen sollte, hatte einen halb geöffneten Mund mit hochgezogenen Mundwinkeln, was im Verein mit stoßweiser Sprache und fortwährender Schwingung des ganzen Körpers so wirkte, als wäre er belustigt. Aber war Tsang Kja-ying wahrhaftig belustigt? Oder bewegte die Angst seinen Mund und seinen Leib? – Wozu die Fragen, allzubald sollten wir sehen, ob er freudvoll oder leidvoll den Weg zwischen Tod und Leben beschritt.

Was seinen Zellengenossen der Tod bedeutet, sahen wir bereits: ihre Augen hatten sich wie Mündungen von Gewehrläufen aus allen Winkeln nach dem Gerichteten gerichtet, als das Leben, verkörpert in einer Polizeifigur, schlüsselklirrend auf ihn zutrat. Der Inspektor, ein Schotte, steht schon lange genug im Schanghaier Gerichtsdienst, um einen Häftling chinesisch fragen zu können, was er vor dem Tode zu essen wünsche. Tsang Kja-ying wünscht warme Pasteten mit gehacktem Fleisch, kalten Fisch, Reis und Suppe. Und Zigaretten.

Im Saal nimmt der Bagatellgerichtshof Platz. An sich ist eine Hinrichtung zwar keine Bagatellsache, aber dieses Gericht hat mit der Hinrichtung nichts anderes zu tun, als den Hinzurichtenden zu fragen, ob er noch eine Bekundung machen, eine Mitteilung an Verwandte oder Freunde durch das Gericht zustellen lassen wolle.

Tsang Kja-ying wird zur Wand der Angeklagten geführt, er hat den Vortritt vor seinen Zellengenossen, er ist kein Angeklagter, er ist mehr als ein Angeklagter, mehr als ein Verurteilter, er ist ein Vollstreckter. Sein Oberkörper irrlichtert über der Holzwand. Auf der Bank der Detektive sieht Tsang Kja-ying einen Bekannten sitzen und wendet sich mit stoßenden Worten bald an ihn, bald an den Richter.

Begrüßt er den Bekannten? Beschimpft er ihn? Bekennt er seine Schuld? Beteuert er seine Unschuld? Ich weiß es nicht. Die hochgezogenen Mundwinkel, die Schwingungen und Drehungen der Schulter sagen nichts aus, und der Assessor der Internationalen Niederlassung, der sonst mit Hilfe eines Übersetzers jedes Wort eines Angeklagten oder Zeugen, Polizisten oder Detektivs für die Akten der ausländischen Polizei niederschreibt, läßt sich diesmal nichts übersetzen. Tsang Kja-ying interessiert nicht mehr. Ist erledigt.

Letztwillige Bekundungen hat Tsang Ka-ying bei Gericht nicht zu deponieren und kann daher abgeführt werden in den Hof, wo ihm ein ungedeckter Tisch gedeckt ist. Ein Päckchen billiger Zigaretten wird ihm hingeworfen, er reißt den Karton auf, bevor noch seine Hände entfesselt sind, und zündet sich eine an. Seit seiner Tat – Einbruch mit tödlichem Revolverschuß gegen den ihn überraschenden Wächter – hat er wohl nicht geraucht.

Und sich wohl nicht satt gegessen. Mundwärts fliegen die Holzstäbchen mit den Fisch- und Fleischstükken, mit dem Reis, über den er die Suppe gegossen. Ein chinesischer Aberglaube weiß, daß Pasteten den Weg ins Jenseits erleichtern. Noch eine Zigarette. Er streckt die Schachtel mit den übrigen einem Polizisten zu.

Willst du sie? Du willst sie nicht? Achselzuckend wirft Tsang Kja-ying sie auf den Tisch, eine Zigarette fällt hinunter. Während er sich nach ihr bückt, erinnert er sich: es ist sinnlos, sie aufzuheben. Fünf Minuten vorher, wie gierig hätte er sie ergriffen – rasch wandelt sich alles, wenn das Leben dem Ende zurast.

Man übergibt ihm in einem Säckchen die Habe, die man ihm bei seiner Verhaftung abgenommen hatte, 44 Kupfer, einen Pfandschein, einen Schlüssel. Tsang Kja-ying zählt sein Geld, wie Chinesen zählen, je fünf Kupfer aus einer Hand in die andere schleudernd. Lange starrt er mit eingekniffenen Augen den Pfandschein an, dann zerreißt er ihn sorgfältig und legt das Geld auf den Tisch.

»Gehen wir!« Mit einem Ruck steht Tsang Kja-ying auf, schiebt die Ärmel hoch und streckt dem Polizisten die Hände gekreuzt hin, um sich wieder fesseln zu lassen. Der dünne Mann steigt in das große Polizeiauto. Ein zweites folgt, Maschinengewehr neben dem Führersitz. »Das ist Vorschrift«, erklärt mir mit Bezug auf das Maschinengewehr der Sergeant, der neben mir im zweiten Wagen sitzt, »eigentlich hat es nur einen Sinn, wenn wir Politische befördern.«

»Werden oft Politische hingerichtet?«

»Oh, my goodness – du meine Güte, fast jede Woche! Nur Kommunisten natürlich. Vielleicht kommt bald ein Europäer dran, dieser Noulens, Sie wissen?«

»Ja, ich hörte von diesem Noulens. Ruegg heißt er in den europäischen Zeitungen. Wann, glauben Sie, wird er hingerichtet?«

»Der Teufel weiß es. Sollte schon ein halbes Jahr erledigt sein. Weil der Krieg gekommen ist und die Zeitungen soviel Krakeel gemacht haben, schieben es die verdammten Gelben immerfort hinaus. Jetzt machen sie sogar eine öffentliche Verhandlung.«

Ärgerlich gießt sich der Sergeant einen Whisky in den Mund. Sein Ärger ist verständlich. Das Internationale Polizeikorps verhaftet und händigt die Verhafteten den Chinesen aus, damit diese das Todesurteil fällen; das Internationale Polizeikorps hält nachher den zum Tode Verurteilten in Gewahrsam und übergibt ihn schließlich wieder den Chinesen zwecks Hinrichtung. Wie können sich die verdammten Gelben erlauben, den Vollzug ihres Auftrags zu verzögern!

Unsere Wagen fahren durch die Franzosenstadt, am Canidrom, dem Hunderennplatz, vorbei, über den Soochowkanal. Vor einem Neubau, vor dem, wie bei Staatsgebäuden obligatorisch, zwei Steinlöwen Posten stehen, hält der Wagen. Der Sergeant geht hinein, um einen chinesischen Beamten zu holen, der die Amtshandlung leiten soll. Ist es doch eine »rein chinesische Hinrichtung«.

Da fährt ein toter Mann zum Tode, aber niemand weiß es, die Rikschakulis nicht, die unserer eiligen Autokolonne ausweichen, die Straßenhändler nicht, die mit langgezogenen Kehllauten ihre Waren anbieten, die Arbeiter nicht, die mit einem halb gestöhnten, halb gesungenen Duett Lasten auf Bambusstangen tragen, nicht die, die in den Garküchen hocken, nicht die, die vor dem Käfig des Geldwechslers stehen, nicht die, die sich vom Straßenbarbier den Kopf rasieren und die Ohren kitzeln lassen. Der Mann im Wagen vor uns schaut nicht aus dem Wagen. Für den, der tot zum Tode fährt, gibt es nichts mehr zu sehen.

Der Sergeant genehmigt wieder einen Schluck Whisky.

»Dauert so eine Hinrichtung lange?« frage ich ihn.

»Haben Sie denn noch keine gesehen?« Er setzt die Taschenflasche vom Mund, erstaunt über meine Frage, denn er hat schon viele hundert Hinrichtungen mitgemacht: »Noch nicht eine einzige?«

Ich bekenne: »Noch nicht eine einzige.«

»Nun, es kostet nicht viel Zeit. Im allgemeinen wenigstens. Wenn sich der Delinquent gleich taufen läßt, geht es schnell, aber ...«

»Was sagen Sie da? Ich verstehe Sie nicht ... Sagten Sie ›taufen‹?«

»Gewiß. Zu jeder Hinrichtung kommt ein katholischer Missionar. Manche Delinquenten wollen zuerst nichts davon hören, sich bekehren zu lassen, aber der Priester läßt nicht ab, und so werden sie nervös (wörtlich: then they become vervous) und fügen sich drein. Nur die Politischen bleiben halsstarrig. Die andern lassen sich alle taufen.«

Unmöglich! Und warum gerade ein katholischer Geistlicher? In China machen alle Arten von Religionen und Sekten einander wütendste Konkurrenz. Adventisten und Christian Scientisten, Quaker und United Free Church of Scotland, Wesleyanische Methodisten und Heilsarmee kaufen Seelen, Grundstücke und militärische Geheimnisse, sie bauen Kirchen und Tankstellen, sie versprechen himmlische Seligkeit dem, der sich von ihnen taufen, und Unfallrenten dem, der sich von ihnen versichern läßt, sie vertreten das Reich Jesu Christi und dasjenige Henry Fords auf chinesischem Boden.

Sogar buddhistische Missionare kommen in diesen jahrtausendealten Religionsbezirk Buddhas – japanische; Japan will sie die Rolle spielen lassen, die die christlichen Missionen für die europäisch-amerikanischen Staats- und Handelsinteressen spielen.

So viele Kirchen gibt es also, und jede führt den garantiert einzigen Weg ins Paradies, warum müssen die zum Tode Verurteilten gerade den katholischen gehen?

»Sagen Sie, Sergeant, warum gerade ein katholischer Missionar?« – »Weiß nicht.«

Unsinn, denke ich mir, aus dem Sergeanten spricht der Whisky. Hat die Kirche ein Interesse daran, chinesische Verbrecher zwei Minuten vor der Hinrichtung für sich zu gewinnen? Unsinn.

Weiter die Fahrt, die Läden der Händler und Handwerker entlang. An einer Straßenkreuzung drehe ich mich nach rechts und lege wie zufällig die Hand vors Gesicht, ich möchte nicht erkannt werden. Links ist nämlich ein Antiquariat. Der Buchhändler weiß nicht – oder weiß er es? –, was für Broschüren ihm seine chinesischen Stammkunden antiquarisch verkaufen. Englische, deutsche, russische. Er weiß aber, daß er jede dieser Schriften noch am selben Tag an einen andern chinesischen Stammkunden weiterverkauft, der sie, nachdem er sie gelesen, wieder in diesem Buchladen veräußern wird. Neben der illegalen revolutionären Literatur hat er, wie alle Antiquare, chinesisch-englische und chinesisch-deutsche Wörterbücher, Lehrbücher und Grammatiken auf Lager.

Was würden meine Freunde im Buchladen sagen, wenn sie mich an der Seite eines uniformierten Sergeanten hinter einem Gefangenenwagen dahinfahren sehen?

Was würde gar die Folge für sie sein, wenn der uniformierte Sergeant an meiner Seite merken würde, daß bücherlesende, bücherkaufende Chinesen mit einem Europäer befreundet sind? Bald würden sie dann den Weg fahren, den das Polizeiauto vor uns nimmt. Es ist wahr, Bücherlesen führt zum Schafott, aber keine Bücher zu lesen ist auch noch keine Rettung, der Tote, den wir mit uns führen, geht nicht als Bücherleser auf den Richtplatz.

Wir schlängeln uns zwischen sumpfigen Reisfeldern durch, vorbei an Särgen aus Stein. Auf dem Hwanghofluß blähen sich die Segel der Dschunken im Maienwind. Ein breitgebogenes Tor öffnet sich. Nicht zum erstenmal öffnet es sich einem Toten, es führt zum Gefängnis und zum Richtplatz. Mein Begleiter zeigt mir ein Rasenbeet: hier werde es geschehen. Hier wird der Tote sterben.

Vorläufig ist er noch im Polizeiwagen. Ein Tisch wird herausgebracht, Kinder spielen auf Sandkästen und klettern auf Bäume, sie haben, als unser Wagen nahte, andere Kinder herangewinkt. Umständlich und ungeschickt schiebt ein Amtsphotograph sein Stativ auseinander und stellt es auf. »Jetzt muß jeder vor und nach dem Tod photographiert werden«, wird mir erklärt, »früher haben die Chinesen einfach einen Stellvertreter zur Hinrichtung geschickt, den Bruder oder den Sohn, oder auch nur einen Kuli, den sie dafür bezahlten, daß er sich umbringen ließ.«

Am Richtertisch hat der chinesische Beamte Platz genommen, Polizisten stehen umher, der Henker ist todsicher darunter. Auf dem Kiesweg zwischen den grünen, angenehm duftenden Rasenbeeten hält ein geschlossener Polizeiwagen, und darin wartet ein Toter auf seinen Tod. Warum fängt man nicht an?

»Der Missionar ist noch nicht da.«

Der Sergeant, der Schnaps gefrühstückt hat, setzt also seinen Spaß mit mir fort, will mir, weil ich noch keine chinesische Hinrichtung mitgemacht habe, weismachen, es werde ein Missionar kommen.

Und da, bei Gott, rollt wirklich einer ein. Zu gleicher Zeit öffnet ein Mesner dem faßdicken Priester das Kleinauto und ein Polizist dem spindeldürren Toten das Großauto, zu gleicher Zeit steigen der Priester und der Tote aus. Auf daß er sich frei fühle, wenn er das Christentum vernimmt, schnallt man Tsang Kja-ying die Handschellen ab.

Der Pfarrer ist ein Chinese. Er spricht Chinesisch. Ich weiß nicht, wie er es anstellt, einem Neuling so schnell das Alte und das Neue Testament faßlich zu machen, ihn so schnell von Buddha zu Christum zu bekehren. Tsang Kja-ying ist zuerst erstaunt, dann unwillig, dann wütend, will nichts davon hören. Unbeirrt spricht der dicke Lebende auf den mageren Toten ein, bis dieser schließlich achselzuckend sich ein Medaillon mit der Jungfrau Maria umhängen und taufen läßt. Nun soll er ein Kreuz schlagen, aber er schüttelt den Kopf, und so schlägt der Pater über dem Neophyten das große Kreuz. Inzwischen hat der Mesner die Salbenbüchse geöffnet, der Pfarrer nimmt eine Dosis, wiederum macht der Tote eine energisch abwehrende Geste, er will die Letzte Ölung nicht empfangen. Na, gut. Auf Geheiß kniet er nieder und wiederholt hastig (he becomes nervous) ein Gebet, das ihm der Missionar vorspricht. Dann soll er aufstehen. Er steht nicht auf.

Er steht nicht auf, er schlägt den Kopf auf den Boden, als ob er ihn zertrümmern wollte, und brüllt.

»Er schreit, man solle ihn nicht so lange quälen«, übersetzt mir der Sergeant spontan, »er schreit: Erschießt mich doch endlich.«

Gleich, gleich, mein Sohn, fasse dich in christlicher Geduld, alles ist bereit.

Siehe, da sitzen der Exekutionsleiter und seine Beamten unter freiem Himmel und warten schon.

Der Photograph, wenngleich ungeschickt, knipst dich, man führt dich zu dem Platz, wo das Gras besonders heil und besonders dicht wächst, die Kinder drängen sich ganz nah heran, vierjährige, sechsjährige, sie haben sicherlich oft zugeguckt, doch bleibt eine Erschießung für Kinderchen immer interessant, man heißt dich niederknien.

Der Mann neben dir knallt mit dem Revolver in deinen Hinterkopf, und springt zurück, damit ihn das Blut nicht bespritze, das minutenlang in fingerdickem Strahl aus dir emporschießt, während du, Tsang Kja-ying, wie urplötzlich vom Leben erfaßt, dich zuckend aufbäumst und dich dann niederschleuderst, als wolltest du den Boden erwürgen. Fest hältst du deinen Widersacher, auf den du dich geworfen.

Du wehrst dich dagegen, daß man dich von ihm loszureißen versucht, dich umwendet, einen Stein unter deinen Kopf legt, um dich zu photographieren, zum letztenmal. Fürchterliche Augen, ein lebendiges, blutiges, unvergeßliches Gesicht gibst du der Linse.

So ist das also. Ich fahre nach Hause, das Ufer des Hwangho entlang und durch den Stadtteil Nantao, an Dschunken mit geblähten Segeln, an den Kunden der revolutionären Buchhandlung vorüber, an Händlern und Handwerkern, an Rikschakulis und Bettlern vorüber, alle sehen tot aus. So wie sie sah Tsang Kja-ying aus, als er noch tot war, sich wie ein Irrlicht bewegte, seine letzte Mahlzeit aß, vor Gericht redete und auf dem Richtplatz kniete, ein christliches Gebet nachsprach und in den Kopf geschossen wurde.

Jetzt fährt er lebendig vor mir her, läuft an mir vorbei, sitzt, immer der einzige Lebendige, an der Straßenecke, sein Blut steigt hoch, sein Körper ringt, seine Augen sind aufgerissen, sein Gesicht gerötet.

Henker in Haft, Opfer befreit

Wer je etwas von Henkergeschlechtern gehört hat, von denen der Sanson, der Pipperger oder der Mydlář, der weiß – und wäre es bloß aus ihren apokryphen Familienchroniken –, daß nicht nur Vater und Sohn, sondern oft auch ein und derselbe Scharfrichter den verschiedensten aufeinanderfolgenden Regierungen »diente«, passiv und aktiv, dem König, dem Direktorium oder dem Kaiser. Jeden brachte er um, der sich gegen die herrschenden Herren verging, und dann die herrschenden Herren selbst, er aber, er blieb am Leben und im Amt.

In Sowjetrußland war das unmöglich. Hier hat man allen Machthabern der zaristischen politischen Justiz den Prozeß gemacht, den Polizeimeistern, den Gefängniswärtern, den Verbannungsgendarmen und den Spitzeln. Das geschah teils aus agitatorischen Gründen, teils aus solchen der historischen Feststellung, was gewiß einen überzeugenden Anschauungsunterricht darstellt, wenn auch bedauerlicherweise der einzelne für Verbrechen eines ganzen Systems zu büßen hat. Und angesichts der großen Überschriften in den Zeitungen »Prozeß gegen die zaristischen Henker« fällt einem vor allem ein, die kleinen Henker hängt man, während man die großen laufen ließ, nach Paris und Prag, wo sie ein fideles Leben führen. Wirklich sind es auch diesmal zumeist dumpfe Menschen, die an der Barre stehen, und der Strom von Abscheu, den das Verfahren bewußt einschaltet, wendet sich nicht gegen die Angeklagten, die mechanische Vollstrecker fremder Befehle waren, sondern gegen die Welt, der sie dienten. Es ist ein blutrünstiges Milieu, von dem im Gerichtssaal der Vorhang gerissen wird, und erschüttert fragt man sich, in welcher Zeit so etwas möglich war. In welcher Zeit? Das Substrat des Prozesses bilden Vorgänge bis zum Jahre 1917 …

Mitten in Moskau, dort, wo gegen die Flußbiegung zu die Häuser dünner gesät sind, befand sich das Polizeirevier des Bezirkes Chamowniki, das eine besondere Aufgabe hatte. Wer der Ochrana nicht gefiel und aus dem Wege geräumt werden sollte, ohne daß man einen Prozeß entfesseln wollte, wurde mit kleinem Zettel, auf dem bloß eine Zeitangabe stand, dieser abgelegenen Wachstube überstellt. Die wußte, was zu tun sei. Der Eskortant wurde in eine Zelle gesperrt und zur festgesetzten Zeit, immer in der Nacht, über den Hof in einen Schuppen geführt.

Dieser Schuppen ist sozusagen der Hauptangeklagte. Sein Inventar: ein Tisch, ein Petroleumlämpchen, ein Schemel und ein in den Plafond eingeschlagener Haken. War der Gefangene hier eingetroffen, wurde ein Sack hinterrücks über seinen Kopf gestülpt, um seinen Hals die herabhängende Schlinge gelegt, man hob ihn auf den Schemel und mit diesem auf den Tisch, dann wurde das Möbel weggeschoben, und an der Decke baumelte ein Leichnam.

Der Arzt, der bei jeder Strangulierung anwesend war, um den eingetretenen Tod zu konstatieren, war nicht der einzige Zeuge: es wohnte ihr noch ein gespenstischer Gast bei, der allerdings bis zum heutigen Tage nicht ermittelt werden konnte; dieser fremde Herr, er fuhr im Gummiradler oder einem Schlitten erster Güte drei Minuten vor der festgesetzten Stunde in den Hof des Polizeihauses ein, trug eine blaue Brille, sein Gesicht war verschminkt, und niemand wußte seinen Namen und sein Amt. Er schaute die Festgenommenen an, bevor ihnen die Henkersknechte den Sack über den Kopf warfen, und beobachtete, wie die Schlinge um den Hals gelegt, wie der Wehrlose gehoben und wie durch das Umstürzen des Schemels die Prozedur beendet wurde, er sah der Todesprobe des Arztes zu und fuhr davon. Die anderen blieben, nahmen erst jetzt dem Leichnam Arm- und Fußfesseln ab, entkleideten und schafften ihn auf den Wagankowskij-Friedhof, wo man ihn verscharrte, als »Unbekannter, von den Austrägern gebracht«. Niemals wurde im Schuppen ein Protokoll über die Hinrichtung ausgefertigt, vielleicht vertraute man dem Mann mit der blauen Brille, vielleicht verließ man sich auf die Henker – es gab nichts Schriftliches, der Delinquent war non in actis, non in mundo.

So dunkel es auch in dem Schuppen war (man mußte vor jeder Exekution das Öllämpchen anzünden), so rasch sich auch alles vollzog, so abgeschlossen der Hof auch dalag, die Tatsache, daß dort eine geheime Richtstätte sei, blieb der Umgebung nicht verborgen. Man wußte, wer von den Polizisten mit der schrecklichen Manipulation betraut war, man nannte diese Leute auf der Wachstube und bald auch in der Umgebung »die Musketiere« und fürchtete sie mehr, als man sie verachtete.

Eines Morgens fanden die Polizisten an der Wand des Schuppens mit großen weißen Lettern aufgemalt: »Hier wird erdrosselt.« Die Buchstaben wurden in Eile abgewischt, am nächsten Tage jedoch standen sie wieder dort. Nun wurde ein Wachtposten im Hof aufgestellt, und die Mauer blieb unbeschmiert. An dem Tage, an dem der Posten eingezogen wurde, war die Aufschrift von neuem da, und das Spiel wiederholte sich noch einige Male. Es war eine ebenso gefährliche wie sinnlose Demonstration, denn jene, die die Worte lasen, wußten ja, daß hier erdrosselt wurde, und ein Fremder kam nicht in den Hof. Aber was waren denn alle Auflehnungsversuche gegen die Blutherrschaft des Zarismus anderes als ebenso gefährliche wie sinnlose Demonstrationen, was vermochten denn die Revolutionäre in Rußland und in der Emigration anderes zu tun, als durch Bombenattentate oder Flugschriften an die Wand zu schreiben: »Hier wird erdrosselt!« Die Welt las zwar den Satz, doch war sie geneigt, alles für reichlich übertrieben zu halten, und der Zarismus konnte mit Statistiken dienen, denen zufolge Todesurteile und Vollstreckungen nur sehr selten vorkamen. (Justifikationen von der Art der in der Chamowniki-Wachstube standen allerdings nicht in den Tabellen und demnach non in mundo.)

Aus den Aussagen der Angeklagten und der Zeugen und aus den Wagankowsker Friedhofsbüchern geht hervor, daß die Zahl der in Chamowniki ohne Gerichtsverhandlung und ohne gesetzliche Begründung Getöteten über fünfhundert beträgt, die sich auf kaum zwanzig Jahre verteilen; vor 1905 wurden hier nur gelegentlich Hinrichtungen vorgenommen, seit diesem Jahr war der Schuppen von Chamowniki die offiziell-inoffizielle Poliklinik des Kaiserreichs gegen revolutionäre Erkrankungen.

Wiederholt wurden zwei oder drei Häftlinge gleichzeitig in die Baracke geführt und mußten, wenn auch mit dem Sack über dem Kopf, anwesend sein, während ihr Genosse sich in Todesqualen wand; in manchen Nächten gab es neun solcher Meuchelmorde. Die Namen sind zumeist unbekannt, es waren fast durchweg politische »Verbrecher«, darunter auch Ausländer, im Laufe des Krieges besonders viele Deutsche.

Erst mit Ausbruch der Kerenskij-Revolution wurden die Hinrichtungen in diesem Schuppen eingestellt; in ihrem Amt als Polizeidiener verblieben die einstigen Henker dennoch. Die Beschwerden, die sich dagegen erhoben, wurden von den Menschewiki abgewiesen: niemand könne für etwas bestraft werden, was er auf Befehl der alten Regierung begehen mußte.

Und so verteidigen sich auch heute noch die angeklagten drei Musketiere Djabin, Krolejew und Grudzin und ihr Faktotum Dschugunow: »Man hat mir gesagt, ich soll ihn aufhängen, also habe ich ihn aufgehängt, ich war doch im Amt, ich durfte die Ausführung eines Befehles nicht verweigern.« Der Arzt, Dr. Wesselizkij, der laut Anklageschrift in vierzig Fällen den Tod der Strangulierten festgestellt hat, antwortet auf die Frage, ob er sich schuldig bekenne: »Ich bin bloß schuldig, kein Held zu sein. Den Heroismus, die Ausführung des Auftrages abzulehnen, besaß ich nicht. Ich tat übrigens nur das, was jeder Arzt tun muß, ich konstatierte bei einem Toten, daß er tot sei.« Vom Richtertisch aus wird ihm erwidert, zwei seiner Vorgänger hätten sofort ihren Dienst als Amtsarzt quittiert, als man von ihnen Assistenz bei diesen gesetzwidrigen Justifikationen forderte. Dr. Wesselizkij gibt zu, das gewußt zu haben, fügt aber bei, der eine der beiden Doktoren sei nach Sibirien versetzt worden, der andere gelte seit seiner Demission als verschollen. Sicher ist, daß man ihn und die anderen nicht lange mit so gefährlichem Geheimnis in Freiheit belassen hätte, wenn sie aus dem Dienste getreten wären.

Das Gericht nahm das als Milderung an, und auch – wie jetzt gerichtsüblich – die Tatsache, daß die Verbrechen weit zurückliegen. So wurden die drei Henker zwar zum Tode verurteilt, aber gleichzeitig die Umwandlung der Strafe in zehnjährige Haft ausgesprochen, der Henkersknecht erhielt vier Jahre Haft. Dr. Wesselizkij, der sich unter dem neuen Regime als Organisator einer Kinderkolonie Verdienste erworben hat, wurde vollständig freigesprochen mit der Begründung, daß er niemals Hand angelegt habe – ein Urteil, das großes Aufsehen und Diskussionen hervorruft, da mit derselben Motivierung auch der Freispruch des geschminkten und blaubebrillten Herrn erfolgen könnte, wenn man jemals seiner habhaft würde. Mit Ausnahme der Angeklagten ist niemand von dem Urteilsspruch befriedigt, das Publikum, das mit Gruseln jeder Phase des Prozesses gefolgt war, verläßt offensichtlich enttäuscht den Verhandlungssaal. Es waren zumeist ältere Leute aus der Gegend der Moskwa-Schlinge, sie hatten die Angeklagten gekannt und gefürchtet und holten sich beim Prozeß die Aufklärung über die rätselhaften Todesschreie, die sie einst aus dem Schlaf hatten auffahren lassen. Eine alte Dame im Auditorium, ehemalige Lehrerin des Bezirkes, erinnert sich, daß ihr Nachbar von gegenüber, Lew Nikolajewitsch Tolstoi, in einer Augustnacht wütend das Fenster zuschlug, weil das gellende Gebrüll zweier oder dreier Menschen hörbar war. Wahrscheinlich arbeitete Tolstoi damals an seinen Auslegungen des Evangeliums, er war wohl der einzige Bewohner des Chamowniki-Pereulok, der nicht ahnte, daß unter seinem Fenster die Werkstätte der Henker war, und schrieb das »Du sollst nicht töten« ebenso wirkungslos aufs Papier, wie ein ahnungsvollerer Hausgenosse an die Wand des Schuppens schrieb: »Hier wird erdrosselt!«

Vermischtes

Von Škubánken

Die Škubánken sind vor allem ein Erkennungszeichen, untrüglich sowohl nach außen als auch nach innen.

Soll heißen: ein Nichttscheche ist als Nichttscheche augenblicks daran zu erkennen, daß er keine blasse Ahnung davon hat, was Škubánken sind oder, falls er doch eine blasse Ahnung von Škubánken hätte, keine blasse Ahnung davon hat, was Škubánken bedeuten.

Innenpolitisch aber wirken die Škubánken geradezu als Lackmuspapier: Unfehlbar lassen sie die zwei Teile der Nation voneinander unterscheiden. Der eine Teil wird blau, wenn er der Škubánken ansichtig oder anhörig wird, blau vor Abneigung und Abscheu. Die andere Partei reagiert rot vor Freude und Behagen, röter als die stärkste Säure auf Lackmuspapier. Kein Anti-Škubánkianer kann so heftig antireagieren wie wir Pro-Škubánkianer pro.

Nun wird es Zeit, dem allenfalls ahnungslosen Leser zu verraten, was Škubánken sind. Aber wie sollen wir das in der wissenschaftlich üblichen Weise tun? So eifrig auch die Herren von der Böhmischen Akademie der Wissenschaften in heimischen Romanen und Gedichten gesucht haben mögen, sie fanden keine Škubánken, und das, was sie in ihrem Wörterbuch unter dem Schlagwort »kucmoch« anführen, sind kurze Sätze der Belletristen

Rais und Neruda, kaum des Zitierens wert. In der Weltliteratur haben die Škubánken meines Wissens nur an einer einzigen Stelle Eingang gefunden: im Schülerepos »Meyrias« von Oskar Kraus, dort, wo der Oberlehrer Meyer, von Todesahnungen ergriffen, zum Weg in die Schule aufbricht und sich von seiner Gattin verabschiedet. »Leb wohl und koch mir was Gutes, Škubánken oder Kolatschen mit Powidel oder auch Dalken.«

Daraus erfährt der Leser, daß es sich um eine Speise handelt, »etwas Gutes«, und zwar eine, die nur im Plural vorkommt. Im Singular mag es sie theoretisch geben, in der Praxis ist noch niemandem eine Škubánke vorgesetzt worden.

Darüber, woher der Name stammt, kann uns der Etymologe, selbst wenn er dieser so volksmäßigen, ja geradezu proletarischen Speise Beachtung widmen wollte, nichts servieren. Er wird uns zu erläutern versuchen, daß »škubánky« die Gerupften bedeuten, weil »škubati« rupfen heißt. Aber das ist ebenso selbstverständlich, wie es ein Blödsinn ist. Mit dem Rupfen haben Škubánken weniger zu tun und zu leiden als irgendwelche anderen Speisen.

Woher der »kucmoch«, der ein Vorprodukt oder Zwischenprodukt der Škubánkenerzeugung ist, seinen Namen haben soll, werden wir aus dem Munde des Papstes erfahren, bevor unser Essay zu Ende ist. Vorher aber werden wir unsere ketzerische Theorie äußern, daß das Wort kucmoch vom deutschen »etwas Gut's machen« stammt, worunter eine Mehlspeise bezeichnet wird, zum Unterschied vom bloß Nützlichen, vom bloß Notwendigen, von einem Fleisch-, Suppen- oder Grützengericht, eben etwas Gut's!

Hörten wir nicht in dem einzigen Škubánkensatz, den wir aus der außerböhmischen Literatur herauslöffeln konnten, den Oberlehrer Meyer bei seiner Gattin die Mehlspeise mit den Worten bestellen: »Leb wohl und koch mir was *Gutes*, Škubánken …«

Bei dieser Gelegenheit möchten wir auf ein böhmisches Dorfepos verweisen, dessen die Akademie der Wissenschaften keine Erwähnung tut, obwohl es häufig aus dem Volksmunde hervortritt. Wir wollen seinen Inhalt so knapp wie möglich erzählen:

Eben hat die Hochzeit der Heldin, eines Bauernmädchens, stattgefunden, schon sitzt sie an der Seite ihres strahlenden Bräutigams in der geschmückten Kutsche, um in ihr neues Heim abzufahren. Das ganze Dorf umsteht den Wagen, ihre bisherigen Gespielinnen beneiden sie um den schönen Burschen, mit dem sie von heute abend an ungestört beisammen sein darf, und die Dorfjünglinge lächeln in seliger Erinnerung an Stunden, die sie mit der nun Davonziehenden beim Tanz und im Hain verbracht.

Nur die Braut schaut gar nicht lächelnd drein. Etwas bewegt sie. Ist es Angst vor der Brautnacht, Angst vor der Ehe, Angst davor, nun einem Hausstand vorzustehen? Angst davor, von ihrem Mann als schlechte Gattin zu ihren Eltern zurückgeschickt zu werden?

Ja, es ist all das zusammen, was ihrer Miene den Ausdruck der Besorgnis gibt. Sie kennt das Geheimnis der Ehe nicht, oder besser gesagt, sie hat es vergessen!

Zum Glück steht noch die Mutter da, die das Geheimnis weiß. Die Tochter stellt die Frage. Die Mutter hat längst bemerkt, daß das Töchterchen von einer Sorge bewegt ist, und sie befürchtete bereits, daß es sich die Ehe noch überlegen, plötzlich aus dem Wagen springen und davonlaufen werde. Nun, da ihr die Tochter die Frage stellt, fällt ihr ein Stein vom Herzen. Gern gibt sie die erschöpfende Aufklärung darüber, wie die Ehe erfolgreich werden muß, und spornt zur Abreise an. Das Ganze, Frage der Tochter und Antwort der Mutter, vermeldet das Epos in Reimen, und dieser gereimte Dialog ist zugleich das ganze Epos. Es besteht nur aus zwei Zeilen: »Kolik šťouchů do kucmouchu?« – »Pět, dcero, pět. A s pánem bohem jeď.« (Wieviel Stöße für die Klöße? – Fünf, Tochter, fünf. Und mach dich auf die Strümpf.)

Davon rollt ein Wagen mit endlich glücklicher Braut. Sie ist gerettet.

Im Kochbuch hätte sie das Geheimnis wohl vergeblich gesucht. Denn die Škubánken haben sich wohl ihren Platz an der Sonne des Herdes errungen, aber nur wenige Kochbücher geben ihre Schöpfungsgeschichte an. (Von Kochbüchern ausländischer Suppen und Magen ganz zu schweigen.) Wir fanden für unsere Monographie im Grunde nur ein einziges Rezept:

Nr. 351 – Sterz (Škubánken). Man nehme 1 kg älterer, mehliger Erdäpfel, kratze sie in rohem Zustand, koche sie in Wasser und etwas Salz und verkoche sie, wenn sie weich sind, mit 20 g griffigem Mehl. Dann stelle man sie weg, seihe etwas Wasser von denselben ab und rühre so lange, bis man eine glatte, feste Masse bekommt. Mit einem befetteten Löffel schneidet man Stücke heraus, befettet sie von neuem und bestreut sie mit Zucker und Mohn.

Nun, hier stehe ich und kann nicht anders, als zu erklären, daß ich das bloß nach diesem Rezept gezeugte Produkt aus freiem Willen niemals verzehren würde.

Was heißt zum Beispiel »1 kg Erdäpfel mit 20 g Mehl«, was heißt »eine glatte, feste Masse«? Das heißt etwas ganz Falsches. Von dem Verhältnis fünf zu eins für Kartoffeln und Mehl kann keine Rede sein, das Mehl soll wenigstens eine Hälfte der Kartoffelmenge darstellen – wenn überhaupt eine feststehende Relation angegeben werden soll. Gerade eine Volksspeise wie diese spottet der chemischen Formeln, Škubánken kann man nur nach dem Gefühl machen, dem Gefühl für die Konsistenz der zu vermehlenden Kartoffeln und für das zu verkartoffelnde Mehl. Im Grunde kann nur eine einzige Person die richtigen Škubánken backen: Mutter.

Nur Mutter weiß, welche Kartoffeln die richtigen sind (daß neue Kartoffeln die falschen sind, weiß auch die Nicht-Mutter), wieviel Salz zuzusetzen, wieviel Wasser abzuziehen ist, wieviel und wann Mehl beizusetzen und wie lange zu quirlen ist, damit jenes Resultat *vermieden* wird, welches unser Kochbuch anstrebt: »die glatte, feste Masse«. Mag es Hunderte von Küchenprodukten geben, für welche die Eigenschaften von Glätte und Festigkeit äußerst lobenswert sind, gerade dem Charakter der Škubánken entsprechen sie nicht. Ihr Ton soll rauh und herzlich sein und ihr Herz weich.

Eine einzige Regel gilt: »Pět (sedm) šťouchů do kucmouchu.« Sie ist, in Prosa übersetzt, die Aufforderung, mit dem Kochlöffel fünf Stiche in den Kartoffel- plus Mehlbrei namens kucmouch zu šťouchen. Dies geschieht, um zu vermeiden, daß besagter Brei eben eine glatte feste Masse bleibe. Durch die Löcher, die durch die šťouchy entstehen, sinken die Grundstoffe Kartoffel und Mehl weit tiefer in Wasser und Salz, die Hilfsstoffe, ein, und der Dampf steigt weit gründlicher durch diese

Schächte empor, als das zum Beispiel bei Kartoffelknödeln oder bei einem Sterz geschieht. Ein Sterz bleibt immer nur eine kuchenartig gebaute Kartoffelspeise, und nur deshalb ist ihm Mehl beigesetzt, damit es die Kartoffeln aneinanderbinde. Ganz im Gegenteil dazu werden die werdenden Škubánken gelöst für ihre nunmehr bald entstehende Form.

Ob die Tätigkeit, diese pět (sedm) šťouchů dem kucmouchu zu versetzen, unter jenem škubati (rupfen) gemeint ist, das dem Endprodukt seinen Namen gibt? Das ungewöhnlich klingende Wort »kucmouch« ist um des Reimes willen (des Reimes auf »šťouch«) aus dem Wort »kucmoch« verstümmelt. Und das bringt uns auf den Verdacht, daß auch die Regel um des Reimes willen etwas ganz Falsches lehrt. Nicht sieben Stiche bedarf es, um den Brei zu durchlöchern, sondern selbst im größten Topf nur vier oder fünf. Aber weder diese beiden Ziffern noch die nachfolgende Sechs hatten sich auf den Genitiv singularis unseres kucmouchs rhythmisch gereimt – die Zahl sedm ist die nächste zweisilbige Ziffer in der Skala eins bis zehn.

Während wir aus Etymologie und Rhythmik zur Gastronomie zurückkehren, finden wir Kartoffeln und Mehl zur nimmermehr trennbaren Einheit verrieben. So wird zur Schöpfung geschritten. Geschöpft wird mit dem Löffel, den man vorher in Fett taucht, damit an ihm der Teig nicht klebenbleibe. Im übrigen ist es ein gewöhnlicher Suppenlöffel, kein Holzlöffel, wie es jener war, der die šťouchy verübte, aber auch kein Tee- oder Kaffeelöffel, weil miniature Škubánken nicht erfunden sind und nie erfunden werden. Škubánken müssen genauso groß sein wie ein Suppenlöffel, also gewissermaßen auf einen Schluck verschluckt werden können wie ein Löffel Suppe. Wenn sie nicht auf diese Weise verschlungen werden, ist ihre Körperwärme daran schuld; um dieser willen zerschneidet man das löffelförmige Stück in zwei Teile, bevor man es neuerlich ins siedende Fett eintaucht und zum Munde führt.

Vorher aber streut man noch etwas darauf. In der Tat kann es, wie das zitierte Rezept unseres Kochbuchs angibt, »Zucker und Mohn« sein. Aber es muß nicht gerade gefetteter Mohn sein. Weitaus die meisten Esser ziehen gebutterten Quark vor, weil dessen weiße Farbe sich vom Gelb besonders appetitlich abhebt. Andere – Puristen – lassen sich den Urgeschmack durch keinen Beigeschmack verleiden, nicht einmal durch Zucker. Eine dritte Gruppe, strenge, männliche Typen, decken die Škubánken mit Schichten von Salz zu; dem Beschauer läuft beim bloßen Hinsehen das Wasser im Munde zusammen, aber nur vom schauernden Durst. Andere Škubánkiers bestellen zwecks Bestreuung geriebene Nüsse, geriebene Äpfel oder geriebene Birnen, eine sogenannte »Prachanda«. Wer Gänsegrieben zu Škubánken ißt, ißt eigentlich nicht Gänsegrieben zu Škubánken, sondern Škubánken zu Gänsegrieben. Škubánken als Beilage, ungefähr wie Knödel. Welch Mißverständnis!

Wäre Prinz Hamlet ein Škubánkenesser gewesen, ja, hätte er auch nur in Horatio einen Škubánkenesser vermutet, nimmermehr hätte er sich mit Ironie über die Sparsamkeit ausgelassen, das Gebackene vom Leichenschmaus als Hochzeitsschüssel nochmals zu verwenden; eine solche Wiederverwendung oder Neuverwendung sind die Škubánken gewöhnt wie andere Speisen auch. Nur sie und keine andere Speise ist so geartet, daß ihre Neuauflage mit größerer Begierde erwartet wird als die vorige, jene, die man zu Mittag verschlang. Nun nämlich prangen die Exemplare in Goldschnitt – dunkles, strahlendes Gold. Wie es niemandem einfiele, auf Einbände von der Hand und dem Material des Goldschmieds etwa graue Eisenfeile auszuschütten, so bestreut niemand die abendlich neugedruckten, neueingebundenen Škubánken mit Mohn, weißem Käse oder auch nur mit Zucker. (Von der perversen Prachanda ganz zu schweigen.)

Vielleicht schmecken Škubánken den Augen noch besser als dem Gaumen. Es ist etwas Kindliches im Volkscharakter, die Mahlzeit um des ästhetischen Genusses willen zu sich zu nehmen, das Häßliche nur mit einer Hülle genießbar zu finden. Ein Gericht wie der jugoslawische Čevabčiči zum Beispiel, der aus Würstchen ohne Darmhülle besteht, ein norddeutscher Hackepeter oder Beefsteak Tatar, englisches Steak, französische Tripes, österreichisches Beuschel oder portugiesische Austern, den südfranzösischen Tümpel voll verreckter Fische, den man als Bouillabaisse bewundert – all das könnte in böhmischen Landen keine Massenbasis finden. Wiener Schnitzel und Wiener Würstel konnten sich nur dank ihrer Maskierung und Verkleidung, pané und Darm, ins Innere des antiwienerisch gesinnten Tschechenvolkes schleichen.

Freilich liegt die Ursache der Škubánkenpopularität zunächst nicht im Ästhetischen, sondern im historisch Materiellen. Einstens hatte die Obrigkeit Anbau und Konsum der eben aus Amerika eingeführten Kartoffel angeordnet – ein Befehl, den die Müllersleute des flachen Landes bekämpften. Hatten sie doch um ihre Existenz zu fürchten, weil Kartoffeln keine Mühlenräder und keine Mühlsteine brauchten, um gemahlen zu werden. Auf der Seite der Müller focht das bäuerliche Mißtrauen gegen alles Neue, gegen sie der Amtmann und die Gendarmen. Der Krieg endete mit einem Kompromiß zwischen dem althergebrachten Mehl und den neuhergebrachten Kartoffeln.

Das war nicht nur in Böhmen der Fall, überall wurden Sterz und Kartoffelpuffer (placky) erfunden. Aber während in den kaisertreuen Erbländern Österreichs das Buchweizen- oder das Maismehl nur als spärliches Bindemittel des Kartoffelbreis diente, wurden innerhalb des unterjochten Königreichs, das den Wiener Beglükkungen mißtraute, die »Brandenburger«, das heißt die Kartoffeln, keineswegs zur Alleinherrscherin erhoben. Das alte bewährte Getreide blieb als vollberechtigter Mitregent an der Macht.

Doch rasch wurde das neue Gericht zur Nationalspeise, und hier trat das Farbenelement in Erscheinung. Die Hausfrau, die als erste die Škubánken abbuk, sie mußte auf das goldstrahlende Produkt ent- und begeistert geschaut haben wie der Alchimist, der in seiner Retorte endlich den Klumpen des Triumphs zu erblikken wähnt.

Konkurrenzangst der Müller und Mißtrauen der Bauern heckten antiškubánkische Parolen aus: von Škubánken werde man dumm, sie verpappen das Gehirn. Grundlage dafür mag sein, daß man sie mit Mohn ißt, also mit Opium, das einschläfert. Warum man, wie eine Redensart behauptet, von Škubánken eine Gänsehaut bekommen soll, vermag ich nicht zu erklären. Die Beschuldigung, daß von Škubánkengenuß die Ohren stauben, ist kein Vorwurf gegen die Škubánken als solche, sondern richtet sich gegen jene Köchinnen, die zuwenig Fett verwenden. Škubánkengegner sind oft Snobs und nur deshalb Škubánkengegner, um sich eines aristokratischen Gaumens, eines kosmopolitischen Magens und einer feinschmeckerischen Zunge zu rühmen, mit welcher Zunge sie mich selbst kreuzweise unbeeindruckt lassen.

Vor Jahren war ich bei einem Scheidungsprozeß zugegen. Der Gatte, ein sonst gemessener und glatter Präsidialbeamter, hatte seiner Ehefrau eine Schüssel voll dampfender fetter Škubánken ins Gesicht geworfen. Er redete sich darauf aus, die Zubereitung von Škubánken schon wiederholt verboten zu haben, die Gattin aber betonte, eine ebensolche Anhängerin von Škubánken zu sein, wie der Mann deren Gegner zu sein behaupte. Einige Jahre nachher, unter dem Naziregime, wurde jener Beamte Minister und später als Kollaborant vor das tschechische Volksgericht gestellt. Er kam recht glimpflich davon – die Richter wußten anscheinend nichts von seinem volksverräterischen Verhalten gegen die Volksspeise.

Auch in die Weltpolitik und die Kirchengeschichte griffen die Škubánken einmal ein. Das war vor etwa zwanzig Jahren, da Kardinal Marmaggi als päpstlicher Nuntius bei der Tschechoslowakischen Republik beglaubigt war und ein Konkordat oder eigentlich ein Nichtkonkordat den Himmel verfinsterte. Gerade um diese Zeit wurde Marmaggi vom Prager Erzbischof Kordač, gegen den er entschiedenes Mißtrauen hegte, offiziell zum Essen eingeladen. Demgemäß war die Stimmung, und als – es war der dritte Gang – Škubánken serviert wurden, schob der Nuntius die Schüssel mit einer Gebärde des Ekels von sich. Ohne Gruß und augenblicks verließ er den Speisesaal, den Palast. Ohne sich umzuwenden, verließ er den Hradschin. Ohne je wiederzukehren, verließ er die Republik. Erst aus dem Vatikan protestierte er gegen das Sakrilegium, verübt dadurch, daß man dem Legaten des Heiligen Vaters eine Armeleutespeise aus Kartoffeln vorzusetzen gewagt. Der Škubánkenkrieg entbrannte in ungeahnter Heftigkeit, in unbegrenzter Öffentlichkeit, in italienischer und sogar in lateinischer Sprache.

»Armeleutespeise«? Škubánken sind die teuerste Mehlspeise, verkündeten die Diözesen in Böhmen und Mähren und das Außenministerium. Keine Torte und kein Kuchen erheische so unabschwächbare, so unverdünnbare, so reiche Ingredienzien wie eben diese nationale Schüssel. Also erscholl es vom Hradschin, aber der Vatikan blieb die Antwort nicht schuldig. Orbi et urbi ward vom Stuhl Petri hinab verkündigt, das böhmische Volk selbst bringe den Škubánken ein Odium entgegen. Schon die Expression »kucmoch« sei eine pejorative (herabsetzende, verächtliche) und stamme vom Verbum germanicum »kotzen« (id est: erbrechen, vomieren). Eine ganze Reihe von Redensarten und Sprichworten sei gegen die Škubánken gerichtet, gegen ihre verdummende und beleidigende Wirkung.

Man muß zugeben, daß diese folkloren Zitate mit einer Sachkenntnis angeführt wurden, die selbst den kirchengläubigsten Seelen überirdisch und unheimlich vorkam. Etwas von dieser Scheu blieb noch zurück, als sich bereits herausgestellt hatte, daß der vatikanische Leibkoch kein anderer als Herr Lejcko sei, der vorher für den böhmischen Grafen Palffy Škubánken zubereitet und nun ohne Zweifel den Nationalverrat an der Nationalspeise verübt hatte.

Ein paar Jahre nachher wurde abermals ein Nuntius für Prag ernannt, nicht mehr der alte, und die Beziehungen zwischen Rom und Prag normalisierten sich einigermaßen. Immerhin hat mir ein sehr hoher Würdenträger anvertraut, daß der Vatikan den Böhmen zwei Dinge nie vergeben werde: die Hussitenkriege und die Škubánken.

Individualität, erzeugt am laufenden Band

Klar, daß Mr. Sears seine gedruckte Biographie besitzt, denn er hat ein großes Geschäft gemacht und ist daher ein Herrlicher, ein Nachahmenswerter.

Hören wir, wie das Genie in Mr. Sears erwachte: »Er war 1886 Bahnhofsbediensteter in North Redwood, Minnesota, wo zwei Züge täglich durchkommen. Eines Tages hatte er ein Paket Uhren zu expedieren, dessen Annahme vom Adressaten, dem Geschäftsmann des Ortes, abgelehnt worden war. Sears verkaufte die Uhren an seine Bekannten, und da diese mehr verlangten, als im Paket waren, kam er auf die kühne Idee, bei Bezahlung der ersten Sendung gleich eine zweite zu bestellen ...«

Nun, er übersiedelte nach Chicago, nahm einen Uhrmacher für Reparaturen als Sozius auf, Mr. Roebuck (der Herrliche Nr. 2), und vollzog nach kurzem Zwischenspiel in Minneapolis, 1895 n. Chr., die Rückkehr nach Chicago. »Sears, Roebuck & Co.« versandten nun nicht bloß Uhren, sondern alles.

Heute hat die Firma acht Millionen Kundschaften, viele Filialen, 32000 Angestellte und begnügt sich keineswegs damit, die Fabrikanten nach dem Warenpreis zu fragen und zu dem einzelnen Stück das Porto zu addieren, sondern unterhält eigene Werkstätten, eigenen Bahnhof, eigenes Postamt, eigene Bank und ist natürlich Aktiengesellschaft mit einem General als Präsidenten.

Das Geheimnis des Erfolges ist – außer der Gottverlassenheit der amerikanischen Provinz und des hundertprozentigen Herdeninstinkts von Onkel Sams sämtlichen Neffen – der Katalog. In den muß man hineingetreten sein.

Es ist wohl das verbreitetste Buch aller Jahrhunderte. Alljährlich erscheint es zweimal in einer Auflage von je zehn Millionen Exemplaren. Obwohl der Satz und die Klischees nur wenig geändert werden, die Massenauflage das Papier verbilligt, die Heftmaschine 1500 Exemplare per Stunde bindet, die Versendung als Drucksache erfolgt, kostet das Warenverzeichnis die Firma einen Dollar pro Stück.

Ein dickes Buch, dieses Wunschbuch des Kleinbürgers. Man erzählt von einem Mann, der bei Sears, Roebuck zwölf Rollen Toilettepapier bestellte und rückgefragt wurde, ob er Sorte Nr. 1160 oder 1161 laut Katalog wünsche. »Hätte ich Ihren Katalog«, antwortete er, »brauchte ich doch die Bestellung nicht zu machen!«

Die tausend Seiten Katalogpapier werden gratis und franko verschickt. Das »franko« versteht sich übrigens von selbst, bei Sears, Roebuck ist alles franko, in die

Warenpreise immer das Porto einbegriffen. Der Kunde hat auf der dem Katalog beigelegten Bestellkarte nur die Nummer der gewünschten Ware auszufüllen und in den gleichfalls beigelegten Briefumschlag einen Scheck zu stecken. (Manche senden Dollarscheine oder Briefmarken.) Binnen vierundzwanzig Stunden rollt ihm die Ware zu.

Station 1 ist das Postamt der einlaufenden Briefe. Sie werden gewogen, damit man die Mindestzahl der Pakete abschätze, die heute zu expedieren sein werden. Vierzig Bestellungskarten gehen auf ein Pfund.

Freilich weiß man noch nicht, ob es ein Siebenzimmerhaus im Kolonialstil (Nr. C 3255) oder ein Fläschchen Tinte (3 R 3452) ist, was in einem der Briefe verlangt wird, ob der jeweils beigelegte Scheck auf 6000 Dollar oder ob er auf 27 Cent lautet.

Nun, das stellt sich schnell heraus. Neben der Waage arbeitet der Brieföffner, der mit elektrischen Armen 4600 Kuverts allminutlich aufschneidet. Am Brieföffner sitzen Mädchen mit mehr als elektrischen Armen. Innerhalb einer Minute weiden sie je 400 Umschläge aus, werfen mit der linken Hand Geld oder Geldanweisung aufs linke laufende Band, notieren mit der rechten Hand den beigelegten Betrag auf dem Bestellschein und schnellen ihn aufs rechte laufende Band. In siebzehn Minuten sind zwanzig Postkörbe mit Orders als Einlauf erledigt.

Das Geld jagt mit begreiflicher Hast in den vergitterten Teil des Saales, der Auftrag in die Manipulationsräume, wo er numeriert und kopiert wird. Von dort verständigt man per Rohrpost die betroffenen der 45 Warendepots, welchen Beitrag sie für das Schlußpaket dieses Adressaten zu leisten haben. Eine Zwanzig-Kilo-Hantel kommt mit einem Damenhut ins gleiche Paket, ein Bruchband zu einem Paar Eheringen.

Inzwischen sind die Karten nach den Bestimmungspostämtern geordnet und auf Grund der Fahrpläne die Anweisung gegeben, was zuerst versandt werden muß und bis zu welcher Minute. Achtundfünfzig Güterwagen warten im Bahnhof des Hauses, hundertsechzig Lastautos in der Kellergarage.

Eine dritte Amtshandlung erfahren die Aufträge, während man sie in anderen Gegenden des Hauses effektuiert. In der Kartothek wird nachgesehen, ob Name und Adresse des Bestellers schon eingetragen sind. Wenn nicht, muß das rasch erfolgen, denn von morgen an hat er auf lebenslängliche Zustellung des Katalogs Anrecht.

USA hat keine Einwohnermeldeämter, wo man die Adresse eines Übersiedelten, eines Verschollenen erheben könnte. Aber Sears, Roebuck & Co. besitzen den Namenskataster der Nation.

Wie, auch hier finden wir nicht den, den wir suchen? Sollte er bettelarm geworden sein oder gestorben? Sonst wär's doch unmöglich, daß er niemals die Bücher bestellte: »Rote Asche« (Katalog Nr. 3 R 526) oder »Rebecca of Sunnybroke Farm« (3 R 742), ja, nicht einmal »Die Frau, die er sich wünschte« (3 R 947)!

Wäre er nicht gestorben oder verdorben, hätte er sich unbedingt einen Öldruck angeschafft, »Alt-Venedig« (8 R 5714) oder »Das Gartentor« (8 R 5716) oder gar »Einsamer Wolf im Schnee« (8 R 5712) (»this popular picture is still the best seller; noted for simplicity and depth of coloring«).

Wenn er noch am Leben wäre – nimmer könnte er so verhärtet sein, in einem Zimmer zu wohnen, das nicht eines der gedruckten und gerahmten Gedichte (Nr. 8 R 5761 bis 5772) schmückt und die der Preiscourant mit Fug und Recht also empfiehlt: »Jedes Heim hat einen Winkel oder eine Wand für eines dieser wohlbekannten Mottos. Verse über die Mutter, die Geliebte oder den Geliebten« (wer möchte nicht ein sweetheart sein? Anm. d. Übers.) »oder über die Freundschaft sind sorgfältig ausgewählt und für das gewünschte Gefühl ausgezeichnet geeignet. Zierliche Umrahmungen schmücken jedes Bild.«

Auch das hat er nicht bezogen. Also ist er tot? Nein, auch tot ist er nicht. Sonst müßte doch hier sein Grabstein bestellt worden sein.

Uns bleibt noch eine Hoffnung: er kann bei Montgomery, Ward & Co., dem anderen Postversandhaus, einkaufen. Und wenn man uns auch dort mitteilen sollte, daß er nicht zu den Beziehern des Katalogs gehört, dann, dann ist er unweigerlich verloren.

Dann läßt er sein Haus vom Baumeister bauen und nicht vom Postversandhaus, dann kauft er seine Bücher beim Buchhändler und seine Bilder beim Bilderhändler … dann ist er also ein Bolschewik geworden, einer von jenen öden Gleichmachern, dann hat er aufgehört, ein freier Amerikaner, ein Individualist zu sein, wie es alle anderen mit derselben Individualität sind.

Wir wollen nichts mehr von ihm wissen, und wenn er stirbt, werden wir nicht einmal einen Immortellenkranz (3 C 127) für sein Gittergrab (9 J 2928) bestellen.

Lenins möbliertes Zimmer

Die Spiegelgasse buckelt sich aufwärts und seitwärts, sie ist eng, daß selbst ein Handkarren nicht durchfahren könnte, und wenn sie auch anfangs Miene macht, den Züricher Berg zu erklimmen, so muß sie doch dieses Beginnen auf halbem Wege aufgeben und sich wieder senken, ohne den Fenstern ihrer Häuschen eine Aussicht auf die Wellen des Limmat, auf die kristallene Unendlichkeit des Sees und die blaugrünen Bergwälder zu gewähren. Hier wohnen keine Touristen, keine Vergnügungsreisenden, hier sind kleine Handwerker und Arbeiter ansässig, hier hat Wladimir Iljitsch Uljanow gelebt, in Sozialistenkreisen unter dem Namen Lenin bekannt, von den Fraktionsgenossen verehrt, von den anderen wegen seiner Konsequenz und Konzessionslosigkeit belächelt – ein Mathematiker der Utopie, ein Narr, der Details für eine Diktatur des Proletariats ausrechnete, als ob die Romanows gewillt seien, sich ihres seit Jahrhunderten ererbten Thrones wegen dieser Berechnungen eines Exilierten zu entäußern und den Kreml zu verlassen, damit dort der Untermieter eines Züricher Flickschusters einziehen könne ...

Ja, Herr T. Kammerer ist ein Flickschuster; ich habe seine Bekanntschaft gemacht, indem ich seinen Laden in der Spiegelgasse aufsuchte, um meine Stiefel ausbessern zu lassen. Nachdem er die Arbeit mit achtzig Rappen bewertet hatte, zog ich die Schuhe aus, er stülpte sie über den Leisten, und das Gespräch konnte nun leicht auf den Mieter gelenkt werden, der anderthalb Jahre, von Anfang 1916 bis zum April 1917, bei ihm logiert hat, im Hause neben der Schusterwerkstätte,

Spiegelgasse 14, oben im zweiten Stock. Meister Kammerer hat die Wohnung zum Maitermin 1917 gekündigt und ist in die Culmannstraße übergesiedelt, wo er für Herrn und Frau Uljanow gleichfalls ein Zimmerchen reservierte.

»Es ist leider nicht dazu gekommen«, erklärte der Schuhmacher, »am 8. April 1917 hat mir Herr Uljanow mitgeteilt, daß er gleich abreisen muß. Ich hab ihm geantwortet: ›Das Zimmer ist doch bis zum 1. Mai bezahlt, warum wollen Sie jetzt schon weg?‹ Er hat dringend in Rußland zu tun, sagte er mir darauf. Na, ich hab den Kopf geschüttelt, denn daß jemand die Miete für einen halben Monat verfallen läßt, noch dazu, wenn man kein überflüssiges Geld hat wie Herr Uljanow, ist sehr komisch, das müssen Sie doch selbst zugeben. Was er für ein Mieter war, der Herr Uljanow? Mein Gott, ich war zufrieden mit ihm, achtundzwanzig Franken hat er monatlich für das Zimmer bezahlt, das war genug im Krieg, heute würde es mehr kosten, fünfunddreißig bis vierzig Franken mindestens, und er hat uns nicht viel zu schaffen gegeben. Küchenbenutzung war ausgemacht, Frau Uljanow hat gekocht, meistens Eier, soviel Pfeffer hat sie daraufgestreut, und Tee haben sie immer getrunken. Herr Uljanow hat den ganzen lieben Tag am Tisch gesessen, Bücher gelesen und Zeitungen und bis spät in die Nacht hinein geschrieben. Jesus, hat der Briefe und Zeitungen bekommen! Sehen Sie, dieser Winkel war täglich voll, und Herr Uljanow hat sie geholt, damit der Postbote nicht so oft die Treppen steigen muß.«

Der Winkel ist die Ecke eines Regals gleich neben der Tür, eine Reihe alter Pappkartons mit der Aufschrift

»Bottines« liegt unten, und darüber ist Raum genug, Briefe und Berichte von Gorki, von Bucharin, von Sinowjew, von Rosa Luxemburg, von Tschitscherin und Radek aufzunehmen.

»Manche Briefe waren an ›Lenin‹ adressiert, und ich hab die Frau Uljanow gefragt, wieso das kommt, da hat sie mir erklärt, ›wir sind russische Flüchtlinge, und das ist ein angenommener Namen‹ – ›gut‹, hab ich gesagt, ›das geht mich nichts an, Sie sind beim Meldeamt eingetragen, alles andere kümmert mich nicht‹.«

Herr Kammerer sitzt auf dem Schemel und hämmert auf den Absatz meines Stiefels, sein jüngster Sohn hockt, mit der Ahle hantierend, neben ihm. »Wie sie weggezogen sind, Herr Uljanow und seine Frau, hab ich eine Unmenge von Schriften und Zeitungen verbrannt, einen ganzen Berg, ich konnt's ja nicht in die neue Wohnung mitnehmen, und daß er ein so großes Tier in Rußland wird, hätte ich nie gedacht, das schwöre ich Ihnen. Zum Abschied habe ich ihm Glück gewünscht und ihm gesagt: ›Hoffentlich werden Sie in Rußland nicht so viel arbeiten müssen wie hier, Herr Uljanow!‹ Da hat er nachdenklich geantwortet: ›Ich glaube, Herr Kammerer, ich werde in Petersburg noch mehr Arbeit haben.‹ – ›Na, na‹, hab ich darauf gemeint, ›mehr schreiben als hier können Sie ja gar nicht. Werden Sie denn gleich ein Zimmer finden in Rußland, dort soll doch große Wohnungsnot sein?‹ – ›Ein Zimmer krieg ich jedenfalls‹, hat der Herr Uljanow zu mir gesprochen, ›aber ob es so still sein wird wie bei Ihnen, Herr Kammerer, das weiß ich noch nicht.‹ Dann ist er halt weggefahren.«

Herr Kammerer klopft, zur Bekräftigung dieses von seinem Mieter erhaltenen Lobes, mit dem Hammer auf den Flicken, der meinen Stiefel zieren wird, nimmt das Geld entgegen, und während ich die Schuhe anziehe, zeigt er auf das Nachbarhaus. »Da oben das Fenster, dort hat Herr Uljanow sein Zimmer gehabt. Der Tapezierer Stocker wohnt jetzt drinnen.«

Abgebröckelter Mörtel kennzeichnet die Fassade, ebenerdig ist eine Gastwirtschaft »Zum Jakobsbrunnen«, die Holztreppe steil – schon mehr Leiter als Stiege. Frau Stocker führt mich in die Kammer, die Herr Kammerer an Lenin vermietet hatte. Ganz niedrig ist das Zimmerchen, man kann den Arm nicht hochstrecken, ohne die flache Decke zu berühren, drei Meter breit, kaum vier, fünf Meter lang, rechts an der Tür ein eiserner Ofen, dessen Rohr durch das ganze Zimmer geht, in der Holzverkleidung der Mauer neben dem Fenster eine eingelassene Kommode. Das Doppelbett und die vielen Heiligenbilder an den Wänden sind Eigentum der neuen Mieter, doch die Anordnung der Möbel dürfte auch früher nicht wesentlich anders gewesen sein. Dort, wo jetzt der Tisch ist, muß, denn sonst ist kein Platz da, immer ein Tisch gestanden haben in dieser dumpfigen Armeleutestube für achtundzwanzig Franken Monatsmiete, der Tisch, an dem ein Flüchtling im trüben Licht der engen Gasse saß.

Elf Totenköpfe auf dem Katheder

Spiritismus, Astrologie, Graphopsychik, Telepathie und Physiognomik blühen im Westen Berlins in hundert Zirkeln von gesellschaftlichem oder geistigem Geltungsbedürfnis, in den Proletariergegenden hingegen hat sich eine Pseudowissenschaft etabliert, die den nach Wissen und Wundern hungrigen Menschen das Geld aus der Tasche zieht. Die Unternehmer dieser Geschäfte pflegen sich selten selbst als die Veranstalter zu bezeichnen: die Affichen sind mit hochtrabenden Namen unterfertigt, »Hochschule für geheime Wissenschaften«, »Gelehrte Gesellschaft für okkultes Wissen« und so weiter.

Ein Plakat, das von einer »Gesellschaft zur Erforschung angeborener Talente auf phrenologischer Grundlage in Deutschland« und gleichzeitig von der »Internationalen Akademie für Menschenkenntnis« signiert ist, gibt davon Kunde, daß es bald keine Heuchelei, kein Leugnen, keine Verstellung, keinen Betrug und keine Untreue mehr geben werde. Wann? Bis aus dieser neugegründeten internationalen Akademie die ersten Doktoren ins Leben hinaustreten werden und in ihrer Ordinationsstunde uns und unseren künftigen Gattinnen, unseren künftigen Geschäftsfreunden und unseren Kindern auf den Kopf – im buchstäblichsten Sinne des Wortes: auf den Kopf – zusagen werden, wer, wie und was wir sind, wozu wir taugen und welche Eigenschaften, Hintergedanken und Gelüste im Innersten verborgen sind. »Des Menschen Schädel ist es, der den Menschen verrät.« Und wenn wir erst aus der Schädelbildung die Bildung im Schädel und die Bildung des Herzens zu beurteilen gelernt haben, dann werden wir den Hamlet verachten, der den toten Freund seiner Kinderzeit nicht erkennt und allerhand fünffüßige Betrachtungen darüber anstellt, daß das Gebein nichts über den zugehörigen Menschen verrate. Um wieviel mehr werden wir aus Yoricks Schädel weiszusagen wissen! Nicht bloß am Totenkopf, nein auch am lebenden werden wir die Menschen entlarven, nicht die Nervenstränge, nicht der dickste Skalp und nicht die höchste Damenfrisur werden uns zu täuschen vermögen!

Fünf Mark Eintrittspreis. Sechzig Menschen sind im Hörsaal versammelt. Frauen aus dem Volke, die möglicherweise im Interesse ihres schulpflichtig gewordenen Sprößlings die erwähnte Gesellschaft zur Entdeckung von Talenten konsultiert haben und nun die wissenschaftliche Begründung für den erhaltenen Ratschlag erfahren möchten, eine biedere Alte, die vielleicht die Hauswirtin des Dozenten ist und ihn bewundert, ein junger Mann mit langem Haar, anscheinend der erste Dichter der neuen Lehre; von den vielen ganz jungen Leuten sieht jeder aus, als ob er am liebsten das Kollegiengeld in Zehnpfennigbriefmarken entrichtet hätte, so wie sie in der Portokasse lagen – doch hüten wir uns, unsere Kommilitonen zu beurteilen, bevor wir nicht die Segnungen der wissenschaftlichen Menschenkenntnis in uns aufgenommen haben. Begnügen wir uns zunächst mit der Betrachtung der elf Schädel, die auf dem Vortragspult in zwei Reihen ausgerichtet liegen. An den Wänden hängen die Totenmasken Nietzsches, Beethovens und Wagners.

Der Vortragende erscheint und beginnt mit Lombroso und der Lehre vom geborenen Verbrecher; diese Theorie sei verlacht worden, heute aber, heute bekenne er – der Vortragende – sich zu ihr, womit sie wissenschaftlich anerkannt sei. Er erwähnt nun Albertus Magnus, Lodovico Dolci und Galenus und kommt dann auf Franz Joseph Gall, den er den Altmeister der Phrenologie nennt und sogar über sich selbst stellt. Auch Gall habe man verhöhnt, hauptsächlich um zweier vermeintlicher Irrtümer willen: Einmal habe Gall, am Wiener Hofe um die Beurteilung eines Herrn befragt, offen erklärt, dieser Mann sei ein Mörder. Darob großes Entsetzen, denn der also Charakterisierte war ein ungarischer Magnat und mit einer österreichischen Erzherzogin verlobt. Gall fiel in Ungnade. Später jedoch, später erwies sich der magyarische Aristokrat wirklich als Mörder … Die zweite scheinbare Blamage erlitt Gall bei einem Besuche in einem Gefängnis, wo er in der Kanzlei einen Sträfling nach seiner Schädelform als technisches Genie diagnostiziert hatte. Darüber lächelte man, denn der Sträfling war ein simpler Flickschuster. Daß in seiner Zelle eine Uhr hänge, die der Schuster mit seiner Ahle kunstvoll verfertigt hatte, wußte man nicht. – Der wissenschaftliche Wert der Phrenologie werde heute nicht mehr bestritten, nur behaupte man, sie erst am Totenschädel anwenden zu können. Das sei aber nicht richtig. Redner nimmt einen der Köpfe vom Tisch und beweist es. Obwohl diese Schädeldecke anormal stark sei, könne man die Abdrücke der Gehirnpartien deutlich erkennen. Also sei der Schädel durch die mehr oder minder kräftige Form der Gehirnprovinzen beeinflußt und demnach auch seine Beurteilung am lebenden Menschen möglich. Wenn noch vereinzelte Angriffe gegen Gall und seine Lehre erhoben werden, so richten sie sich gegen Behauptungen, die Gall gar nicht getan hat, und Vortragender habe einen solchen unwissenschaftlichen Wissenschaftler erst vor kurzem tüchtig niedergebügelt.

Über die Anwendung der Phrenologie werden uns Hörern wichtige Verhaltungsmaßregeln gegeben. Vor allem mögen wir unsere Kunst niemals am Biertische ausüben, denn dort seien die Gedanken getrübt und man gebe nur Anlaß zu Spott und Witzen. Frauen beurteile man nur dann, wenn ihr Haar aufgelöst und von allen fremden Einlagen (Heiterkeit) befreit sei. Am besten läßt sich der Charakter bei Herren mit Glatze konstatieren. (Neuerliche Heiterkeit.) Klar liege die praktische Wichtigkeit der Phrenologie zutage:

Erstens, bei der *Berufswahl*: Wir werden jeden warnen können, der sich dem technischen Studium zuwenden will, dessen Schädel aber alles eher als die Entwicklung eines technischen Sinnes zeigt, und wir werden andererseits unser Kind auf Grund der wissenschaftlichen Erkenntnis dem Musikstudium widmen, auch wenn noch keine Spur von musikalischem Empfinden bemerkt wurde.

Zweitens, bei der *Gattenwahl*: Keine Frau wird geheiratet, wenn ihr Schädel an den Partien, die der Sitz von Treue, Sparsamkeit und Verträglichkeit sind, nicht nur keine Erhabenheiten, sondern geradezu Vertiefungen aufweist!

Drittens, im *Geschäftsleben*: Wir kraniologisch geschulten Menschen werden jedem, der für uns als Sozius in Betracht kommt, vorher den Schädel abtasten – »Sie gestatten doch?« – und erst recht einem Kunden mit Kreditforderung. Wenn wir einen Angestellten suchen – werden wir den Mann wählen, bei dem die Gehirnpartie des Erwerbssinnes mit jener des Eigennutzes zusammenfällt? Bei solch äußerlicher Untersuchung sind Irrtümer selbstverständlich nicht ausgeschlossen, doch müssen wir uns damit begnügen, da im allgemeinen weder ein Geschäftsfreund noch ein Stellungsuchender bereit sein werden, sich trepanieren zu lassen.

Viertens, im *Justizwesen*: Ein Mensch, dessen rechte Hinterohrwölbung Rechtlichkeitsgefühl und Aufrichtigkeit beweist, ist unschuldig an der Tat, deren man ihn verdächtigt. Er hat sie nicht begangen, und hat er sie doch begangen, so ist er dennoch freizusprechen, denn er kann nichts dafür, er verübte sie bloß durch äußeren Zwang.

Einstweilen aber ist es dem Lehrer nur darum zu tun, uns in die Grundzüge der Phrenologie einzuweihen. Zu diesem Behufe nimmt er die Schädel zur Hand. Zuerst den kleinen einer Katze, an dem er zeigt, wie bei diesem Tier die Mutterliebe und die Putzsucht ausgebildet sind, während am nächsten Schädelchen – dem eines Katers – an der gleichen Stelle keinerlei Ausbuchtung zu finden ist. An einem Affenschädel wird uns der Sitz des Nachahmungstriebes vorgeführt, bei welcher Gelegenheit der Dozent erwähnt, daß die technische Begabung des Bibers an der Kopfform eklatant sichtbar wird.

Die übrigen Schädel rühren bloß von Menschen her. Der kleinste von ihnen und ein etwas größerer erweisen uns (obwohl es nicht etwa die Schädel desselben Kindes in verschiedenen Lebensaltern sind), wie sich in der zartesten Jugend verschiedene Triebe erst entwickeln. Dann demonstriert der Meister die Gehirnschale eines Selbstmörders. Ach, wir würden ihn, auch wenn er nicht die kleine Schußwunde im Schläfenknochen hätte, sofort als Selbstmörder erkennen, denn die Zentren der Lebensenergie und der Zuversicht sind gar nicht ausgebildet. Wir belächeln die Dummheit der Menschen, die bei einem Selbstmord aktuelle Motive vermuten, unglückliche Liebe, finanzielle Verluste, schwere Krankheit. Als ob der Mann sich nicht auch hätte das Leben nehmen müssen, wenn er das denkbar größte Glück in der Liebe, den prächtigsten Erfolg bei seinen Geschäften gehabt hätte und wenn er selbst kerngesund gewesen wäre! Nur des Menschen Schädel ist sein Himmelreich!

Das nächste Gehirndach: das eines Luetikers. Narren, die ihr angesichts dieses zerfressenen Kopfskeletts glauben könntet, die Heuchelei der Gesellschaft, die Niedertracht einer verderbten Geliebten, ein unglückseliger Zufall oder eine jugendliche Unerfahrenheit seien an dem Schicksal des Toten schuld gewesen! Seht ihr denn nicht, daß bei diesem Manne die Gehirnpartien des Geschlechtstriebes allzu stark ausgebildet waren, seht ihr denn nicht, daß an der Stelle, wo sonst die Hoffnung wohnt, eine Abplattung zu finden ist, seht ihr denn nicht, daß jenem die Kinderliebe und die Geselligkeit fehlten? Wendet euch nicht mit Ekel von dem Schädel dieses Kranken ab – er ist sorgsam präpariert, und »mehr als einmal wurde aus dieser Schädeldecke Bier getrunken«. Das ist wörtlich der Satz, mit dem der Vortragende lächelnd allfälliges Grausen seiner Hörerschaft beseitigt. Der nächste Gehirndeckel gehörte einst einem Verbrecher, der fünfzehn Jahre im Zuchthaus saß, jetzt gehört er dem Vortragenden, der uns an einer dicken Beule die Heimstätten des Erwerbssinnes und des Eigensinns und das Fehlen moralischer Zentren demonstriert. Aus der Feststellbarkeit von Feigheit schließt der Dozent für Menschenkenntnis, daß es wohl nicht unser Toter war, der bei dem Einbruch den Schutzmann erschoß, sondern sein Komplize. »Es sei denn, daß er sich nicht anders zu helfen gewußt hätte«, fügt der Lehrer einschränkend hinzu, »zu einem Angriff war der Mann jedenfalls zu furchtsam.«

In welchem Warenhaus die Totenköpfe von Verbrechern, Kranken und Selbstmördern samt zugehöriger Lebensbeschreibung zu kaufen sind, erfahren wir nicht, wogegen wir ex cathedra erfahren, daß der Professor bereit ist, uns Schädelmodelle aus Steingut zu verkaufen, auf denen die Gebiete der menschlichen Eigenschaften eingezeichnet sind wie Staaten auf einer Landkarte. Jedes der Länder ist mit einer Nummer bezeichnet, und ein beigelegtes Büchlein gibt an, welche Tugend oder Untugend in diesem Staat residiert. Nur hundert Mark kostet solch ein Globus.

Die Hochschule für Taschenspieler

Eine Hochschule für Taschenspielkunst? Natürlich gibt es das in Berlin! Sie zählt jetzt vierzehn Hörer. Der redselige Rektor hat es mir erzählt, als ich mich inskribieren ließ. (Sonst wüßte ich es nicht, denn der Unterricht ist individuell, jeder einzelne wird einzeln ausgebildet.) Zehn Mark für die Stunde. Im Dutzend billiger: hundert Mark. Aber dafür ist man – garantiert! – nach zwölf Stunden ein Mann, der sich sehen lassen kann. »Sie wollen zu Berufszwecken lernen?« fragt Seine Magnifizenz. »Nein, nein, nur um mich in meinem Bekanntenkreis zu produzieren.« Sonst verlangt man keinerlei Nationale, kein Zeugnis.

In den Hörsaal tritt man mit stillem Schaudern ein, sieht halb neugierig, halb beklommen um sich, wie der Schüler in Doktor Faustens Studierstube. An der Wand hängen Plakate der Magier, »Séance mystérieuse«, »Dreamland« und »The greatest illusionist of the world«.

Rechts sind in einem Regal allerhand zauberische Dinge aufgestapelt: Büchsen, Kartenspiele, japanische Teekisten, Kugeln, Zauberstäbe, Hüte, Becher, Kassetten, Münzen, Teller, Kerzen, Tücher, Säcke, Röhren, Eier, Seidenblumen, Ringe, Flaggentücher, Flaschen, Pistolen, Würfel, Schlangen, Vasen, Ketten. Links: eine schwarz ausgeschlagene Versuchsbühne mit großen Stativs aus weiß leuchtendem Nickel, Stellagen und Apparaten, Tischchen mit Blumenkörben, Käfigen, Goldfischschalen und einem auf geheimnisvollem Metallgrunde stehenden hypnotischen Stuhl, dessen »Besitzer« eine Reihe von Personen auf seinen Armen tragen kann, ein Pranger aus Eichenholz mit Stahlschloß, der dem Eingeklemmten die Befreiung aus Fesseln ermöglicht, ein Sarg, in dem ein Mensch spurlos zu verschwinden vermag, und dergleichen.

Der Dozent ist noch nicht da, und man muß sich einstweilen damit begnügen, daß der Institutsinhaber die Honneurs macht. Er erklärt die Wirkung der Apparate, wohlgemerkt: nur die Wirkung. Auf naiv-neugierige Fragen nach dem Trick oder dem Mechanismus hat er auch für den immatrikulierten Hörer nur eine einzige Antwort: »Erklärung bloß bei Kauf.«

Der verbindlich lächelnde Ton, in dem er das versichert, das »Nicht wahr?«, das er manchmal hinzufügt, um von dem Neugierigen eine verständnisinnige Bejahung zu erlangen, können über das Unerbittliche dieses obersten Geschäftsprinzips nicht hinwegtäuschen: »Erklärung bloß bei Kauf.« Denn einige dieser Zaubermaschinen kosten tausendfünfhundert Mark.

Inzwischen ist der Lehrer auf dem Schauplatz erschienen. Er sieht weder wie ein alter Hexenmeister aus noch so wie sonst Universitätsprofessoren. Das Leben scheint ihm keine großen Sorgen zu machen. Er hat sich einen englischen Anzug ervoltigiert, ist ein ganz junger Mann und kann nicht verleugnen, daß er ein Wiener ist, trotzdem sein Name bei der Vorstellung (nicht etwa bei der Zaubervorstellung, sondern als er sich vorstellte) äußerst italienisch klang. Der Herr Rektor bleibt im Zimmer, um in Unterrichtspausen das Interesse des Studenten an den Apparaten zu wecken, die er auf Lager hat. Von Zeit zu Zeit kommt auch seine Bürodame in das Laboratorium. Ich bemerke, daß sie hübsch ist, und weil man eben bei der Eskamotage nichts bemerken darf, so fällt mir immer eine Billardkugel aus der Hand, wenn das Fräulein ins Zimmer tritt. Aber es sei nicht vorgegriffen.

Der Professor der Prestidigitation beginnt sein Kolleg nicht etwa mit einem mystisch-okkultistisch-kabbalistisch-magisch-historischen Vorwort, wie es ein Kathedergelehrter tun würde, sondern er fragt bloß, ob ich mich schon irgendwo als Illusionist betätigt habe. Ich verneine. Er verlangt meine Hand zu sehen. Ich reiche sie ihm, nicht ohne Angst, als untauglich zurückgewiesen zu werden, denn die Finger meines neuen Lehrmeisters sind mindestens zweimal so lang als die meinen. Doch er zerstreut nach fachmännischer Prüfung meine Bedenken: »Sie haben Talent«, woraus zu erkennen ist, daß seine Zeit mein Geld ist: zehn Mark die Stunde.

Auf dem vernickelten Messingständer liegen fünf polierte Billardbälle. (Eigentlich sind Billardbälle im allgemeinen doppelt so groß, aber der Dozent nennt sie so.) Er nimmt einen in die linke Hand, legt ihn in die rechte, macht die Gebärde des Zerreibens, und fort ist der Ball. Nachdem ich vergeblich geraten habe, wohin er verschwunden sein könnte, zieht er ihn mit der linken Hand aus meiner Schulter. »Voilà!« Ich bin baß erstaunt.

»Das ist das Palmieren, die Grundlage der Eskamotage. Fast alle Tricks der Handmanipulation basieren auf diesem Griff.«

Und nun beginnt er ihn zu erklären, indem er ihn ganz langsam wiederholt. Wie einfach! Er legt den Ball gar nicht aus der linken Hand in die rechte, sondern er behält ihn in der linken zwischen Handballen und Maus (Daumenballen), die übrigen Finger ausgestreckt lassend. Die rechte, leer gebliebene Hand ahmt inzwischen das Festhalten einer Kugel nach. Bei diesem scheinbaren Halten ist insbesondere zu beachten, daß der Daumen nicht im Inneren der Faust, sondern außen auf der gehöhlten Hand liegt. Wenn man diese beiden Touren intus hat, kann man das Changieren vornehmen, die sogenannte Faustpalmage. Man hält den Ball auf der halboffenen linken Hand fest, der rechten gibt man die Form einer Faust. Die linke Hand stellt man mit dem Handrücken nach außen rund auf die Faust. Hierauf läßt man den Ball in die rechte Hand gleiten, wo man ihn in der geschilderten Palmagenstellung zwischen Hand- und Daumenballen faßt, während man der linken Hand die Stellung des scheinbaren Haltens gibt. Dann läßt man den Ball aus der linken Hand (in der er sich nicht befindet) verschwinden, indem man ihn »mit den Fingerspitzen zerreibt« – hokuspokus –, und kann ihn dann mit der rechten Hand aus dem Oberarm, aus der Tasche eines Zuschauers hervorzaubern. Voilà! Es ist die Lüge der Hände, die da gelehrt wird: Die scheinbar haltende Hand ist leer, die scheinbar leere Hand hält die Kugel.

Mißlingt mir ein Griff, so warnt mich der Professor, die Palmage nicht zur »Blamage« werden zu lassen. Da ich Streber mich über diesen Witz schier totlache, erklärt mir der geschmeichelte Meister, daß ein guter Taschenspieler auch ein guter Wortspieler sein müsse. Wenn er sich zum Beispiel auf einen ausgeliehenen Zylinderhut setze, so sage er zu dem erschrockenen Eigentümer: »Seien Sie auf Ihrer Hut, ich bin es auch. Voilà!« Ich lache mich noch toter und erhalte dafür weitere Scherze geschenkt. Zum Beispiel die Frage an das Publikum: »Hat vielleicht jemand von den verehrten Herrschaften heute *zufällig* ein reines Taschentuch bei sich?« Und wenn sich die Lachstürme gelegt haben, fügt der Künstler hinzu: »Warum lachen Sie? Es könnte doch wirklich möglich sein.« Falls das geliehene Taschentuch ein kleines Loch hat: »Aha, ein Taschentuch mit Notausgang! Voilà!« Das Intermezzo der Wortwitze, des modernisierten Abrakadabra, ist zu Ende, und wir kommen wieder auf die Witze der Finger. Der Lehrer gibt mir einige Hausarbeiten auf. Vor dem Bette stehend, möge ich üben, damit ich mich nicht nach den fallenden Kugeln bücken und den davonrollenden nicht unter die Möbelstücke nachjagen müsse.

»Sechs Mark fünfzig kostet eine elegante Garnitur von Billardbällen«, wirft der Hochschulbesitzer so von ungefähr dazwischen.

Wirtschaft & Soziales

In der Wärmestube

Am Sonntag vor Weihnachten traf ich in der Kleinseitner Brückengasse den Detektiv Wünsch, einen der intelligentesten, aber auch der unglücklichsten Zivilwachleute der Polizeidirektion. Er war seinerzeit bei der Aufdeckung des Doppelmordes in Krtsch, als man die Leichen des Takacz und der Hanzely im Keller ausgrub, mit einer Schaufel geritzt und von Leichengift infiziert worden; viele Monate hatte er zwischen Leben und Tod geschwebt. Und jetzt war er wieder krank. Er kam gerade aus der Apotheke. »Meine Lunge ist kaputt«, flüsterte er. Das Sprechen machte ihm Mühe. »Ich werde es nicht mehr lange machen …«

Ich versuchte ihm das auszureden. »Sie werden noch erwarten können, bis Sie Inspektor werden«, meinte ich lächelnd, »Sie werden doch dem Staat nicht die Inspektorspension schenken!« Detektiv Wünsch machte eine abwehrende Handbewegung: »Lassen wir das Thema, ich weiß das besser.«

Dann sagte er: »Herr Kisch, dieser Tage habe ich mich so an Sie erinnert. Wissen Sie, wohin Sie einmal gehen sollten? In die Wärmestube. Dort könnten Sie Studien machen. Dort haben Sie alle unsere Kerle …« Mit dem Ausdruck »unsere Kerle« meinte er die im Sicherheitsbureau bekannten Fallotten. Als ich mich für das Thema zu interessieren begann, fuhr Wünsch fort: »Sie können sich bei mir umkleiden. Ich wohne in der Nähe, unter der Karlsbrücke, Lužickygasse 10. Dort werde ich Sie anziehen, daß Sie wie ein echter Verbrecher aussehen werden. Von meiner Wohnung aus brauchen Sie dann nur eine Minute in Ihren Fetzen zu gehen, und schon sind Sie in der Wärmestube.«

Ich versprach, bald zu kommen, und schon am Neujahrssonntag klopfte ich an seine Tür, um die Exkursion anzutreten. Mir öffnete eine Frau.

»Bitte, wohnt hier der Herr Wünsch?« fragte ich.

»Herr Wünsch wohnt schon in Wolschan draußen«, wurde mir zur Antwort. Ich glaubte, falsch verstanden zu haben. Aber man bestätigte mir die Nachricht, die mich – schon weil sie mir so unerwartet kam – bodenlos schmerzlich berührte: Herr Wünsch war während der Weihnachtsfeiertage gestorben.

Er konnte also nicht meine Equipierung mehr besorgen, mir keine besonderen Tips für die Stammgäste in der Wärmestube in seiner Nachbarschaft geben. Aber ich beherzigte seinen Rat. In der Filiale der Leichenbestattungsanstalt Fuchs auf der Kampa-Insel warf ich mich in Fulldress. Nicht in die Fetzen, die ich auf meiner Floßfahrt nach Magdeburg, bei meinem Besuch im Asyl für Obdachlose und bei ähnlichen Streifzügen getragen hatte. Diesmal kam ich nicht als Arbeiter, sondern als obdachloser Müßiggänger, als herabgekommenes Subjekt. Ich glich in meinem, einst ganz elegant gewesenen, aber jetzt schon ganz fadenscheinigen Überzieher, meinen zerfransten Nankinghosen, meinem verbogenen und beschmutzten Kragen – eine Krawatte hatte ich nicht – ungefähr dem Baron in Maxim Gorkis

»Nachtasyl«, den hier in Prag Hans Waßmann gespielt hat.

Und nun, da ich mich des Schutzes gegen den Winter entledigt hatte, spürte ich, kaum daß ich auf der Straße war, was es heißt, der Gewalt des Frostes wehrlos preisgegeben zu sein. Von der Čertovka her, dem Moldauarm, der die Kampa umfließt, mischte sich schwere Feuchtigkeit in die eisigkalte Luft, und die dicken Schwaden, welche rings um den brennenden Gaslaternen sichtbar waren, erweckten den Anschein, als ob die frierende Luft sich an die Lichter herandränge, um sich zu wärmen.

Nach kurzem, aber kaltem Wege war ich in der Wärmestube. Sie ist in einem niedrigen Gebäude in der Belvederegasse untergebracht, das an den Landesschulrat anschließt. Rechts ist der Eingang in die Abteilung für Frauen; links in die für Männer. Durch diesen ging ich, durchschritt einen kurzen Korridor und war dann vor einer Glastüre. Ich öffne und bin in der Wärmestube. An dreißig Menschen wenden sich ruckartig gegen den Ankömmling, ich fühle mich von ebenso vielen Augenpaaren scharf, durchdringend und verdächtigend gemustert. Ich tue, als ob ich das nicht beachte, und suche mir ein Plätzchen. Das ist nicht so einfach. Das Zimmer ist klein, und die dreißig Menschen sitzen dicht aneinandergeschmiegt auf den Bänken, welche an den beiden Längswänden und parallel zu diesen in der Saalmitte so wie an einer Breitseite aufgestellt stehen. Die der Tür gegenüberliegende Breitwand des Raumes ist frei; hier ist der Eingang in die Küche und der Schalter, an dem man zu Mittag eine Suppe und Brot bekommt. Schließlich schaffe ich mir doch einen Sitzplatz: Zwischen zwei

Schlafenden ist eine Handbreit der Bank frei geblieben, und ich, indem ich den einen Schläfer beiseite schiebe – er rückt mechanisch weiter –, kann mich niedersetzen. Ich sinke, Apathie heuchelnd, in mich zusammen, und die Blicke der Leute rutschen wieder von mir ab, und die Gespräche, die während meiner Installation verstummt waren, werden wieder fortgesetzt.

Nun erst schaue ich mich um. Da sitzen sie, die wehrlosen Feinde des Frostes, da sitzen sie in ihrer einzigen Zufluchtstätte. Aber auch hier, wo sie der Gegner nicht fassen kann, legen sie ihre schwache Wehr nicht ab. Alle haben ihre zerschlissenen Winterröcke und ihre Hüte anbehalten, alle haben ihre Rockkragen aufgeschlagen, fast alle haben Tücher um ihre Ohren geschlungen. Der eine hat Pulswärmer an – zwei Tuchmuster oder Strumpfteile, die mit Spagat am Handgelenk festgebunden sind. Alle sitzen zusammengekauert und aneinandergeschmiegt da. Besonders dicht ist die Reihe in der Ecke, an dem Eisenofen. Die Zunächstsitzenden halten ihre Hände an den graphitartig glänzenden Ofen, als wollten sie in der kurzen Spanne Zeit ein möglichst großes Quantum Wärme in sich aufnehmen.

Armselige Gestalten! Es ist ein grau in grau gemaltes Bild, das man hier im Lichte der einen Gasflamme sieht. Aber nach und nach unterscheidet man die Grundfarben, erkennt, daß hier zwei Gruppen menschlichen Elends vertreten sind: Arbeitsnot und Verbrechen. Man erkennt das aus den Gesprächen, man sieht es den Menschen an. Einer hat seinen Stiefel ausgezogen und bindet mit schmerzverzerrter Miene einen schmutzigen Fußlappen um seinen über und über blutigen Fuß. Ein anderer, ein junger Bursch, der ein rotes Tuch nicht ohne Koketterie um den Hals gebunden trägt, legt einen Taschenspiegel auf sein Knie und kämmt seinen ohnedies bewunderungswürdig tadellosen Scheitel. Ein alter Mann blättert verzweifelt in seinem Arbeitsbuch – er sucht wahrscheinlich, ob er bei seiner Stellungssuche in Prag nicht einen einstigen Dienstgeber vergessen hat.

Alle fluchen dem Winter. Daß es heuer keinen Schnee in den Straßen zu schaufeln, kein Eis auf der Moldau zu hacken gibt. Die anderen – und es läßt sich nicht verschweigen, daß diese in der Mehrzahl sind – fluchen den Polizeibezirksleitern und Bezirksrichtern, die so streng sind, im Winter milde zu sein.

»Voriges Jahr hab ich im Sommer in Deutschbrod drei Wochen wegen Bettelei bekommen, und vorige Woche hat mir der Schuft nur vierundzwanzig Stunden gegeben«, schimpft einer.

Ein anderer lacht wieder. »Mich hat vorgestern in Smichow der Kommissär gefragt, ob ich mir nicht Arbeit suchen wolle. Da hab ich gesagt, ich werde jetzt Hopfen pflücken gehen.« Alle lachen.

Dann wendet sich der Spaßvogel zu dem Burschen mit dem roten Schlips: »Wer wird denn jetzt Fahnenträger bei den Ausflügen der Sträflinge sein, wenn du ihnen untreu geworden bist?« Neuerliches Halloh.

Aber der Verspottete frisiert sich ruhig weiter. »Ich hab's erledigt. Aber du wirst erst anfangen.«

Dann wird der Strafvollzug in den einzelnen Gerichten Böhmens und Mährens einer vergleichenden Erörterung unterzogen. Der eine lobt sich seine Salonzelle in Mährisch-Budwitz, der andere schimpft auf sein Gerichtsquartier in einer südböhmischen Stadt. Auch das Schubwesen und die Behandlung in den einzelnen

Schubstationen werden fachlich besprochen, und es gibt keinen Mißstand, der nicht auf Grund reicher Erfahrungen vollkommen aufgedeckt worden wäre. Man sollte die Stammgäste der Wärmestuben bei Enquêten in Justizangelegenheiten heranziehen. Sie sind ja die Hauptbeteiligten und wären zweifelsohne die bestinformierten Experten.

Einer, der das große Wort führt und viel von Weibern und Pferden erzählt – allerdings von solchen, die nicht edler Rasse sind –, hat mich ins Auge gefaßt. »Gehst du heut ins Asyl?«

Ich verneine. Erst am nächsten Donnerstag sei der Monat um, seitdem ich dort war, also könne ich erst nächste Woche wieder hingehen. Dann versinke ich wieder in Schweigen. Aber der Kerl gibt nicht locker.

»Du bist ein Schneider, nicht wahr?« fragt er mich.

»Ich bin Handlungsgehilfe«, ist meine Antwort.

»Du handelst wohl mit alten Hadern«, sagt er und weist auf meinen derangierten Anzug. Ein lautes Lachen geht los.

»Nun ja, jeder kann nicht so elegant herumlaufen wie du«, gebe ich ihm zurück und habe jetzt die Lacher auf meiner Seite. »Der hat dir einen flek (Trumpf) gegeben«, ruft ein junger Bursch meinem Widersacher zu. Ich habe in Ehren bestanden.

Einige holen aus ihrer Tasche ein Stück des Brotes hervor, das ihnen zu Mittag verabreicht worden ist, und beginnen zu kauen. Von Zeit zu Zeit steht ein Bursche auf und langt nach der Wasserkanne, die auf einer Konsole steht. Dann gießt er sich Wasser in einen Blechtopf, der mit einer Kette an der Wand befestigt ist. Mein Nachbar, der inzwischen erwacht ist, trinkt den Topf viermal leer. Dann wischt er sich den Mund ab und sagt: »Brr, wenn ich nur heute vier Kreuzer auftreiben könnte. So ein Gläschen Kornschnaps könnte nichts schaden.«

Der Bursch mit dem roten Scarf hat andere Gelüste. Er steckt sich eine halbe »Drama« in den Mund und entfernt sich mit einem Schnalzen aus der Wärmestube: »Jetzt wird fein geraucht.« Nach fünf Minuten ist er wieder da.

Um halb sechs Uhr vergattern sich die Leute, die in das Nachtasyl schlafen gehen, und verlassen das Lokal. Für die Zurückbleibenden gibt es nur einen Gesprächsstoff: das Nachtquartier. Der eine rühmt sich, daß ihm seine Geliebte heute Obdach gewähren werde, der andere weiß sich eine feine Scheuer in der Nähe des Baumgartens, ein dritter erzählt von einem angenehm warmen Ziegelofen in Koschiř.

»Du meinst die Ziegelei Kudela?« wird er gefragt.

»Das weiß ich nicht. Ich schlafe schon seit vier Jahren im Winter dort, aber ich weiß gar nicht, wie die Ziegelei heißt.«

Um sechs Uhr rasselt der kleine blonde Mann, der durch eine blaue Schürze, einen sauberen Anzug und ein Käppi als der Aufsichtsmann der Wärmestube kenntlich ist und der bislang ruhig an einer Ecke der Bank gesessen ist, ostentativ mit einem Schlüsselbund. Das ist die Mahnung zum Aufbruch. Alles steht auf, jeder geht noch zum Ofen, als ob er etwas Wärme als Wegzehrung mitnehmen wollte. Dann geht es hinaus. Hinter uns wird die Türe gesperrt. Der Schlafbursche der Ziegelei wendet sich auf dem Korridor an mich.

»Komm mit mir nach Koschiř schlafen.«

»Warum denn? Bist du dort allein?«

»Allein! Es sind gewöhnlich vierzig dort. Größtenteils Drahtbinder.«

»Also weshalb willst du, daß ich mitgehe?«

»Na, der Weg ist weit, und zu zweit geht sich's besser. Komm mit!«

»Ein andermal. Heute werde ich noch bei einem Freunde schlafen.«

Dann treten wir auf die Straße hinaus. Es ist schon dunkel, und jauchzend umpfeift der kalte Wind die zusammengeduckten Jammergestalten, die sich für eine knappe Zeitspanne vor ihm versteckt gehalten hatten, die ihm aber nun wieder willenlos preisgegeben sind, für eine lange Winternacht.

Invalidenhaus

Ein Kasernenzimmer – und doch keines. Da stehen zwar Kavalletts, und drüber hängt das Brotbrett an der Wand, der grobe Holztisch füllt den Mitteltrakt des Raumes, alle Inwohner tragen Uniformen – und doch: es ist kein Kasernenzimmer. Dort liegt auf den Roßhaarpolstern ein rotes Polster, dort ist ein Bett, das durch drei Strohsäcke erhöht ist – eines Herzkranken Lager. Auf keinem der Brotbretter sind die Monturstücke so tadellos ausgerichtet, wie sich's der dienstführende Feldwebel in einer Kaserne deutlich zu wünschen pflegt, und dort, die Männer, die rings um den Ofen sitzen – kruzihimmelfixtürkenbombenelement! –, die haben ja gepolsterte Lehnstühle unter sich. Nein, es ist doch kein Kasernenzimmer. Aber die alten Invaliden möchten gerne zeigen, daß sie noch stramme Soldaten sind. Einer der Offiziere kommt ins Zimmer. Ein graues Männlein, gleich bei der Türe sitzend, bemerkt ihn zuerst und ruft:

»Habt acht!« Habt acht! Dünn, zittrig hat er das Kommando ausgerufen, und so wird es auch ausgeführt. Nicht etwa, daß sich nicht alle anstrengen würden, im Gegenteil, sie möchten's alle, trotzdem der Offizier entschieden abwinkt. Aber die Habt-acht-Stellung ist etwas, das lange, lange entschwunden ist, so wie die Zeit, da die alten Invaliden noch schmuck und jung in Reih und Glied gestanden sind. Habt acht! Der eine steht auf zwei Krücken gestützt, der andere in sich zusammengesunken da, und nur der starr auf den Offizier gerichtete Blick und die krampfhaft an die Hosennaht gedrückte Hand beweisen, daß er die Ehrenbezeigung leistet. Einer, der weiß, daß der Versuch aufzustehen ihm nur eine Niederlage im Kampf mit dem Podagra bringen würde, legt stramm die Hand an den Kopf, der keine Mütze trägt. Ein anderer bleibt teilnahmslos und gebückt im Lehnstuhl sitzen, bis er zufällig den Säbel des an ihm vorbeikommenden Offiziers erblickt und erschreckt aufspringt: Er ist taub, hat das Kommando nicht gehört. Wieder ein anderer steht stramm, das Gesicht zur Tür gewendet, trotzdem der Offizier schon längst auf der anderen Seite des Zimmers steht; es ist ein Blinder.

»Wie alt sind Sie, Dworzacek«, fragt ihn der Offizier.

»Melde gehorsamst, zweiundneunzig Jahre.«

Er ist der Senior, seit im vorigen Monat der Invalid Jech an einem ungarischen Säbelhieb von 1849 gestorben ist, und trägt die Altersmedaille. Ein anderer Greis wird angesprochen. »Weshalb sind Sie hier?«

»Galoppierende Schwindsucht.«

»Wann kamen Sie hierher?«

»Am 6. Mai 1864.«

Also achtunddreißig Jahre lang lebt der Mann mit »galoppierender« Schwindsucht hier.

»Und wie geht es Ihnen?«

»Danke gehorsamst, schon besser.«

Namen verschollener Truppengattungen hört man, wenn man sich mit den alten Invaliden im Parke draußen unterhält, mit Kürassieren spricht man, mit Grenadieren, mit Mineuren, mit Genisten und mit Bombardeuren, von alten Schlachtfeldern hört man, deren Namen man seit der Schulzeit nicht mehr vernommen hat. Die Schwarmlinie von Chlum wird lebendig, die Schiffskanonen von Lissa hört man dröhnen und die Hurra-Rufe bei Custozza. Und Beweise von Tapferkeit werden vorgewiesen: »Hier steckt die Kugel.« Oder: »Gerade hierher, ins Knie hat mich die Kartätsche getroffen.« Der Erzähler zeigt mechanisch auf sein Knie und humpelt doch längst nur auf einem Holzfuß durchs Dasein.

Zwei haben auch die silberne Tapferkeitsmedaille errungen, der große Kürassier Hausner, der Anno 66 eine Fahne gerettet hat, und der biedere Komotauer Schmied, der an der Spitze einer Patrouille von drei Mann des 32. Feldjägerbataillons am 20. Juni 1866 bei Hirschberg durch ein mörderisches Einzelfeuer ein feindliches Bataillon getäuscht und in die Flucht gejagt hat. Jeder der vielen hat seine Wunden pro patria erlitten, jeder hat sich den Anspruch auf den Invalidendank mit seinem Blute verdient.

Sie lieben es, davon zu erzählen, und die Buben im

Kaizl Park hören ihnen mit blitzenden, kampflustigen Augen zu und die Männer in den Karolinentaler Gasthäusern mit Bewunderung. Na, manchmal hauen die wackeren Krieger ein bisserl über die Schnur, ihr Erinnerungsvermögen verstärkt sich mit zunehmendem Alter, und es sind gar viele, die, wenn man ihnen glauben will, Österreich vor dem sicheren Untergang gerettet haben. Wehe aber, wenn einer durch solches Latein den Ruhm eines danebensitzenden Kollegen verdunkeln will. Sie sind eifersüchtig auf ihre Kriegstaten und auf die Kugeln in ihrem Leib!

»Bei Königgrätz wurden mir die beiden Füße weggerissen.«

»Hi-hi-hi, das ist wahr: Wie er Patronenkisten aufgeladen hat, ist ihm eine auf die Beine gefallen.«

»Du schweig! Du hast dir auch nur den Arm gebrochen, wie du auf der Flucht von Solferino hingefallen bist.«

»Hi-hi-hi, der will was reden! Seit sechsundvierzig Jahren ist er Gefreiter ...«

Nur eine Invalidenkompagnie bewohnt jetzt das weitläufige Gebäude, hundertfünf Mann, von denen fünfundvierzig Feldzüge mitgemacht haben. Es ist schon lange her, daß kein Krieg war, und so ist es allmählich Platz geworden. Vier Kompagnien hat der Dientzenhofersche Steinbau in Jahren nach den Kriegen gefaßt. Nur zu, man kann ihn ja wieder füllen!

Seit hundertachtzig Jahren steht das Haus. Graf Peter Strozzi, der erstgeborene Sohn des österreichischen Obristen Giacomo Strozzi, hatte das Geld vermacht. Er hatte an der Seite des von ihm errichteten Regiments

»hochdeutscher Nation« (das hebt er selbst in seinem Testament hervor) für Ferdinand III. in Italien gekämpft und war bei Alessandria della Paglia im Jahre 1657 schwer verwundet worden. Verletzt, von trübseligen Gedanken befallen, sehnte er den Tod herbei, den Heldentod fürs Vaterland. Besser denn weiterzuleben als Krüppel! Und dann fiel ihm ein, wie er, der begüterte Aristokrat, es doch weit besser habe als rings die nicht minder wackeren und schwerer verletzten Kriegskameraden um ihn her. Was harrte ihrer? Noch Not zum Krüppeltum!

Peter Strozzis feldgestählter, junger Körper siegte über die Wunde, aber er vergaß seine Gedanken vom Schlachtfelde nicht. Heimgekehrt, schrieb der kaum Zweiunddreißigjährige zu Dymokur am dritten Augusttage von 1658 sein Testament, den in österreichischen Kriegsdiensten invalid gewordenen Offizieren und Mannschaften sein Mobilarvermögen und das Gut Hořitz vermachend, »damit sie darauf leben und nach getreu und langwierig geleisteten Kriegsdiensten zu betteln nicht gezwungen werden, oder auch ganz verderben«.

So lieh er den Gedanken die Tat, die seinen Geist beschäftigt hatten, als er, flammendem Todeswunsche hingegeben, auf italienischem Boden lag. Sechs Jahre später ging dieser Wunsch dem Krieger in Erfüllung, schöner, als ihn je ein Soldat zu erhoffen gewagt hat. Kurz nach Aufgabe der Belagerung von Kanisza, die er an der Seite Zrinys begann, hatte er dem Großwesir Achmed Köprili nach erbittertem Kampfe am 6. Juni 1664 die Murinsel bei Esseg entrissen. Während einer begeisterten Ansprache, in der Strozzi seinen Truppen dankte, sauste ein türkisches Geschoß heran und traf ihn. Er verstummte und war tot.

Seine Büste, in Laaser Marmor gehauen, steht vor dem Prager Invalidenhaus, denn dieses ist aus dem Strozzischen Nachlaß errichtet worden. Mit Vertrag vom 12. September 1729 war »eine halbe Meile Grund und Bodens östlich außerhalb Prags zwischen der Straße nach Schlesien und dem Žižkaberge« um den Preis von 35013 Gulden 20 Kreuzer angekauft worden. Längst liegt das Invalidenhaus nicht mehr außerhalb Prags, und der Wert des Grundstückes hat sich verhundertfacht. Schon vor zwölf Jahren hat die Stadtgemeinde eine Area von 14 Hektar 9499 Quadratmetern des Invalidenplatzes um 1600000 Kronen gekauft, und das war erst ein Viertel des ganzen Grundbesitzes.

Da leben nun die Invaliden. Die, die nicht als Aufsichtsorgane ins Rudolfinum, in die moderne Galerie oder ins Belvedere-Lustschloß, in das Teplitzer Militärbadehaus, ins Zeugsdepot auf dem Wyschehrad oder zu den Kriegerdenkmalen in Chlum, Stierbohol und Kolin beordert sind, die wohnen hier im Invalidenhaus, dem die Häuser in weitem Bogen auch künftighin respektvoll Platz zu machen haben. Da leben sie sorglos (die Sanitätssoldaten leisten Wärterdienste) und vergnügen sich mit Kartenspiel, mit der Menage, mit Spaziergängen, mit dem Austausch alter Ruhmestaten und zeigen an ihren Krücken, daß sie die Gewehrgriffe noch nicht verlernt haben. Bis sie zu hüsteln anfangen und im ersten Stock im Hausspital Aufnahme finden müssen. Und wenn man einen nach Wolschan fährt, wo jetzt der Militärfriedhof ist, dann spielt eine Regimentskapelle, und eine Generaldecharge zittert durch die Luft. Sie gehen zum Grabe, wie sie gelebt haben: mit militärischen Ehren.

Als Altersversorgung ist es schön. Aber traurig muß manchem Soldaten zumute sein, der in jungen Jahren steht und, die hechtgraue Invalidenbluse anknöpfend, den Rest seines kaum begonnenen Lebens sorglos, aber auch hoffnungslos rechts und links vor sich sieht. Ein Zwanzigjähriger ist dort, ein Budweiser, dem während seiner Musikelevenzeit das Waldhornblasen die Lunge gänzlich ruiniert hat. Am Nachmittag, immer zur gleichen Stunde, geht er hinter das Invalidenhaus, weit zurück, bis zur Rozmitalka.

Dort wartet ein Mädchen auf ihn. Wenn sie ihn sieht, dann schlüpft ein Lächeln über ihre Augen, die des Lächelns nicht gewohnt scheinen.

Unter den Obdachlosen von Whitechapel

Auch die Männer und Burschen, die in schmutzigen Fetzen in den Haustoren und Fenstern der Lumpenquartiere Ostlondons zu sehen sind, sind schon bedauernswert genug. Aber sie haben wenigstens ihre Schlafstelle, sie haben doch das Glück, sich in den niedrigen Stuben mit einigen andern Schlafgenossen auf den Fußboden betten zu dürfen, sie haben also immerhin ein Heim. Sie sind reich gegen die Obdachlosen, die sich müde durch die Schlammdistrikte schleppen; hoffnungslos hoffen sie, von den anderen Armen einige Pence zu kriegen, damit sie nicht auf dem Embankment an der Themse im Froste nächtigen müssen.

Und diese Allerelendsten der Elenden sind noch in Gesellschaftsschichten geteilt, noch unter diesen Obdachlosen bestehen Vermögensunterschiede. Wer sieben Pence erbettelt hat und sie für das Nachtlager zu opfern bereit ist, kann in einem der fünf Lord Rowton Lodging Houses oder in einem der vom Londoner County Council errichteten Bruce Houses ein Kämmerchen mit Bett und Stuhl mieten; wem der Tag nur sechs Pence beschert hat, kann im Volkspalast Logis beziehen und sich bei etwas Phantasie in einen Klub versetzt glauben. Allein wer selbst diese spärliche Zahl von Pfennigen am Abend nicht beisammen hat und gar nicht daran denkt, in den »Casual Wards« das bißchen Nachtquartier am Morgen mit harter Steinklopfarbeit zu bezahlen, der zieht in eines der acht Londoner Heilsarmee-Nachtasyle, von denen natürlich das Whitechapler die traurigsten Gäste beherbergt. Allabendlich wankt ein Zug mühselig, schmutzstarrend, frierend, altersschwach und notgebeugt in die Middlesex Street, die am Sonntag der Tandelmarkt mit lautem Gewoge erfüllt. Hier steht an einer Straßenecke das Asyl der Heilsarmee. Mein Kostüm war mir fast übertrieben zerfetzt erschienen, als ich es angelegt hatte. Ein Blick auf meinen Nachbar belehrte mich eines Besseren. Der Mann, der hier vor der Eingangstür in seinen Lumpen den Dienst eines Heilsarmee-Funktionärs versah, hielt mich auch noch der Frage wert: »Bett oder Pritsche?«

»Um drei Pence.«

»Also Pritsche. Die Treppen hinunter.«

So steige ich denn die Stufen zur Unterwelt hinab, während die Reichen, die im Vermögen von fünf Pence waren, es sich oben im Schlafsaal gut gehen lassen können. Am eng vergitterten Schalter, wo mein Name in das Logierbuch eingetragen wird, bezahle ich meine Miete und erhalte eine Quittung darüber mit der Bettnummer 308 zugewiesen. Dann trete ich in den Versammlungssaal ein: ein dreieckiger, großer Kellerraum, von Reihen grob gezimmerter Bänke erfüllt. An der Wand ein Podium mit einem von Wachsleinwand bedeckten Harmonium – anscheinend ist der Abendgottesdienst schon vorbei. Die Kellerdecke ist von sechs Eisenträgern gestützt, längs der Wand verlaufen Heizröhren.

Was die Stadt in ihren tiefsten Abgründen nicht mehr zu halten vermochte, was selbst Whitechapel, dieses Asyl der Desperados aller Weltteile, nicht mehr aufzunehmen gewagt hatte, was zu Bettel und Verbrechen nicht mehr geeignet ist, scheint hier abgelagert worden zu sein. Da sitzen sie und verderben die warme Luft. Der eine schnallt seinen Holzfuß ab und lehnt ihn an die Bank. Der andere macht Inventur, einige hundert Zigaretten- und Zigarrenstummel neben sich ausbreitend. Einer holt aus seinem Schnappsack die Dinge hervor, die er wahllos aus dem Rinnstein aufgelesen: Stücke alten Brotes, den Rumpf einer Puppe, zusammengeballte Zeitungen (er glättet sie sorgfältig), den Rest einer Brille, das Rudiment eines Bleistiftes. Einer bindet sein Bruchband zurecht, einer wickelt seine Fußlappen ab, einer verdaut hörbar – alle Sinne werden gleichzeitig gefoltert.

Die Mehrzahl der Gäste sind Greise, mit grauen Haarsträhnen, zerzaustem Bart und Augen, die sich nicht mehr zu der Arbeit aufraffen können, einen Blick zu tun. Teilnahmslos starren sie ins Leere. Nur wenn ein Essender oder etwas Eßbares in den Bannkreis dieser Augen kommt, flackert in den matten Pupillen Leben auf, und sie richten sich gierig, neidisch, sehnsüchtig auf den Schmaus.

Am Schalter der Kantine hängt ein Zettel, auf dem steht, zu welcher Stunde Mahlzeiten erhältlich sind, jedoch man kann die Schrift nicht lesen, denn eine Armee von Mauerasseln hockt auf dem Papier. Der Kantineur ist einäugig. Vielleicht ist er – wie die meisten Funktionäre der Heilsarmee – früher selbst ein Obdachloser gewesen und hat in einer der blutigen Schlachten, die im Bereich des einstigen Jago Court noch heute manchmal entbrennen, sein Auge verloren. Nun reicht der bekehrte Polyphem den Hungrigen Speise und Trank. Ein Stück Brot kostet einen Farthing – die Scheidemünze, die man im übrigen England gar nicht mehr kennt, hat hier ihren Geldwert. Jede der übrigen Speisen ist für einen halben Penny zu haben. Auf Tassen aufgeschichtet, liegen geräucherte und gesalzene Heringe, aus einem Kessel wird ein Blechgefäß mit Suppe gefüllt, aus einer Schüssel reicht man dem Käufer eine Portion Haferschleim, und aus einem an der Wand stehenden Kupfersamowar strömt beim Aufdrehen des Hahnes fertiger Tee. Von Zeit zu Zeit schreitet ein Asylbediensteter die Bankreihen ab, um die geleerten Schalen zu sammeln.

Ich hatte schon gehofft, auf meiner Bank angekleidet schlafen zu können. Aber es sollte schlimmer kommen. Um halb neun Uhr abends schrillt ein Pfiff, und es wird verkündet: »In die Schlafsäle.« Barfüßig, die zertrümmerten Stiefel in der Hand, verlassen alle das Lokal. Der Einbeinige macht sich nicht erst die Arbeit, seinen Holzfuß wieder anzuschnallen: mühselig hüpft er auf einem Bein hinaus. An der Stiege müssen wir einem Kontrolleur unsere Zettel vorzeigen. »Beds No. 211–321« steht auf einer Tür. Wir sind also zu Hause. Der Raum, den wir betreten, ist genau über unserem bisherigen Aufenthaltsort gelegen und diesem vollständig kongruent. Jetzt aber haben wir nicht mehr das Gefühl, in der Hölle zu sein; jetzt sind wir in einer Gruft. Vom Gewölbe brennen zwei oder drei Lämpchen düster und gespenstisch auf lange Reihen schwarzer Särge herab, die auf niedrigen Katafalken ruhen. Das sind – um sich des auf die Türe geschriebenen Euphemismus zu bedienen – die »Betten«. (Der Mann am Eingang hatte mir von Pritschen gesprochen.) Ich rechne im Kopfe: 321–211 = 110. Hundertzehn enge Truhen, mit einem Überzug aus schwarzer Wachsleinwand bedeckt. Darunter ein Bettuch und ein Polster aus Drellleinen, dessen unheilvolles Grau möglicherweise nur davon herrührt, daß es zu oft gewaschen wurde.

Und schon beginnt der Totentanz. Meine Zimmerkollegen haben ihre Lumpen von sich geworfen, nun stehen die vielen, vielen Gerippe nackt oder in Totenhemden an ihren Särgen und lupfen ihr Bahrtuch zurecht. Dann schlüpfen sie in ihre Ruhestätte.

Manche suchen erst mit einem brennenden Streichhölzchen ihr Lager ab. Haben diese von tausendfältigen Bissen und Stichen des Lebens zerfleischten Leiber noch aus längst vergangenen besseren Tagen den Abscheu vor dem Ungeziefer gerettet? Oder aber wollen sie diese Empfindlichkeit nur vortäuschen? Es wird kaum mehr als »Hochstapelei« sein. Denn alle die Suchenden legen sich schließlich in die ihnen zugewiesene Schachtel zur Ruhe, und es bliebe ihnen ja doch auch dann nichts anderes übrig, wenn ihr Suchen von noch so großem Erfolg begleitet gewesen wäre.

Ich möchte gern warten, bis das Licht verlöscht, damit ich unbemerkt in Kleidern und Stiefeln ins Bett schlüpfen kann. Aber leider hat sich zwischen meinem Nachbar zur Linken, einem ungefähr zwanzigjährigen Rowdy, und einem etwas älteren Kollegen ein Gespräch entsponnen, das sich neben meinem Bette abspielt.

»Woher kenne ich dich?« fragt der Ältere. »Ich kann mich nicht erinnern.«

»Aus Pentonville.« Der Junge sagt das ostentativ laut. Anscheinend will er, es mögen auch andere vernehmen, daß er schon im Zuchthaus war.

»Bist du schon lange draußen?«

»Oh, seither war ich wieder im Police Court.«

»Wie kamst du heraus?«

»Danny Rowlett stood bail for me.«

»Weshalb?«

»Er brauchte mich.« Das ist noch stolz gesagt, und mehr verrät der Junge nicht.

Der Ältere gibt sich keineswegs mit der Auskunft zufrieden, daß Danny Rowlett sein Vorrecht, steuerzahlender Bürger Londons zu sein, zur Bürgschaft für den jungen Kriminellen nur verwendet habe, weil er diesen brauchte. Das hatte auch ich mir schon gedacht, obwohl ich nicht die Ehre habe, den Mister Danny Rowlett zu kennen, dessen Diminutivtaufname darauf schließen läßt, daß er in den Kreisen derer von Pentonville eine gewisse Popularität genießt. Wozu jedoch hat er meines Bettnachbarn so dringend bedurft? Ich werde es nie erfahren. Wohl aber erfährt es der Zuchthauskollege. Mein Anrainer hat ihn wichtigtuerisch mit einem längeren Blick geprüft, und nun beginnen sie zu tuscheln. Ich sehe mich gleichermaßen um die Fortsetzung des Gespräches wie um meine Nachtruhe in Kleidern betrogen. Warten kann ich nicht gut, denn das Geschäft am

Nebenbett mag noch lange dauern. Wahrscheinlich hat Danny Rowlett durch seine Bürgschaft den jungen Mann aus der Zelle im Polizeigefängnis nicht deswegen befreit, um ihn hier, im Massenquartier von Whitechapel, nächtigen zu lassen. Der opferwillige Bürge hätte ihm doch leicht auch ein schöneres Nachtlager verschaffen können. Der Grund, weshalb der gute Boy zur Armee des Heiles zu Gaste kam, wird also ein geschäftlicher sein. Er sucht einen Kompagnon.

Ich muß mich dazu bequemen, dem älteren der Burschen den Tausch unserer Lagerstätte vorzuschlagen, damit er besser mit seinem Associé verhandeln könne und mich nicht weiter störe. Der Mann nimmt an, ohne meine Freundlichkeit besonders zu quittieren – er empfindet sie zweifellos als einen Akt des Respekts, der ihm, dem Absolventen von Pentonville, von Rechts wegen zukommt. Mit einer knappen Handbewegung zeigt er mir sein Bett, das von nun an meines ist.

Meine neuen Nachbarn sind längst in den Chor des Schnarchens eingefallen, der den Saal hundertstimmig erfüllt. Der eine hat die schwarze Wachsleinwanddecke über den Kopf gezogen, des andern zerzauste Gehirnschale lugt aus dem grauen Groblinnen schaurig hervor. Die Lichter verlöschen, und nur das schwerfällige Knarren von hundert Särgen sagt mir, daß ich in Gesellschaft bin. Manchmal dringt ein Anfall von verzweifeltem Husten zu der Truhe herüber, in der ich, auf meinen Arm gestützt, gerne einschlafen möchte.

Früh um sechs Uhr: ein Pfiff. In den Särgen zuckt es, dann tauchen Schädel auf, Knochen recken sich empor, von Strahlen des Morgens fahl beleuchtet. Wie Lebende reiben sich diese Toten die Augen und strecken sich.

Dann stehen sie auf und ziehen die Lumpen an, die sie abends über den Stuhl gelegt haben. »In den Waschraum«, heißt das Aviso. Nur wenige leisten der Aufforderung Folge. Sie sind keine Gecken mehr, sie haben beim Fechten ums Dasein die menschlichen Eitelkeiten abzulegen gelernt. Im Waschsaal, an den braunirdenen Wasserbecken, stehen meist nur jüngere Kollegen, die der kosmetischen Wirkung des Waschwassers in ihrem Berufe als Geliebte ihrer Geliebten nicht entraten können. An Rollen hängen lange hellgraue Handtücher für viele. Nun geht es wieder hinunter in den Kellerraum, woher wir abends gekommen sind. Ein Mann von der Heilsarmee liest ein Gebet, es folgt eine kurze fromme Ansprache und wieder ein Gebet. Jetzt kann man um einen Halfpenny Tee und um einen Farthing Brot erhalten, und das Tor öffnet sich. Endlich, denke ich und atme der Luft entgegen. Die andern aber ducken sich vor dem ersten Hieb der Kälte.

Liebe und Lepra

Ein Strauß langstieliger weißer Gladiolen schmückt ihre Brust, zu ihren Seiten brennen Kerzen, zu ihren Füßen halten zwei Frauen die Totenwacht. Nur der Teint unterscheidet die Tote von den Lebenden: das metallische Purpurrot der Leprakranken, im Tode wird es abgestreift. Auf zwei Arten bringt die Lepra um, sie erwürgt oder sie trifft ins Herz; die Erwürgten werden blau, die anderen blaß. Die typischen Knoten im Gesicht der toten Frau vor dir liegen auf fahlem Fond.

»Sie muß sehr alt gewesen sein«, meinst du zum Arzt.

»Vor einem Jahr hat sie hier ein Kind geboren«, antwortet er.

»Lebt ihr Mann auch hier?«

»Sie war ledig und hat sich mit einem unserer Patienten zusammengetan. Im vorigen Monat haben wir ihn entlassen.« – »War er geheilt?«

»Jedenfalls nicht mehr ansteckend. Lepra tuberosa, ein leichter Fall, geschlossene Wunden. Er war übrigens ein hübscher Mensch.«

Du schaust auf die Tote.

»Was er an ihr fand, wissen wir nicht«, sagt der Arzt. »Vielleicht schrauben sich hier die Ansprüche herab, vielleicht gefällt einem das, was einem ähnlich ist.«

»Ist das Kind tot?«

»Warum tot? Lepra vererbt sich nicht. Selbstverständlich wurde der Säugling der Mutter gleich weggenommen und wie alle Kinder von Leprakranken nach Tlalpan gebracht ins ›Preventorio para hijos de leprosos‹. Vor einigen Tagen kam eine Mitteilung aus Tlalpan, daß es dem Kind gut geht.«

Die Ehe zwischen Leprösen ist vom Gesetz verboten. Aber kein Gesetz kann die Liebe verbieten. Am Rand des staatlichen Lepraheimes von Zoquiapan, innerhalb des eingezäunten Areals, stehen Hütten aus Lehm; sie wirken noch elender gegenüber den offiziellen Pavillons mit den blitzblanken Zementmauern und den wohlgepflegten Gärten. In diesen Pavillons leisten weißgekleidete Pflegerinnen den Kranken Gesellschaft, manche mit einem Tuch über der Nase, aber sichtbaren, geschminkten Lippen, manche mit unverschleiertem und deshalb mehr geschminktem Gesicht. Im Küchenhaus bereiten nicht-leprakranke Köche das Essen zu.

Hüben, vor den kahlen Hütten, blüht statt eines Gartens der Abraum, und Myriaden von Fliegen umschwirren ihn. In jeder Hütte sitzt ein Kranker neben einer Frau, die ihm ähnlich sieht, sie bäckt ihm Tortillas und brät ihm Tacos. Drüben in den Pavillons wird den Patienten der Saft der indischen Chaulmoograpflanze injiziert oder in Gelatinekapseln eingegeben. Hüben in den Lehmhütten rauchen die Kranken die Droge des Vergessens, Marihuana.

So primitiv handgemacht die Hütten sind, sie besitzen ein Industrieprodukt, um das sie jeder Hüttenlose beneidet: ein Vorhängeschloß. Wenn die Hütte leer ist, hängt das Schloß draußen, ist sie besetzt, hängt es drinnen. Nachts hängt es immer draußen, denn schlafen müssen alle in den Pavillons, die Frauen extra, die Männer extra, selbst Ehepaare leben nachts getrennt.

Da du in den großen Saal der Bettlägerigen eintrittst, richtet sich im Bett neben der Eingangstür ein Kranker auf und starrt dich an, als fühle er das Beleidigende deines Grausens und wolle sich dafür rächen. Seine Augen sind gegen dich gezückt, es lodern in ihnen Haß, Wut und Verachtung, die sich steigern, während er dich mustert. Alles an dir mißfällt ihm total. Gleich wird er aufspringen und dich tödlich verwunden. Die Waffe hat er zur Hand: seine Hand. Er braucht dich nur zu berühren. Daß du sein Ziel bist, verhehlen seine Augen nicht.

»Er ist blind«, bemerkt der Arzt zu dir, »den ganzen Tag starrt er so ins Leere. Viele sind blind, der junge Chinese dort ist auch blind!«

»Diese Chinesen auch?« fragst du, auf zwei deutend, die miteinander von Bett zu Bett Schach spielen.

»Das sind keine Chinesen, sie sind Indios. Die Krankheit verstärkt nur ihren mongolischen Typ, sie zieht die Augenwinkel hoch, läßt die Brauen ausfallen und das Haar und verbreitert die Nase.«

Im Saal der Frauen hockt eine am Bettrand und zupft, da sie dich herankommen sieht, hastig ihr Kleid herunter, das hochgerutscht war. Ihr Gesicht ist das eines Pekineserhündchens, von der Nase sind nur die Nasenlöcher geblieben. Verlegen lächelt sie, ob du nicht doch etwas von ihrem Bein gesehen.

An jedem Bettgestell baumelt ein Rosenkranz, auf jedem Nachttisch steht ein gerahmtes Heiligenbild, an den Wänden hängen viele, immer der gleiche Heilige. »Sankt Lazarus«, erklärt mir ein Kranker, der meinem Blick folgt, »Sankt Lazarus hatte Lepra und wurde vom Tode erweckt.«

Sicherlich glauben das alle ringsumher, und es tröstet sie, daß die Heilung der Lepra möglich ist, nämlich ebenso möglich wie die Erweckung vom Tode. Aber es ist gar nicht der auferstandene Lazarus, der hier hängt, sondern ein anderer Lazarus, ein Leprakranker, dem die Auferstehung verweigert wurde, wie das Evangelium Lukas' erzählt.

Auch das Porträt eines Missionars grüßt dich von der Tünche der Wand her. Dieses Porträt kennst du. Es ist dir unvergeßlich aus einem schauerlichen Schaufenster in New York, das die Passanten an ihren Nerven in den Laden zu zerren versucht, in die Geldsammelstelle einer Mission. Die Gesichter und Gliedmaßen, die du hier im Lepraheim in natura vor dir hast, sahst du dort photographiert und vergrößert, und in der Mitte, von einem Heiligenschein aus Neonlicht umrahmt, hing das Bild dieses Missionars, des Pater Damien, genannt Hero-Martyr, der freiwillig das Los der Aussätzigen auf der Sandwich-Insel Molokai teilte.

Im Lepraheim bedarf es keiner Missionare. Hier behandeln Ärzte und Krankenschwestern, was zu behandeln ist. Es ist viel zu behandeln, aber nicht viel zu helfen. Was kann man machen mit drei- bis vierhundert Wunden auf einem Körper, der noch dazu nur das Fragment eines Körpers ist, ein eiterndes Skelett. Arzt und Schwester reinigen die Wunden, schmieren etwas Chaulmoograpomade darauf und verbinden mit dünnen Gazestreifen.

Du gehst durch Säle und an Sälen vorbei. Eine Bibelstelle kommt dir in den Sinn: Die Aussätzigen einer belagerten, hungernden Stadt – war es nicht Samaria? – beschließen einen Ausfall. Begründung: »Lassen sie uns am Leben, so bleiben wir am Leben, töten sie uns, nun, so sind wir tot.« Du hast dir diese Worte gemerkt, weil sie dir wie ein Inbegriff der Gleichgültigkeit erschienen, eines alttestamentarischen »je m'en fiche«.

Jetzt, angesichts der Leprösen, verstehst du es anders, verstehst, daß das Leben im Aussatz kein großer Einsatz ist und daß die Aussätzigen von Samaria nicht viel getöteter werden konnten, als sie schon waren. Aus dem Schutzwall dieser Erwägung brachen sie vor, und das Heer der Belagerer jagte mit gesträubtem Haar davon, als rücke der ganze Heerbann der Ägypter und Hethiter an. So ward Samaria entsetzt durch Entsetzen.

Die Waffenwirkung der Lepra hat auch in der Geschichte Mexikos ihre Rolle gespielt. Wann immer sich das Volk gegen die spanische Herrschaft erhob, schickten die Vizekönige Lepröse und Banditen, Leprosos und Léperos, gegen die Aufständischen zu Felde. Es gibt noch heute genug Lepröse in Mexiko, wenn sie auch nicht mehr zu solchen Aktionen herangezogen werden. Mindestens 26000 der Staatsbürger sind leprakrank. In allen Ländern, wo es tropische Feuchtigkeit, Armut und Rückständigkeit gibt, gedeiht diese Krankheit, auf dem Balkan, in Lateinamerika, vor allem in Asien und Afrika. Vier bis fünf Millionen menschlicher Wesen behaften unseren Erdball mit Lepra.

Im Schatten einer Hütte sitzt ein Liebespaar. Es scheint ihnen peinlich zu sein, daß du sie überraschst, aber sie lösen die ineinander verschlungenen Hände nicht, welche die Fluida ihrer Liebe zur Einheit schließen.

»Ja«, sagt der Arzt, der deinen Blick auf die liebenden Hände mißversteht, »ja, diese Finger sind typisch für Lepra anaesthetica: verkrümmte Muskeln, Verknotungen an den Gelenken, blechglänzende Haut. Vollkommen abgestorben, ohne jedes Gefühl.«

Und voll Gefühl streicheln und küssen einander die Finger der beiden Liebenden.

Die langgestreckten Gebäude, auf denen die Aufschrift »Ambulantes« steht, sind nicht Ambulanzen, sondern enthalten die Wohnräume derer, die sich frei bewegen können. Im Garten tragen die Kranken schwarze Sonnenbrillen, die ihrem Antlitz noch das letzte nehmen, was an Menschenantlitz erinnert.

Die Ärzte bedauern, daß die Patienten nicht beschäftigt werden; eine industrielle oder landwirtschaftliche Arbeit auf dem weiten Terrain der Anstalt, das sich fast bis zu den Vulkanen und Schwefelquellen der Puebla-

Berge hinzieht, würde Verdienst und Lebensinhalt geben. Freilich, Betriebskapital wäre vonnöten. »Das Lepraheim der Vereinigten Staaten verfügt über ein Budget von tausend Dollars pro Tag«, sagt der Arzt, »ein solcher Betrag muß bei uns für Wochen reichen. Dabei ist das amerikanische Institut – es liegt in Carville, Louisiana – nicht größer als unseres.«

Größer, das größte Leprahospital der Welt ist Culion auf den Philippinen. Es beherbergt fünf- bis sechstausend Kranke aller Nationalitäten. Auch das wird von den USA erhalten. Hier in Mexiko sind nur ebensoviel Hundert interniert, zwei Drittel Frauen, ein Drittel Männer sowie einige Kinder, für die eine Schule da ist.

Ein Indiomädchen, das neben anderen Frauen auf einer Treppenstufe strickt, ruft herüber: »Doktorchen, was ist mit meiner Entlassung? Ich soll doch im Mai heiraten! Mein Bräutigam drängt auf Hochzeit.«

»Weiß er, daß du hier bist?«

»Wie denn nicht! Er schreibt mir ganz ungeduldig aus Mazatlán. Wann wird meine Hochzeit sein, Doktorchen?«

Vor dem Kinderpavillon spielen Kinder mit einem Hund. Ein Knabe wickelt sich die Binde vom verschwärten Bein.

»Läuft der Hund nicht manchmal aus der Anstalt?«

»Er gehört gar nicht zur Anstalt«, antwortet der Arzt, »aber er kann niemanden anstecken. Auf kein Tier lassen sich Leprabazillen übertragen, nicht einmal auf Menschenaffen. Man sagt, daß Teppiche Bazillenträger sind, aber das ist niemals bewiesen worden. Unsere Kranken haben oft Urlaub, um nach Hause zu gehen. Auch Tuberkulöse und Syphilitiker sind ansteckend und verkehren doch, wo sie wollen.«

Der Hund, abgeneigt, sich zum Sprung über eine aufgespannte Binde zwingen zu lassen, versucht seine Künste an dir, er springt an dir hoch. Vielleicht hat er Hunger.

»Sie brauchen keine Angst zu haben, selbst wenn er beißt. Nicht einmal von Mensch zu Mensch läßt sich Lepra so einfach injizieren. Kennen Sie den Fall Arning?«

Auf Wunsch des skandinavischen Gelehrten Arning hatte ein zum Tode Verurteilter die Einwilligung gegeben, sich Leprabazillen einimpfen zu lassen, falls er begnadigt werde. Alsbald zeigten sich in der Umgebung der Impfstelle typische Lepraknoten. Ein Kollege Arnings, Dr. Danielsen, hatte sich selbst jahrelang Lepragewebe implantiert, ohne daß sich ein Symptom zeigte. Nun hätte Arnings Experiment das Gegenteil, die künstliche Übertragungsmöglichkeit, bewiesen – wenn sich nicht nach Publizierung dieses Resultats herausgestellt hätte, daß zwei Geschwister und ein Onkel des Versuchspatienten an Lepra litten.

»Einer meiner Kollegen, heute schon ein alter Herr«, erzählt der Arzt weiter, »erreichte gleichfalls die Begnadigung eines Verbrechers, der sich zu Lepraexperimenten bereit erklärte. Der Mann hatte einen Doppelraubmord verübt, und weder die Tat noch der Täter wären je entdeckt worden, wenn sich die Geliebte des Mörders nicht anderweitig verliebt hätte. Sie zeigte ihn an und sagte bei der Gerichtsverhandlung gegen ihn aus. Mein Kollege nahm monatelang im Zuchthaus Experimente an dem Mann vor. Plötzlich entsprang er, und man hörte erst wieder von ihm, als er seine frühere Geliebte und ihren jetzigen Mann ermordete. Nur um diesen Racheplan auszuführen, hatte er die Lepraversuche der Hinrichtung vorgezogen.«

»Toll!«

»Es kommt noch toller. Eines Abends wurde mein Kollege im Flur seines Hauses von dem Entsprungenen angesprochen. Er sei bereit, sein Wort zu halten. Falls ihn der Arzt zu weiteren Experimenten brauche, würde er sich der Behörde stellen.«

Während dir diese Geschichte erzählt wird, kommst du an Gebäuden und Nebengebäuden vorbei, siehst dir die Laboratorien an und die Mikroskopieranstalt und die Pharmazie und die zahnärztliche Abteilung.

In einem Zimmerchen des Pavillons de los Ambulantes liegt ein Mann angekleidet auf dem Bett und liest. Dem eintretenden Arzt winkt er mit einer Handbewegung zu, wie man einen Freund begrüßt. Als aber du hinter dem Doktor hereinkommst, springt der Mann auf, nötigt dich, Platz zu nehmen, bietet dir Zigaretten an. Er ist schlank und groß, leicht angegraut, ein gutaussehender Mann, obwohl seine Züge zu einem Löwengesicht in pathologischem Sinn verbreitert sind: plattgequetschte Nase, verdickte Stirnhaut, wulstige Augenbrauen und wulstige Lippen.

Die Wände der Kammer sind bis an die Decke hinauf mit Büchern verkleidet, auf den Regalen stehen Kunstgegenstände. Dein Blick schweift die Büchertitel entlang, bleibt an einem haften: »Le Roi Lépreux«. Der Hausherr sagt: »Das Buch hat nichts mit meiner Krankheit zu tun, der Titel ist metaphorisch. Übrigens ist es nur ein Unterhaltungsroman.«

»Ich kenne Pierre Benoit.«

Von da an spricht er französisch. Das Gespräch wendet sich einem holzgemalten Wappenschild zu. Unter dem Emblem ist ein von Philipp III. unterfertigter

Adelsbrief in altkastilischer Sprache, der dem Adressaten die Titel eines Marquez de San Diego und Duque de Valladolid verleiht.

»Das ist auch kein Kunstwerk, nur ein Erbstück«, entschuldigt er sich.

»Sind Sie ein Herzog von Valladolid?«

»Um Gottes willen, nein. Meine Ahnen haben die Titel schon vor hundertdreißig Jahren abgelegt. Unsere Familientradition ist republikanisch, für die mexikanische Unabhängigkeit. Sehen Sie, hier ist etwas, worauf ich wirklich stolz bin.« Er holt ein verblaßtes Tableau hervor, ein Photo von Benito Juárez, umgeben von Photos seiner Minister. »Dieser da ist mein Großvater, er war Innenminister unter Juárez, kämpfte gegen Maximilian.«

Du fragst ihn über sein Leben. Er wendet sich an den Arzt: »Weiß der Herr, wer ich bin?«

»Ich habe ihm erzählt, daß Sie der berühmteste Schauspieler Lateinamerikas sind, aber Ihren Namen habe ich nicht genannt.«

»Nicht der berühmteste Schauspieler, nur ein ziemlich bekannter, und auch das ist gewesen.« Er sagt das lächelnd, ganz ohne Resignation, und fügt deutsch hinzu: »Dem Mimen flicht die Nachwelt keine Kränze.«

»Nun, vorläufig brauchen Sie keine Kränze der Nachwelt, noch ist die Mitwelt da.«

»Wo? Hier etwa? Verehrter Freund, ich bin gestorben und bin's zufrieden, es ist ein ganz angenehmes Totsein hier. Deshalb möchte ich Sie bitten, wenn Sie etwas über Ihren Besuch hier schreiben sollten, nennen Sie mich Rodrigo Rodríguez oder sonstwie. Zwei Tage nach meiner Entlassung von hier können Sie über mich schreiben, was Sie wollen.«

»Warum nicht am ersten Tage nach der Entlassung, Don Rodrigo?«

Er lacht. »Ich möchte auch nicht, daß am Tag nach meinem Tod Besucher zu mir kommen. Ich habe zu Lebzeiten genug Kränze gehabt.«

Auf deinen Wunsch zeigt er dir ein paar seiner Bühnenbilder. Orest, Romeo … Auf einem Photo ist er als Adlerritter Cuauhtli, Prinz von Texcoco, dargestellt, in indianischer Tracht mit Lanze und Federschmuck.

»Das ist eines von den wenigen guten Dramen aus der mexikanischen Geschichte. ›Der Sonnenpfeil‹ heißt es und ist von Mediz Bolio.«

»Don Rodrigo«, sagst du und schaust auf ein Jugendbildnis des Schauspielers mit dem reinen Gesicht und der schmalen Nase, »darf ich etwas fragen …«

»Ich weiß«, unterbricht dich der Schauspieler mit dem unklaren, verunstalteten Gesicht und der plattgedrückten Nase, »ich weiß, was Sie fragen wollen. Aber da ist nichts weiter zu antworten, als daß es von einer Frau war. Das habe ich bei meiner Übersiedlung hierher angegeben, und mehr kann ich Ihnen auch nicht sagen.«

»Wußten Sie, daß sie krank war?«

»Ich liebte sie, das ist alles.«

»Und wußten, daß sie Lepra hatte?«

»Als ich sie zu lieben begann, wußte ich das nicht.«

»Sie haben es also erst später erfahren?«

»Ich hatte um sie geworben, und sie hatte mich zurückgewiesen, was einem Schauspieler selten widerfährt, insbesondere einem, dessen Rollenfach jugendliche Liebhaber sind. Einmal kam ich zu ihr und fand sie ganz verstört. Der Arzt hatte bei ihr Lepra konstatiert, in ihrer Familie war diese Krankheit wiederholt vorgekommen. Sie schluchzte, jetzt konnte sie nicht mehr mein sein, selbst wenn sie wollte. Von diesem Tag an lebten wir zusammen. Ich war noch sehr jung damals.«

»Lebt sie noch?«

Er schweigt. Etwas scheint ihn mehr zu bewegen als der Preis, den er für jene Liebe noch heute abzahlt. »Eines Tages ließ mich der Direktor des Theaters rufen und riet mir, mich von meiner Freundin zu trennen, sie schade mir, betrüge mich in schlechter Manier, mache mich zum Gespött der Stadt. Ohne Abschied zu nehmen, fuhr ich nach Buenos Aires, von wo ich seit langem Engagementsangebote hatte. Meine Freundin und ich haben einander nie geschrieben. Als ich zwei Jahre später nach Mexiko zurückkam, erfuhr ich, daß sie gestorben war.«

»Und Sie selbst fühlten sich krank?«

»Nicht im geringsten. Ich dachte längst nicht mehr daran, daß meine Freundin jemals geglaubt hatte, Lepra zu haben. Zehn Jahre lang spielte ich hier in Mexiko. Auf einmal begann ich an Mattigkeit zu leiden, an Empfindungslosigkeit der Muskeln und Gliedmaßen und bekam Flecken auf der Haut. Der Arzt verschrieb mir eine Diät und empfahl Luftveränderung. Als ich von ihm fortging, überquerte ich den Paseo de la Reforma, und mitten auf der Fahrbahn begegnete ich einem einstigen Mitschüler, der Arzt geworden war. Er blieb so starr stehen, daß er fast überfahren worden wäre. ›Du bist krank‹, sagte er zu mir. Ich erschrak über den Ton, und er tat nichts, meine Unruhe zu zerstreuen, wollte aber nicht auf meine Frage antworten, was meine Krankheit sei. Er riet mir dringend, nach San Antonio, Texas, zu fahren, dort werde mir Dr. Enrique González die Diagnose genau stellen.

Ich hatte am nächsten Abend Vorstellung, aber ich war so erregt, daß ich sofort nach Texas fuhr. Dr. González, wie ich bald erfuhr, der größte Lepraspezialist, sagte mir, als ich bei ihm eintrat, daß ich Lepra habe.

Nach Mexiko zurückgekehrt, kündigte ich mein Engagement, packte meine Lieblingsbücher und ein paar Andenken und zog hier ein. Niemand weiß, wo ich bin, niemand kommt zu mir, und ich wünsche auch keine Besuche. Ich fühle mich nicht im mindesten bedauernswert und will auch nicht bedauert sein.«

Obwohl er sagt, daß er keine Besuche wünsche, läßt er dich nicht fortgehen, findet immer wieder ein neues Gesprächsthema. Du hast dich schon wiederholt verabschiedet, wobei er die Hand hinter den Rücken legte, um dich nicht in Versuchung zu bringen, sie zu ergreifen. Endlich stehst du mit ihm auf dem Korridor, und er lädt dich ein, zur Aufführung eines Stücks »La mujer alegría« zu kommen, das er mit den Kranken einstudiert hat. Du fragst nach dem Namen des Autors, er kann sich nicht erinnern, und der Arzt, mit dem er wohl einmal über den spanischen Nobelpreisträger Benevente gesprochen haben mag, bemerkt: »Ist es nicht von Benevente?«

»Um Gottes willen, Doktor! Jacinto Benevente ist doch ein Dichter, der wunderbarste Dramatiker spanischer Sprache, aber ›La mujer alegría‹ ist ein billiges Unterhaltungsstück von irgendwem. Bitte, kommen Sie noch für einen Augenblick in mein Zimmer.«

Drinnen zieht er ein Bühnenstück Beneventes aus dem Regal, »Nicht alle Kinder Evas sind Kinder Adams«, und liest einige Stellen daraus vor.

»Sie müssen mir versprechen, es zu lesen.« Er streckt dir die Hand entgegen, auf daß du ihm deine Zusage bekräftigst.

»Oh, entschuldigen Sie, daß ich Ihre Hand gedrückt habe. Aber wenn ich von meinem alten Beruf spreche ...«

Das giftige Königreich am Rhein

So wie überall hängen aus Fenstern und auf den Leinen weißgewaschene Hemden zum Trocknen. Nur fallen hierorts dem Ankömmling blaue, grüne, violette Flekken auf den Wäschestücken auf. Ihm wird bald Aufklärung: Die Haut der Menschen, die im Alizarinblock der IG-Werke von Leverkusen arbeiten, wird vom Farbstoff imprägniert, und die Poren schwitzen einen Teil der aufgesogenen Farbe nachts oder am Sonntag auf die Wäsche, aus der die berühmte Farbe nimmermehr herausgeht.

Nicht nur an der Wäscheleine sieht man, in welchem Betrieb der Farbenkumpel beschäftigt ist, man erkennt auch an seiner Gesichtsfarbe, ob er ein »Indianer« ist, das heißt mit braunen Farben hantiert, oder ein »Grünspecht«. In Leverkusen kann man an einem Abend blaue Hände schütteln, grüne Hände, rote Hände ...

Daß es die Haut lebender Menschen ist, an denen sich die Unverwüstlichkeit der eigentlich zur Färbung von Textilwaren dienenden Chemikalien offenbart, ist für die

Betroffenen bedauerlich. Aber schlimmer wirken die Dämpfe, die beim Verkochen der Farben in die Lungen dringen, gefährlicher die Bleivergiftungen, die oft Geisteskrankheit zur Folge habenden Arsenwasserstoffgase im Litadone-Betrieb, die vitriolhaltigen Brandwunden und Erblindungen in der Abteilung, in der Zinkschlamm gemischt wird, das Chlor, das gleichfalls die Gehirnzellen zersetzt.

Mit Schutzbrillen und Gasmasken kann man manchen Unfall verhüten, aber fast niemand setzt sie auf: Man will schnell arbeiten, um eine Höhe der Prämienzulage und der Akkordleistung zu erreichen, die dem Arbeiter und seiner Familie erst das Existenzminimum verschafft. Bei Unfällen hat's dann die Betriebsleitung leicht, die »eigene Schuld« des Arbeiters festzustellen.

Auch den, den der Unfall verschont, verschonen die Chemikalien nicht: Erschütternde Blässe und Abgezehrtheit sind bei den Arbeitern von »Jammerkusen« die Regel; selbst die jungen Mädchen, die das Verpakken der pulverisierten Farben besorgen und die im Photobetrieb die Filme und Photopapiere herstellen, haben durch das Gift beziehungsweise die ewige Dunkelheit alle Jugend aus Augen und Wangen verloren.

Im Kriege – es muß nicht gerade ein Krieg sein, an dem Deutschland teilnimmt, die Entente braucht nur Aufträge zu geben – werden in dem Riesenwerk von Leverkusen noch ganz andere Gefahrenmomente hinzutreten. Die militärische Sachverständigenkommission hat in ihrem Bericht über die Kriegsmittelherstellung festgestellt: »Die Farbenfabriken können sehr schnell auf Giftgasproduktion umgestellt werden. In der Farbenindustrie werden zahlreiche Erzeugnisse hergestellt, die Grund- und Zwischenprodukte zur Herstellung von Giftgasen und im technischen Kriege unmittelbar verwendbar sind. Die Farbenfabriken können ohne weiteres den Zwecken des Krieges dienen.«

Den Pikrinblock bei Flitterd hat die Ententekommission schleifen lassen, ebenso die benachbarten Forts des Festungsgürtels, der, mit Fesselballons und Luftabwehrgeschützen ausgestattet, wohl weniger zum Schutze Kölns als zum Schutze dieses lebenswichtigen, das heißt todeswichtigen Betriebes gehörte. Trotz dieser Schleifung wird das Pikrinwerk im Augenblick irgendeines Mobilmachungsbefehls fröhliche Urständ feiern, und Garnisonsdienstfähige werden die Pikrinsäure in Granaten füllen, um der Front zu entgehen und grüne Haare und quittengelbe Wangen und vergiftete Organismen als Lohn erhalten. Wenn nicht gar wieder eines Tages ein Kessel mit der Granatfüllung explodiert, wie am 27. Januar 1917 zum Geburtstag Kaiser Wilhelms II. um elf Uhr vormittags, beinahe ein Erdbeben hervorrufend, Tausende Fenster der weiten Umgebung zersplitternd, sechs Menschen tötend.

Nicht mehr darum, daß Krupp zu Essen etwas habe, wird sich's im nächsten Krieg handeln, sondern vor allem wird die IG verdienen. Schrapnelle, Ekrasitgranaten, Mörser, Feldgeschütze – alter Plunder! All das wird in gasförmigen Aggregatzustand verwandelt. Durch die Luft wird nicht mehr geschossen werden, sondern aus der Luft mit Luft, freilich mit einer Luft, die ganze Ländereien mit Mensch und Tier und Halm und Gras erstickt, verpestet. Schon gibt es bessere Patente als Gelbkreuz und Blausäure, und wenn auch Amerika sein fürchterliches Levisite angeblich ins Meer versenkt hat, so steht der Menschheit ein gewiß nicht minder schauerliches Leverkusenite bevor.

Daß die Rezepte der IG nicht nur von Deutschland, sondern auch gegen Deutschland angewendet werden, dafür ist gesorgt. Die Spionage blüht, trotz aller Pinkertons, in und um Leverkusen, in der Badischen Anilin- und Sodafabrik zu Mannheim-Ludwigshafen, im Leunawerk bei Halle, in der Agfa-Farbenfabrik zu Wolfen, in den Stickstoffwerken Piesteritz und Griesheim-Elektron, und was der Spion nicht an die Entente verkauft – verkaufen die Spitzel und Lockspitzel zu höherem Preis an die Entente. Zum ständigen Repertoire des Düsseldorfer Gerichts gehören die Wirtschaftsspionage und Industriespionage von Leverkusen; aber ob die militärische Ententekommission zum Dank für die großzügig zugelassene Aufrechterhaltung einiger Betriebe nicht irgendwelche besonderen Geheimnisse erhalten, ob nicht zu Nutz und Frommen der höheren Tantieme manches ans Ausland, zum Beispiel an den amerikanischen Dupont-Trust verkauft wurde und ob bei der Konferenz der britischen Industriellendelegation zu Leverkusen mit dem Transportminister Ashley eine Beteiligung Englands am deutschen Chemietrust, eine Zusammenarbeit mit der British Dyestuff Corporation, eine deutsch-englische Interessengemeinschaft in der Erzeugung von Stickstoff, Oleum und Kunstseide, und wegen Kriegslieferungen an Rumänien, Polen und Lettland gegen Sowjetrußland Beschlüsse gefaßt worden sind, braucht die profane Welt ja gar nicht so genau zu wissen.

Die Bevölkerung von Wiesdorf-Leverkusen wird von den herrlichen Zeiten, denen uns die Interessengemeinschaft entgegenführt, nicht unvorbereitet getroffen werden, sie ist an allerhand gewöhnt. Trotzdem die Giftschwaden erst in einer Höhe von dreißig bis siebzig Metern von den Schornsteinen freigegeben werden, spürt man, besonders an heißen Tagen, überall den atembeklemmenden Hauch. Und das Mauerwerk des ungeheuren Betriebs abschreitend, bekommt man eine Musterkollektion von Gasen in Lungen und Nase. Mit dem Geruchssinn allein könnte ein chemischer Spion den Lageplan des Werkes feststellen. Schwefelgas, Ammoniak, Oleum, Azetylen, Natrondämpfe, Chlorgas und vor allem die Schädlingsmittel Uspulum, Solbar, Certan und die anderen zur Vernichtung von Insekten hergestellten, aber vielleicht auch zur Vernichtung von Menschen verbesserbaren Gase sagen ihm von außen, in der Frohnhofstraße, an den Ruinen des von der IG längst aufgesogenen Ultramarinwerks von Carl Leverkus oder in der Antoine-Laurent-Lavoisier-Straße, welcher Betrieb sich jenseits der Schutzmauer versteckt.

Und auch am Ufer wird die Brise des Rheinstroms von der Ausdünstung der Fabrik vollkommen überwältigt. Hier genießt man eine jener Ansichten vom Niederrhein, von denen George Forster nichts ahnte, als er die seinen schrieb, eine Außenansicht des Leverkusener Werkes, die lebhafter ist als die Höfe, auf denen nur Materialhaufen, Kippwagen stehen, wo in den Objekten Giftmischereien betrieben, Hexenkessel geheizt werden. Den schmalen Kai zwischen Umfassungsmauer und Fluß durchschneiden Schienenstränge, überwölben die Riesenkrane und ihre Schwebebahnen, Hügel von Kohle und Sand erheben sich nahe dem Ladeplatz der Zillen, farbige und farblose Farbenkumpels in brauner

Zuchthauskluft – »Säureanzug« und Holzpantinen – holen sich die Gipse, Kiese und anderes Rohmaterial, das sie in das sie selbst vergiftende Gift zu verwandeln haben. Stromabwärts sieht man die Kirchtürme Rheindorfs, stromaufwärts den Kölner Dom, der klein und niedrig und fern wirkt unter den Schloten und Kranen und Kühltürmen, mit denen die Machthaber der Neuzeit sinnfälliger und gewinnbringender als die des Mittelalters dem armen Volke ihre Macht und seine Ohnmacht vor Augen führen.

Die blauweiße Fahne mit dem Königlich Bayerischen Löwen, der schon zu den Zeiten, als ein Herr Friedrich Bayer (u. Co.) hier die Teerfarbenfabrik gegründet hatte, das Firmazeichen war, weht vom Giebel der Duisbergschen Villa – Seine Majestät geruhen zum Séjour auf dem Stammschloß zu weilen.

Von dem Luxus, der darin herrschen soll, erzählen die Leute von Wiesdorf-Leverkusen die phantastischsten Dinge. »Naive Vorstellungen von der Verwertung des Reichtums!« – »Eine aus demagogischen Gründen ausgesprengte Tendenzlüge?« Wenn sie's ist, dann kommt sie auch nicht im entferntesten an die offizielle Tendenzlüge heran, mit der man durch des Chemiekönigs alleruntertänigsten Bürgermeister von Wiesdorf-Leverkusen verkünden ließ, daß Geheimrat Duisberg während der Rheinlandbesetzung im Keller seiner Villa hausen mußte, da die oberen Räume von der Kontrollkommission bewohnt waren! Nach einer Zeit, da Millionen Menschen jahrelang im Lehmboden der Schützengräben hockten, in einer Zeit, da das Ruhr- und Rheinland von Truppeneinquartierungen heimgesucht war, läßt sich der Herr Geheimrat als Märtyrer, als Held einer Legende feiern, weil er in seinem Schlosse einige vornehme Geschäftsfreunde aus dem Ausland beherbergte! Hätte er wirklich mit seinen Parterreräumen oder mit dem Souterrain vorliebnehmen müssen – er hat doch nicht als Elender in feuchten Kellerwänden, er hat doch immer komfortabler gewohnt als alle seine – Direktoren; denn sonst hätte der mit Automobilen begabte Herr ja einfach ein feenhaftes Appartement in einem Hotel des nahen Düsseldorf, des nahen Köln gemietet.

In Respektdistanz von der Villa: das Fabrikkasino für die Belegschaft. Auch ein Gesellschaftshaus gibt es, wo die Arbeiteraristokratie der Werkmeister verkehrt, und ein Gemeinschaftsheim für die Kumpels. Theatervorstellungen, Kinovorführungen, Sportveranstaltungen, einen Park »für die Arbeiter«, die Bibliotheken, Werkvereine, Sprachenkurse und dergleichen sind reich dotiert, wie denn die Verwaltung von Leverkusen den Ehrgeiz hat, den »berühmten Wohlfahrtseinrichtungen« von Krupp in Essen den Rang abzulaufen. Darum heißt auch die gelbe Werkzeitung »Erholung«, darum wimmelt es auch von Denkmälern der »Wohlfahrt« und der »Caritas«, auf dem Feierabendbrunnen spielt ein gutgenährter Arbeiter aus Stein zufrieden die Harmonika, und der Juliabrunnen ist zum Dank dafür errichtet, daß die Fabrikantengattin Julia Bayer dem ersten Arbeiterbezirk »erlaubte«, ihren Namen zu tragen. Dagegen gibt es in Wiesdorf-Leverkusen keine Leninstraße; obwohl die zuständige Kommission diese Benennung rechtsgültig beschlossen hat, führt der Bürgermeister als Chef der Polizeiverwaltung einfach die Umbenennung nicht durch. »Wir haben wenig von den Wohlfahrtseinrichtungen«, meinen die Leute, »wir haben ja keine Zeit dazu und sind abends zu müde.«

Wäre es wirklich, wie sie und wie Richard Dehmel in seinem kleinbürgerlichen Proletariergedicht meinen, »nur Zeit«, was ihnen mangelt, so wäre es halb so schlimm. Aber vor allem soll die Aussicht auf diese Wohltätigkeitsgaben (die sich übrigens auf den Menschenabfall nicht erstrecken, so daß es zum Beispiel keine Spur eines richtigen Krankenhauses gibt) den Arbeiter nur von seinem Schicksal ablenken, ihn an die Arbeitsstätte fesseln, ihn seiner Freizügigkeit berauben, ihn vom Klassenkampf abhalten, ihn willfährig und widerstandsfähig machen, auf daß er ausharre in giftigen Wolken und neue erzeuge gegen die Interessengemeinschaft mit den Proletariern aller Länder und für die Interessengemeinschaft der Farbenindustrie und ihrer Dividenden.

Vierzehn Dinge in Sing Sing

Wir wissen nicht, warum das Gittertor, das von den Kanzleiräumen aus abwärts führt, goldgestrichen ist, wir treten ein durch das goldgestrichene Tor und sind starr vor Entsetzen. Schon allerhand haben wir gesehen, gelesen und gehört – aber das da!

Das da ist die Main Cell Hall, jetzt »Old Cellhouse« genannt.

Man stelle sich einen rechtwinkligen Felsblock vor, etwa achtzig Meter lang, zehn Meter hoch, fünf Meter breit.

In diese achtzig Meter Seitenlänge sind vorne fünfundsiebzig Löcher gehackt und hinten auch fünfundsiebzig, obwohl der Block nur fünf Meter breit ist.

In die zehn Meter Höhe sind sechs Stockwerke gebohrt, jedes mit ungefähr zweimal fünfundsiebzig Höhlen.

Der Felsen ist kein natürlicher Felsen: vor hundert Jahren wurde er aus grauem Stein aufgerichtet, solcherart, daß die Höhlungen frei blieben, nicht erst gehackt werden mußten.

Diese Arbeit leisteten Sträflinge, vielleicht Diebe, vielleicht Räuber, vielleicht Betrüger und vielleicht Meuchelmörder, an jener Stelle des Hudsonufers, wo einst die Sinck-Sinck-Indianer bestohlen, beraubt, betrogen und gemeuchelt worden waren von Menschen, die sich und ihren Nachkommen dadurch Reichtum, Macht, Ehre und Standesbewußtsein und vor allem das Recht errungen hatten, Verbrecher unnachsichtig zu strafen.

Die Sträflinge aber bauten für sich und ihre Nachkommen diese steinerne Wabe.

Drei Jahre arbeiteten sie, von 1825 bis zum Jahre 1828.

Fünfzig Jahre später, 1878, wurde der Bau als untauglich und gesundheitsschädlich erklärt, weil die Menschen in diesen Kerkerhöhlen unweigerlich an Lungenschwindsucht und Gicht zugrunde gingen.

Nach weiteren fünfzig Jahren sind diese 930 feuchten, kalten, niedrigen, engen Steinlöcher noch im Gebrauch und 930 Menschen darin.

Manche für ein Jahr (Sing Sings kürzeste Mieter) und viele für zehn Jahre, für fünfzehn, für Lebensdauer. (Sing Sing hat unter seinen 1730 Insassen nicht weniger als 128 Lebenslängliche, abgesehen von jenen, die jeweils im Totenhaus darauf warten, bis eine Partie Verurteilter beisammen ist und die Einschaltung des elektrischen Stroms sich lohnt …)

Die amtlichen Maße der Zellen lauten: 6 Fuß (180 cm) Höhe, an der Tür 18 Zoll (45 cm) und im Innern 3 Fuß (90 cm) Breite, 7 Fuß (210 cm) Länge.

Darin ist tagsüber ein Klappbett und ein Schemel, in der Nacht auch ein mit Exkrementen gefüllter Eimer und ein Mensch.

Das Kopfende des Bettes stößt an die Querwand, hinter der das Kopfende der jenseitigen Zelle ist, die Beine jedes Häftlings sind gegen die Tür gerichtet.

Eine gußeiserne Platte bildet die untere Hälfte der Tür, ein Gitter die obere. Diese Klapptür, von innen nicht zu öffnen, wird außerdem vom Gefängniswärter mit einem Schlüssel versperrt, und nachdem dies überall geschehen, senkt der Oberschließer noch eine Stahlstange herab, die sich als Riegel vor je fünfundsiebzig menschliche Obdache schiebt.

Auch waschen muß man sich auf dem Gang. Wo wäre denn in der Zelle Platz dazu?

Rings um den Zellenblock und über ihn ist ein Haus gestülpt. Der gemauerte Deckel ist größer als der Inhalt, und als Zwischenraum bleibt ein Korridor, auf dem die Wärter patrouillieren und die Gefangenen sich morgens in Reih und Glied stellen, um gemeinsam ihre Eimer zur Senkgrube zu tragen.

Auf einem der Höfe ist etwas zu sehen, was es in keinem anderen Gefängnis der Welt gibt: ein Vogelhaus.

In bunten Käfigen hüpfen, zwitschern und plappern Zeisige, Kanarienvögel, Papageien und sogar Kolibris.

Auf die Frage, wie sie herkommen, erfahren wir, es

seien Geschenke an die Gefangenen. Ja, aber warum sind die Vögel dann nicht in den Zellen?

»Wo? Im alten Zellhaus? Binnen drei Tagen würden sie sterben. Oft richten Gefangene Mäuse oder Ratten ab, doch selbst diese Tiere krepieren schnell, sie halten die Luft dort nicht aus.«

Der Mensch, der diese Luft aushalten, in diesem hundertjährigen Dumpf Nacht für Nacht schlafen muß – was Wunder, daß er morgens froh ist, herauszukommen, und sei es auch nur in die shops, in die unhygienischen und mit längst überholten Maschinen versehenen Arbeitssäle.

In der Weberei, die die Armen- und Krankenhäuser des Staates New York mit Strümpfen und Unterwäsche beliefert, geht alles drunter und drüber, doch wird uns erklärt, vor acht Tagen habe in der Versandabteilung eine Feuersbrunst gewütet, wodurch der Betrieb desorganisiert sei.

Gleichfalls nur für den Staatsgebrauch gearbeitet wird in der Schuhwarenfabrik, der Blechschmiede, der Bürstenbinderei, der Druckerei und in der Matratzenfabrik von Sing Sing und jährlich für zweimal hunderttausend Dollar Fertigware geliefert, abgesehen von den Arbeiten, die man für die Instandhaltung der Gefängnisanlage, der Sträflingskleidung und dergleichen leistet. 185 verschiedene Artikel werden hier erzeugt.

Die Arbeitszeit beginnt mit dem achten Glockenschlag. Mittags um zwölf Uhr rangieren sich die Arbeiter in Reihen und marschieren in den Speisesaal – unter den lustigen Klängen einer zwölfgliedrigen, im Hof postierten Sträflingsmusikkapelle, was ein alter Brauch von Sing Sing ist. Von ein bis vier Uhr wird die Arbeit fortgesetzt.

Bezahlt wird sie – und das ist die vom nutznießenden Staat verübte Ungeheuerlichkeit – mit anderthalb Cent für den siebenstündigen Arbeitstag.

Das Projekt, den Sklavenlohn auf zehn Cent zu erhöhen, eine noch immer menschenunwürdige Bezahlung menschlicher Kraft, ist nicht Wirklichkeit geworden. Ohne Penny verläßt der Sträfling nach jahrelanger regelmäßiger und fruchtbarer Arbeit das Gefängnis. Und vorher, in der Zeit seiner Haft, kann er die im Wert von drei Dollar per Woche bewilligte Menagezubuße und Zigaretten nicht kaufen, die sich der von Haus aus wohlhabende Zellennachbar leistet.

Der Häftling, der während der Arbeitszeit raucht oder sich sonst gegen eine Anstaltsregel vergeht, wird in eine Korrektionszelle des Old Cellhouse gesteckt und aus der A-Klasse, zu der jeder bei der Aufnahme in die Anstalt automatisch gehört, in eine niedrigere versetzt. Dadurch verliert er das Recht, jeden Monat an vier Werktagen und einem Sonntag Besuch zu empfangen, monatlich einen Wochentags- und vier Sonntagsbriefe zu schreiben und Gebrauch zu machen von dem Warenkauf bis zu drei Dollar wöchentlich.

Nicht weit vom Speisesaal ist das Vorstandszimmer der Mutual Welfare League, der Gefangenenorganisation von Sing Sing. Jeder eingelieferte Sträfling ist als solcher Mitglied der Liga und darf an den Wahlen seiner Werkstätte oder seiner Arbeitsgruppe teilnehmen; je fünfundvierzig Mann werden von einem Delegierten vertreten.

Die Delegiertenversammlung konstituiert einen Vollzugsausschuß, an dessen Spitze ein gewählter Sekretär steht und ein Sergeant-at-arms, der den Ordnerdienst bei allen von den Sträflingen veranstalteten Aufführungen und Spielen sowie bei den Mahlzeiten versieht. Die Liga wahrt die Interessen der Häftlinge gegenüber der Direktion und schlichtet Streitigkeiten unter den Gefangenen.

Es ist wohl nur dieser Organisation zuzuschreiben, daß in Sing Sing kein Beamter oder Wärter eine Waffe bei sich hat. (Wogegen zum Beispiel in den Tombs, dem Stadtgefängnis von New York, die Aufseher mit Revolver, Schlagring und Schließeisen ausgerüstet sind, ohne dadurch verhindern zu können, daß in regelmäßigen Zeitabständen einige von ihnen erschossen werden.)

Die Baseballmannschaften der M. W. L. trainieren täglich nach vier Uhr nachmittags auf dem von Tribünen umsäumten Spielplatz am Ufer des Hudson, aber nur einmal im Jahr haben sie das sportliche Vergnügen, ein Wettspiel gegen einen Klub auszutragen: alljährlich kommen die »New York Giants« nach Ossining und schlagen die »M. W. L.«.

Während die streitbare Jugend baseballt, geht der gesetztere Mann spazieren oder liest die Tagesblätter, auf die er oder ein Kollege abonniert ist; Austräger und Zeitungsstand sind in diesem Gefängnis nicht geduldet.

Bei Beginn der Abenddämmerung ertönt das Signal »Kübel holen«. Mit diesem Gefäß in der Hand treten nun alle den Weg zu ihrer Wohnung an. Die Bretter, die das Bett bedeuten, sind aber noch nicht heruntergeklappt, da die im Alten Zellhaus wahrhaft eingelochten Sträflinge nach zwei Stunden wieder geholt werden: sie müssen in die Kapelle zur – Kinovorstellung. Sie müssen, auch wenn sie den faden Film schon vier- oder fünfmal gesehen haben, sie müssen bis halb zehn Uhr nachts hinaus aus ihren Felsenlöchern, denn jede Stunde des Aufenthalts darin erhöht die Sterblichkeitsziffer von Sing Sing!

Das Spital beherbergt eben zweiundsechzig Kranke, Leute, die fast erblindet sind, Leute, die Gichtknoten an den Knöcheln der Zehen und Finger haben, Tuberkulöse.

In drei Längsschiffe ist die Kirche geteilt, das mittlere dient dem katholischen Gottesdienst, das linke dem protestantischen, das rechte dem jüdischen, auch Andachtsübungen der Heilsarmee und der Christian Science werden hier abgehalten, und jeder Sträfling kann in den Worten seiner Religion vernehmen, daß Gottes Gnade unerschöpflich strahlt. Oder er lenkt seinen Blick verstohlen durchs Fenster und sieht dann den roten Ziegelbau des Totenhauses, in dem die Toten leben, bis man sie zum elektrischen Stuhl schleppt …

Kein Verlaß ist auf die Gnade Gottes! Anscheinend vermag sie ebensowenig durch Zuchthauswälle einzudringen, wie man aus ihnen hinausdringen kann.

Wer denkt nicht an Flucht, wer träumt nicht von Freiheit! Aber überall dort, wo sich die Mauern kreuzen, lugen gläserne Türme über Strom und Land. Die Türmer haben Dienst bei Tag und bei Nacht; ein Griff, und der Scheinwerfer schießt los, um die Spur eines entwichenen Wildes zu suchen.

Der Jagdruf erschallt. Die Bedeutung seines Klanges ist an allen Wänden angeschlagen:

»Im Falle einer Flucht ertönen aus der Alarmsirene durch zehn Minuten Pfiffe von dreißig Sekunden in Abständen von je dreißig Sekunden, während im Falle einer Meuterei fünf kurze Pfiffe von je zwei Sekunden Dauer mit einer Sekunde Intervall ertönen; bei diesen Signalen haben sich sämtliche Wärter eiligst in den Dienstraum des Oberwärters (principal keeper) zu begeben und zu dessen Verfügung zu halten.«

Im vorigen Sommer kenterte auf dem Hudson, etwa dreihundert Schritte von der Ufermauer des Zuchthauses entfernt, ein Ruderboot. Die Verunglückten, ein Mann und eine Frau, hielten sich über Wasser und schrien um Hilfe. Fast alle Gefangenen boten sich an, flehten darum, hinausschwimmen, Rettung bringen zu dürfen. (Es gibt im Zuchthaus selbstverständlich keinen Kahn.) Die Wärter gaben die Erlaubnis nicht, und vor den Augen von Hunderten rettungsbereiten Menschen mußte das Paar ertrinken.

Vor kurzem fand man in einem Heizraum das Skelett eines Sträflings, der sich vor zehn Jahren hier versteckte, um bei passender Gelegenheit zu entkommen. In seinem Schlupfwinkel war er lieber Hungers gestorben, als daß er sich entdeckt hätte und damit seinen Fluchtplan für immer vereitelt.

Wir passieren den Eingang zur Classification Prison Clinic, die zur kriminologischen Untersuchung der Verbrecher von ganz Amerika bestimmt ist und die Einteilung, Unterbringung und Erziehung der Gefangenen nach Alters-, Bildungs- und Neigungsgruppen vornehmen – wird. Vorläufig hat man damit nur viel Reklame gemacht. Ebenso wie für die außerhalb des alten Komplexes aufgeführten sechsstöckigen Zellentrakte mit 680 beziehungsweise 704 Käfigen; der kleinere Trakt ist nach dem Outside-System gebaut, also mit einem Fenster in jeder Zelle, der größere nach dem Inside-System – ein Block, von einem Haus umgeben.

Die Anlage, mit Wasserspülung und Wasserleitung in jedem Käfig, ist bereits fertig, eine dreifache Kirche im Bau; es fand auch schon eine Exkursion hierher statt, zwecks Verkündigung, mit diesem Neubau hätten die

Greuel des alten Sing Sing aufgehört. Vorläufig sind nur 279 und 308 Sträflinge darin, mehr könne man nicht unterbringen, bevor eine Umfassungsmauer gelegt sei, und das wird lange dauern.

Das Old Cellhouse ist noch immer voll besetzt, und obwohl es als ein Schaustück gräßlicher Vergangenheit gezeigt werden sollte, wie die wenigstens geräumigeren Kasematten der Peter-Pauls-Festung, bleibt es ein Beweisstück gräßlicher Gegenwart.

Gehen wir weiter. Da ist ein funkelnagelneues Ziegelgebäude in freundlichem Rot; hat dreihunderttausend Dollar gekostet und ist sein Geld wert. Offiziell heißt es »Condemned Cells«, die Leute von Sing Sing nennen es das Schlachthaus.

Siebenundzwanzig Zellen der Verdammten: ein Dutzend für Männer (drei sind eben besetzt!), ein Vierteldutzend für Frauen, ein halbes Dutzend Hospitalzellen (für die, die erkrankten und nun geheilt werden, damit man sie hinrichten kann) und ein halbes Dutzend »Zellen der letzten Minute«, auch »der Tanzsaal« geheißen, wohin man die Opfer am Morgen des Hinrichtungstages bringt. An diesen siebenundzwanzig Käfigen vorbei führt der Korridor zu dem Raum, der scheu nur »Dahinten« genannt wird …

Hier, meine Herren, sehen Sie den berühmten Stuhl, der den Geist des Mittelalters mit der größten Erfindung der Neuzeit, der Elektrizität, vereinigt. Auf diesem Stuhl – bitte, Sie können ruhig darauf Platz nehmen, der Strom ist nicht eingeschaltet – auf diesem Stuhl haben schon viele Männer und Frauen gesessen.

Am 7. Juli 1891 wurde als erster Harry A. Smiler in Sing Sing hingerichtet, seither haben die hierorts exekutierten Exekutionen die Zahl zweihundertdreiundneunzig erreicht; ein Blinder war darunter, zwei Einbeinige (von denen der eine seine Prothese einem besonders feindseligen Gerichtssaalberichterstatter mit dem Wunsche vermachte, er möge sie bald tragen müssen), mehrere Frauen (vor kurzem Mrs. Snyder mit ihrem Geliebten Grey), ein deutscher Priester namens Hans Schmidt, die Brüder Morris und Joseph Diamond und ihr Komplice Giovanni Farina, die in Brooklyn zwei Kassenbeamte einer Bank erschossen und vierundvierzigtausend Dollar erbeuteten, die märchenhaft schöne Gattenmörderin Marta Place. Der prominenteste Delinquent war der New Yorker Kriminalchef Leutnant Charles Becker, der vier Bravi gedungen hatte, um am 13. Juli 1913 den Spielklubbesitzer Rosenthal erschießen zu lassen, weil er an diesem Tage in der »World« eine eidesstattliche Erklärung veröffentlicht hatte, daß der Herr Kriminalchef an den Einnahmen der verbotenen hazard saloons mit zwanzig Prozent beteiligt sei …

Über der Tür zum »Tanzsaal« sehen Sie das Wort »Silence«. Es ist das einzige Wort, das in diesem Saal zu sehen ist, und es ist auch keines zu hören. Dort in den vier polierten Bankreihen sitzen die zwölf Zeugen, die großen goldglänzenden Spucknäpfe sind für den Fall da, daß einem der Zeugen zum Bewußtsein käme, er lebe im zwanzigsten Jahrhundert …

Die Elektrifizierungen finden hier um elf Uhr nachts statt, und zwar am Donnerstag, damit, wenn ein Zwischenfall sie verhindert, noch drei Tage übrigbleiben zur Vollstreckung des Gerichtsurteils: »… in der am Montag, dem …, beginnenden Woche vom Leben zum Tode zu bringen.«

Der Delinquent nimmt so auf dem Stuhle Platz, wie Sie jetzt dasitzen. Die Lederriemen sind daran befestigt, sie müssen nur noch über den Brustkorb, die Beine und die Arme des Mannes geschnallt werden, was kaum eine Minute dauert, da drei erfahrene Gefängniswärter am Werke sind. Ebenso schnell wird ein Kontakt auf seinem rechten Bein befestigt; ein zweiter legt sich, wenn man die in Salzwasser getauchte Ledermaske über sein Gesicht drückt, auf den heute geschorenen Hinterkopf.

Dann gibt unser Chefarzt, Dr. Sweet, dem Mann am Schalter das Zeichen.

Der Mann am Schalter ist Mr. Robert Elliot aus Long Island. Der hat einen feinen Job – hundertfünfzig Dollar für jede Hinrichtung, für einen einzigen Griff am Hebel. Dabei ist er Executioner für mehrere Staaten. Sacco und Vanzetti hat er auch umgebracht. Das war aber ein schlechter Job, denn vor einigen Monaten hat man dafür sein Haus mit Bomben beworfen, und alles ist vernichtet worden.

Er hat also den Hebel nur herunterzudrücken, so daß ein Strom von zweitausend Volt entsteht, der auf fünfhundert Volt herabgesetzt und wieder auf zweitausend Volt erhöht wird. Nach zwei Minuten nickt Dr. Sweet dem Mr. Elliot zu, und der schaltet aus.

Wer das erfunden hat, die Electrocution? Wer anders soll's denn erfunden haben als Edison, der alte Zauberer? Aber wie sie von Staats wegen eingeführt wurde, das ist eine echt amerikanische Geschichte, haha, ein Konkurrenzmanöver. In den achtziger Jahren propagierte Edison die elektrische Beleuchtung durch Schwachstrom, dessen Leitung große Kosten verursachte; das von George Westinghouse angewandte Stark- und Wechselstromverfahren kam bedeutend billiger.

Die bedrohte Edison-Gesellschaft wies nun auf die Gefahren der Starkstromleitungen hin und trat für deren Verbot ein. Sie entsandte auch einen Angestellten, Harald P. Brown, nach Albany, dem Regierungssitz des Staates New York. Dort tötete Mr. Brown in öffentlichen Schaustellungen Pferde, Hunde, Katzen und Kaninchen durch Berührung mit dem Apparat der Konkurrenz. Und schließlich drückte die Edison-Company ein Gesetz durch, demzufolge alle Hinrichtungen im Staate New York nicht mehr durch den Strang, sondern durch Starkstrom vorgenommen werden sollten; damit war die Gefährlichkeit des Westinghouse-Systems allen Leuten vor Augen geführt. Business as usual.

Der Delinquent ist tot und wird in den Anatomiesaal geschafft, wo die Ärzte konstatieren, was aus einem lebendigen gesunden Menschen binnen zwei Minuten werden kann.

Daneben, meine Herren, ist die Leichenkammer mit sechs Regalen. Was diese kleine Kiste ist? Das ist ein Sarg. Die Verwandten des Hingerichteten können den Leichnam abholen; wenn sie es nicht tun, bestatten wir ihn in Ossining ohne Kreuz und ohne Namen.

Das ist alles, was in Sing Sing sehenswert ist. Ich empfehle Ihnen, draußen noch einen Blick zu werfen auf den majestätischen Hudson, der mit funkelnden Opalen Fangball spielt, während drüben hinter den herrlichen Felsenpalisaden die Sonne untergeht, die Forste strahlen, alles Frieden und Freiheit atmet. Es ist eine Lust zu leben.

Der Naturschutzpark der Geistigkeit

Es ist für unsereinen recht schön, daß es so etwas gibt wie Weimar: eine ganze Stadt als Reliquie, ein Bezirk als Wallfahrtsziel, weil hier einmal Dichterleben war. Immerhin erfreulicher, wenn nicht Generale an den Straßenecken bronzern Posten stehen, wenn statt der Roons, Winterfelds, Derfflingers und übriger Spitzen der Militärrangliste aus kriegerischen Zeiten ausnahmsweise der Goethe und der Schiller und der Herder und der Wieland in Erz gegossen sind. Selbst den Großherzogen, die auch auf den hiesigen Plätzen versteinert umherreiten, wird diese tributäre Huldigung nicht mit Waffentaten motiviert, sondern mit dem von ihnen getätigten Engagement besagter Dichter. Die heimische Dynastie wird bloß literaturgeschichtlich eingeteilt; jene Großherzogin hat die Sophienausgabe der Goetheschen Werke (ein Stammtischeinfall, von Philologenärschen ausgebrütet) patronisiert, jener Großherzog das Goethe-Schiller-Archiv erbaut, jene Prinzessin ist die Prinzessin, die in der Fürstengruft dem Grabe Schillers gegenüberliegt, jene Großherzogin ist die Gattin jenes Großherzogs, der mit Goethe … Und so.

Ganz Weimar ist eine zur Stadt erhobene Dichterbiographie. Wer nicht zumindest einige Werke über das Leben Goethes studiert hat, kann sich in der Stadt verirren.

Fragt man den Einheimischen, wie man ins Hotel kommt, so antwortet er, man müsse am Wohnhaus der Frau von Stein vorüber, bei der Bank, bei der Christiane Vulpius ihrem nachmaligen Gatten als fremdes Mädchen mit einer Bittschrift entgegentrat, nach links biegen, dann geradeaus, über die Jahre 1779 und 1784 gehen, entlang der Prosafassung der »Iphigenie auf Tauris«, den zweiten Teil des »Faust« rechts und »Wilhelm Meisters Wanderjahre« links lassend, und schon sei man da, beim Absteigequartier Zelters. Bleibt man im Park einen Augenblick stehen, um endlich Luft zu atmen, gleich läuft der Parkwächter heran, man erschrickt, glaubt etwas angestellt zu haben, nein, er will nur rasch mitteilen, daß in jenem Gebüsch, von niemandem belauscht, Bettina von Arnim dem fünfzigjährigen Goethe einen Heiratsantrag gemacht hat. In dem mit Baumrinde benagelten Häuschen, fügt er pflichteifrigst hinzu, hat Goethe mit Großherzogin Anna Amalia und Hofdame von Göchhausen, mit Doktor Eckermann und Major Knebel einmal gefrühstückt. Bei dem Stein dort – sehen Sie den Stein, ja? – traf Großherzog Karl August IHN nach dessen Italienischer Reise zum ersten Male.

Die Museen – hier ist jedes Haus ein Museum oder ein Gedenkhaus – sind nur Pavillons des großen Museums, das Weimar heißt. Bekneiferte Lehrerinnen führen Mädchenpensionate von Vitrine zu Vitrine, Gänse schnattern, manche seufzen vor irgendwelchen Tabellen zur »Farbenlehre« schmelzend ein »Nein, wie niedlich«, manche kichern vor dem Bett im Sterbezimmer, was übrigens ebenso geschmackvoll ist wie pietätvollergriffenes Seufzen. Der Geschäftsreisende erklärt seinem Ehegemahl branchekundig einige Andenken, der

Gymnasiallehrer schwelgt vor jedem Zettel. Im Goethehaus am Frauenplan drängt sich die Masse der Besucher von morgens bis abends. Instinktsicher hat der Spießer herausgefunden, daß Goethes Leben komplementär zu seinem Werke war – so genial dieses ist, so pedantisch, autoritätsgläubig, devot, zeitfremd und egoistisch war seine Privatexistenz. Das hat der Pfahlbürger aller Nationen mit dem lyrischen Genius gemein, das ist es, was ihn zur Wallfahrt nach Weimar treibt, was ihm die Legitimation ausstellt, pedantisch, speichelleckerisch, zeitfremd und egoistisch zu sein und sich dabei goethisch vorzukommen und das »Deutschland Weimars« aus seiner Feindschaft gegen das deutsche Volk auszuschließen, den Geist Deutschlands zu hassen und den Geist Goethes zu lieben.

Auf Fußnoten schleichen die Erbverweser durch die geweihten Räume, häufen Makulatur auf Makulatur, verwandeln geschriebenes Papier in bedrucktes und bedrucktes Papier in geschriebenes, vergleichen die Schreibmaterialien der Goetheschen Sekretäre miteinander und wenden die Methoden der Altphilologie auf die Kunst des neunzehnten Jahrhunderts an – öde Anatomen, einen lebendigen Organismus tötend, um ihn obduzieren, um ihn klassifizieren zu können, Esoteriker und Verächter der profanen Welt. Wenn man sich zum Beispiel nach Briefen von Goethes Mutter erkundigt, die über ihre Beziehung zum Königsleutnant Aufschluß geben könnten (derart stark war diese Beziehung, daß Thoranc die aufsehenerregende Verhaftung seines Quartiergebers wegen demonstrativen »Hochverrats« auf Fürbitte der Frau Rat rückgängig machte, eine offenkundige und öffentliche Pflichtverletzung!), stößt man auf entsetzte Mienen der Tempelhüter. »So etwas wagen Sie mir zu sagen, in den Tagen der Ruhrbesetzung?!«

Um Schiller kümmert man sich bei weitem nicht in diesem Ausmaß; der war kein Staatsminister und kein Bürgermeistersenkel, er wurde verscharrt, so daß man den Schädel gar nicht fand, als man ihm schließlich die verspätete »Ehre« antun wollte, ihn in der Fürstengruft neben leibhaftigen Großherzogen beizusetzen. Ins Nietzschearchiv oder ins Lisztmuseum kommen wenig Besucher, auch nach Andenken Herders oder Wielands forscht wohl nur der Fachmann.

Ja, große Männer haben in Weimar gelebt, und es ist großherzogliche Familientradition geblieben, beizeiten Dichter hierher zu verpfropfen, damit aus ihnen rentable Fremdenattraktionen würden, wie es Goethe war. Man spekulierte daneben: Als letzter Goetheaspirant wurde der Dramatiker Ernst von Wildenbruch, Hohenzollernscher Hauskitschier, in dem Treibhaus Weimar aufzuzüchten versucht.

Lächerlich, solch ein Geniekult, lächerlich, ein Leben in Spiritus zu konservieren, lächerlich, die Bewohner einer Stadt zu Mitwirkenden eines beständigen Passionsspieles zu machen. Aber unsereiner könnte sich freuen, daß man doch noch irgendwo einen Dichter ehrt, indem man seinen Wohnort zu einem Sanktuarium weiht, wenn das Ganze nicht bloß ein Naturschutzpark wäre. Als in Amerika die Urwälder fast überall dem Erdboden gleichgemacht, beinahe alle edlen Tiere erlegt, die Indianer mit Branntwein und Flintenkugeln nahezu ausgerottet worden waren, zäunte man ein Stückchen ein und schuf den Yellowstonepark. Dann zeigte man ihn der Welt, zum Zeichen des pietätvollen Verständnisses, das das angeblich so nüchterne Amerika der Natur entgegenbringe, und konnte ruhig den Rest der Urwälder, der Indianer und der Tiere vernichten. Wir hingegen haben Weimar.

Im Elternhaus der Reclam-Bändchen

Da es denn nun einmal die Bestimmung dieses Lebens ist, daß sich ein Geheimnis nach dem anderen entschleiert (bis es mit der Entschleierung des letzten Mysteriums endet), so muß ich auch dorthin gehen, wo einst mein literarisches Wissen entsprang. Damals hatte ich nicht daran gedacht, daß diese Büchlein fabrikmäßig erzeugt werden, diese roten Bändchen zu zehn, später zu zwanzig Pfennigen, die ich mir aus dem blaßgrünen alphabetischen und unentgeltlichen »Verzeichnis von Reclams Universalbibliothek« wählte, vom heißen Briefwechsel Abälard mit Heloise an bis zu Zschokkes unanständiger Humoreske vom Blauen Wunder. Mir selbst auswählen durfte und mir selbst auswählen konnte: Das war vielleicht das Motiv meiner Liebe, die mir die kleinen Bücher mit der Bekanntgabe herrlicher Werke vergalten. Nun aber liegen alle diese Bändchen, die mir den »Wallenstein« geschenkt haben und das »Käthchen von Heilbronn«, nun liegen sie unten im Aschenbrödelfach des Bücherschranks, ohne die roten Umschlagblätter, auf denen die Nummer war, und das umrankte Rankenwerk (»Jede Nummer – für 20 Pfennig – überall käuflich«), zerrissen, beschmutzt und unvollständig. Ich sollte sie wegwerfen. Aber wer wirft seine Jugend weg? Vielleicht lese ich sie doch einmal – gewiß eher als die numerierten Bibliophilendrucke, die mir aus dem Schrank den Rücken zukehren.

Nun bin ich also hier in Leipzig und mache der Geburtsstätte meiner kleinen Jugendfreunde einen verspäteten Dankbesuch. Ihr Vater lebt nicht mehr – er hieß gar nicht Philipp Reclam jun., sondern Hans Heinrich Reclam, und sein Vater, Herr Anton Philipp, war sehr dagegen, daß sein Sohn anno 1867 im alten soliden Verlage so unsinnige und unwürdige Neuerungen versuchte wie die Gründung einer Groschenbibliothek! Er wies ihm nach, daß schon Goethes »Faust« – Band 1 – mit seinen neun Bogen für zwanzig Pfennige viel zu billig sei, um sich jemals rentieren zu können. Das stimmte. Es war ein Kalkulationsfehler, an dem der Verlag Reclam noch heute zu tragen hat, denn obwohl eine Nummer sonst nur fünf Bogen hat, kann man den »Faust«, der schon traditionsgemäß ein einziges Reclam-Heft ist, nicht plötzlich zu einer Doppelnummer umgestalten. Aber zum Glück haben sich die anderen Bände reichlich gelohnt, denn wenn der Gewinnanteil bei zwanzig beziehungsweise dreißig Pfennig noch so winzig ist, mit acht Millionen multipliziert ergibt das doch schon eine stattliche Summe. Ja, eine Auflage von acht Millionen hat nach einer (heute schon überholten) Statistik der »Wilhelm Teil«, und die deutsche Bibel, das ist das Studentenliederbuch, und Heines »Buch der Lieder«, »Minna von Barnhelm«, andere Klassiker und vor allem die Operntextbücher stehen dieser unvorstellbaren Auflageziffer nicht allzuweit nach. Von den hellenischen und lateinischen Klassikern sind über neun

Millionen Exemplare verkauft worden, was einerseits für die deutsche Vorliebe zum klassischen Altertum, andererseits aber auch dafür zeugt, daß das Reclam-Buch so handlich ist, sich bei der Schularbeit unter der Bank oder im Heft verbergen zu lassen, und so billig, daß bei der Beschlagnahme durch den Lehrer wenigstens kein materieller Schaden erwächst.

Von den Dramen Shakespeares wurden in der Reclam-Ausgabe allein fast sechs Millionen abgesetzt, von Dickens' Büchern zwei Millionen und von Molière über eine Million. Am erstaunlichsten aber ist es wohl, daß von Kants Schriften bereits mehr als eine Million Exemplare verkauft sind. Die Libretti erleben übrigens durch den Funkspruch einen ungeahnten Aufschwung: Man sitzt zu Hause, die Radio-Aufführung von »Zar und Zimmermann« zu hören, und hält das Reclam-Bändchen in der Hand, das mit seinen Regiebemerkungen und Texten den unsichtbaren Gestus ersetzt, den Anblick der Bühne. Ausgrabungen der Regisseure und Dramaturgen an großen Bühnen bringen überraschende Hausse in längst totgeglaubten Nummern – eben druckt man Angelys »Fest der Handwerker« in fünfzigtausend Exemplaren nach.

Dreißig Pfennig kostet schon seit Jahren das Buch – trotz aller Lohnsteigerungen, trotz aller Materialerhöhung, trotz großer Druckverbesserungen, trotzdem alle Nachahmungs- und Konkurrenzversuche verkrachten und trotz aller Geldentwertung. Auch am 21. November 1923, also in den letzten Tagen vor der Markstabilisierung, hat ein Reclam-Bändchen nicht mehr als dreihundertdreißig Milliarden Papiermark gekostet, was, durch eine Billion hundert Milliarden, die damalige

Schlüsselzahl des Buchhändlerbörsenvereins, dividiert, genau den Grundpreis von dreißig Pfennigen ergibt. Das ist eine historische Feststellung, denn das Reclam-Buch ist so sehr Repräsentant des deutschen Geistes, daß die Franzosen mehreren Propagandabroschüren, die sie während des Weltkrieges in die deutschen Linien schmuggelten, die Form von Bändchen der Universalbibliothek gaben. Solch ein Falsifikat liegt mir vor: Der Umschlag ist täuschend kopiert, jedenfalls durch Photographie. Sogar der Titel ist beibehalten worden – man hat Band 2461–2463 gewählt – »Lexikon deutscher Zitate« von Alfr. H. Fried (dessen Name als den eines Friedensfreundes man für einen besonderen Köder hielt). Das innere Titelblatt aber heißt »Kaiser und Krieg oder Republik und Friede von Siegfried Balder« und enthält die Aufforderung, durch Übergehen in die französischen Linien den Krieg zu beenden, der Deutschland einen um so schlimmeren Frieden bringen werde, je länger er dauere.

Sonst ist das Interesse des Auslandes untendenziös: Die Bestellungen von überall sind enorm, und das Reclam-Buch ist es, das die Welt mit der deutschen Literatur bekannt gemacht hat. An erster Stelle in der Reihe der bestellenden Länder steht – Japan; und es ist verständlich, daß in einer asiatischen Reisebeschreibung berichtet wird, ein Japaner habe dem Deutschen, den er kennenlernte, nur zwei deutsche Worte zu sagen gewußt: »Bismarck« und »Reclambook«. Durch den bewundernden Ton, den er in diese einzigen Worte seines deutschen Sprachschatzes legte, wollte er dem Fremden seine Verehrung für dessen Heimatland aussprechen.

Wir gehen durch die Setzersäle, wo Setzmaschinen und Handsetzer arbeiten, durch die Präge- und Stereotypierungsanlagen, wo jede gegossene Seite eigens für den Druck schräg zugeschnitten wird, durch die Drucksäle, wo dreiundfünfzig Flachdruckmaschinen in Betrieb stehen, an den Apparaten vorbei, die automatisch falzen, heften, schneiden und pressen, durch die Buchbinderwerkstätten, durch die Elektrizitätsanlagen, durch die Tischlerei, in der die Bücherschränke für die U.-B. gezimmert werden, durch die Erzeugungsräume für die Bahnhofsautomaten und durch die Lager, in denen das Satzmaterial dreifach aufbewahrt wird – an drei verschiedenen Stellen, damit zum Beispiel beim Ausbruch einer Feuersbrunst nicht der ganze Satz zerstört werde. Im Keller des einen Hauses und auf dem Dachboden des anderen sind Matrizen in je einem Exemplar aufbewahrt, im Plattenmagazin des dritten Gebäudes, in neun feuersicheren Kammern harren alle Reclambändchen in Blei ihrer sofortigen Wiederverwendung: jede Seite der sechstausendfünfhundert Bändchen in gegossenem Blei. Kleine Pakete mit sechzehn dünnen Platten. Aber schwer sind diese Päckchen: Acht Pfund wiegt ein Bogen, also etwa vierzig Pfund ein Bändchen in diesem druckbereiten Zustande. Auch die Gesetzsammlungen Deutschlands sind darunter, obschon sie niemals so in Druck gehen können, wie sie aus dem Plattenmagazin geholt werden. Immer wieder muß man sie ändern.

Das erstaunlichste aber sind die Lager, wo auf den Stahlgestängen der Regale die Bücher liegen, entweder in versandbereitem Zustand oder »plano«, das ist bereit zum Einlegen in die roten Papierumschläge oder in die Leinenbände und maschinell eingepreßt zwischen zwei

Brettchen. Vierundsiebenzig Regale mit dreimal vierundzwanzig Fächern von je dreizehn bis vierzehn Reihen, deren vier übereinanderliegen. Nach Nummern geordnet, vom »Faust« bis zu Webers »Dreizehnlinden«, also alle sechsunddreißig Literaturgebiete, die die Universalbibliothek umfaßt, ineinander verschmolzen. Homer vielleicht neben Ehrenstein, Schwabs Volksmärchen neben E. A. Poe, die Reden Kaiser Wilhelms II. neben Stirners »Der Einzige und sein Eigentum« und Brehms »Tierleben« neben Kants »Kritik der Urteilskraft«. In der Reihenfolge des Erscheinens stehen die Bände, alle Gebiete menschlichen Wissens umfassend und ohne inneren Zusammenhang, und so flogen auch während des Kapp-Putsches, als hier in der Inselstraße des Leipziger Ostens der Straßenkampf tobte, wahllos die Gewehrkugeln in die Bücherpakete, in Kleists »Michael Kohlhaas«, in das Textbuch von »Rienzi« und in Pestalozzis pädagogisches Werk »Wie Gertrud ihre Kinder lehrt« (Nummer 991–992). Am heftigsten aber wurde ein Stoß Papier mitgenommen, der nichts weiter enthielt als etwa fünfzig Exemplare des ersten Bogens von Flauberts »Madame Bovary«: Durch einen Frontalschuß wurde das Brettchen durchbohrt, das vor jedem Paket als Schutzschild liegt, und das Geschoß ging durch die ganze Vorgeschichte von Charles Bovary von seinem Eintritt in die Schule bis zu seiner Vorbereitung zur Prüfung aus Chirurgie; mit den Worten »dank dieser Vorbereitung fiel er denn auch gründlich durch das Examen und« schließt der Bogen, den die Kugel in fünfzig Exemplaren zerfetzen zu müssen glaubte.

Ein Bergwerk geistigen Schaffens ist das Hauptlager; an achtundzwanzig bis dreißig Millionen Nummern, geheftet und verkaufsfähig, beherbergt es von den sechstausendfünfhundert Werken, die bisher erschienen sind. So klein diese Ziffer im Vergleich zu jener millionengroßen der Auflage ist – es ist doch wohl die größte Zahl von Publikationen, die je ein Verlag herausgebracht hat. (Oft geschieht es, daß ein Lektor von Reclam die Einreihung eines wichtigen Buches in die Universalbibliothek beantragt, die Direktoren erklären sich einverstanden, das Manuskript wird für den Druck hergerichtet und kommt in die Hände eines alten Faktotums, das lachend erklärt: »Kinder, was wollt ihr denn – den Band haben wir doch schon seit dreißig Jahren in der U.-B.«) Im Handlager liegt, was schon zutage gefördert wurde, um fortgeschafft zu werden. Was die heutigen Bestellungen verlangten, was am »gängigsten« ist, ist hier vorbereitet, um von dreißig Mädchen nach der Faktura zusammengestellt und von zehn Packern versandbereit gemacht zu werden. Die Lastautos warten. Dreitausend bis fünftausend Pakete gehen täglich fort, in alle Welt, in alle Welt.

Reise

Der Newskij-Prospekt

Hier also war's, wo Anna Karenina, noch bewegt vom Unfall auf der Eisenbahn, in dem sie ihr zukünftiges Schicksal fühlt, nach Hause fuhr,

hier also war's, wo Casanova die russische Bauerntochter, die er um hundert Rubel gekauft, auf den Namen »Zaïre« getauft und modisch eingekleidet hatte, spazierenführte,

hier also war's, wo die Beamtenwitwe Raskolnikowa in der Straßenbahn stolz den Zeitungsartikel ihres Sohnes Rodion Romanowitsch dem Nachbarn zeigte,

hier also war's, wo im dritten (nach russischem Kalender: im vierten) Stockwerk einer der in »Krieg und Frieden« besoffenen Gardeoffiziere mit einem englischen Marineur wettete, sich auf die Fensterbrüstung zu setzen und die Beine gegen die Straße baumeln zu lassen, nachdem Fürst Pierre Besuchow das Fensterkreuz herausgebrochen hatte,

hier also war's, wo Mischkin, der »Idiot«, mit ungeschicktem Tritt zu seinem Onkel tappte,

hier also war's, wo beim Kartenspiel die »Pique Dame« Puschkins höhnisch blinzelte,

hier also war's, wo ein echt Gogolscher Friseur die »Nase« loszuwerden trachtet, die er morgens im Brot fand, während ein Tschinownik seine Nase sucht, die er seit dem Morgen vermißt,

hier also war's, wo alle russischen Romane begannen und endeten, die erfundenen und die wirklichen, »Zar und Zimmermann« und seiner Nachfahren Verhaftung, 1917.

Der Newskij-Prospekt heißt nicht mehr Newskij-Prospekt. Sondern: Prospekt des 25. Oktober.

Man denke sich ihn nicht als eine enorm breite, spiegelglatte Avenue, zwischen eisgetürmtem Newastrom und goldenen Palästen, er ist nur eine Binnenstraße und führt vom Moskauer Bahnhof zum Admiralitätspalast. Wir kommen an und sind etwas enttäuscht: hier also war's, wo Pierre Besuchow, wo Rodion Romanowitsch Raskolnikow, wo Anna Karenina, wo Peter Mischkin ... Eine Straße, kaum breiter als der Kurfürstendamm und lange nicht so gut gepflastert, Geschäfte, Wohnhäuser ...

Auf dem Platz vor dem Bahnhof: das Denkmal Alexanders III., alle Kaiser- und Generalsmonumente in Leningrad hat man stehenlassen und alle Marmorplatten, auf denen verewigt ist, daß jenes Gebäude, jene Brücke, jene Parkanlage unter der glorreichen Regierung des Zaren Soundso Soundsowitsch I., IL, III. (nicht Gewünschtes bitte zu durchstreichen) errichtet wurde. Auf dem Sockel Alexanders III. ist bloß eine neue Inschrift eingemeißelt worden, Verse des Volksdichters Demjan Bednyj:

Mein Vater fand, so wie mein Sohn,
Den reichverdienten Henkerslohn,
Doch ich, ich muß hier weiterreiten
Ruhmlos durch alle Ewigkeiten.

Dick hockend auf dem dicken Hengst,
Ein lächerliches Schreckgespenst
Den Menschen, den von uns befreiten.
Alexander III.
vorletzter russischer Selbstherrscher.

Übrigens stimmt das mit dem Hocken auf dem dikken Hengst und das mit der Lächerlichkeit: der Bildhauer hat, ob freiwillig oder nicht, dem Dargestellten Gesicht und Körper eines vierschrötigen Wachtmeisters gegeben, dessen Eskadrongaul sich anschickt zu bocken, und man hat schon im Frieden ästhetisch-patriotische Diskussionen über diese Skulptur abgeführt. Ein bokkendes Denkmalspferd ist etwas Auffälliges für St. Petersburg gewesen, wo die Bronzerosse die Gewohnheit des Gegenteils haben: sich kühn aufzubäumen. Es gibt hier keines, das seine vier Hufe am Boden hätte, Peters des Großen Gaul vor dem Winterpalais macht Männchen und stützt sich dabei auf den Schwanz – weshalb der Stallgenosse, den Nikolaus I. hinter der Isaakskathedrale reitet, dasselbe Kunststück probieren muß –, den Durchgang vom Generalstabsgebäude zum Newskij krönt eine »Quadriga von sechs feurigen Rennern« (Holzbock), und deren Vorderfüße greifen ebenso in die Luft wie die der antiken Doppeltroika auf dem Narwabogen und die der vier Pferde, die über die Brüstung der Anitschkowbrücke von bronzenen Stallknechten zur Tränke geführt werden.

Wir aber wollen mit allen vier Beinen auf dem Boden der Tatsachen und des Newskij-Prospekts bleiben, auf dem die adligen Gestalten Dostojewskijs, Puschkins, Tolstois und Lermontows verschwunden sind und keine schnauzbärtigen Generale, keine reichen Kaufleute und überhaupt keine Equipagen mit galonierten Lakaien mehr spazierenfahren. An die Stelle der Kaleschen sind die Galoschen getreten, die Läden gehören den Kooperativen, und die Inhaber der berühmten Zuckerbäckereien Ballett, Berrin, Borman, Conradi und Abrikossow existieren nicht mehr, jedoch ein süßer Trust ist dir geblieben, der diese Geschäfte verwaltet; sie haben neue Namen, die sich schon eingebürgert haben, und man darf keinem Mädchen in Kiew, Rostow, Moskau oder Charkow erzählen, daß man nach Leningrad fährt, sonst muß man versprechen, eine Bonbonniere von Degurme (sprich: »Des Gourmets«) mitzubringen. Die Paläste stehen noch am Prospekt des 25. Oktober, genauso wie sie vor dem 25. Oktober standen, nur die Besitzer fehlen, Fürst Stroganow, Graf Scheremetjew, Graf Anitschkow, Graf Schuwalow, Großfürstin Elisabeth Feodorowna, der Präsident des Heiligen Synod Pobedonoszew, Fürst Beloselskij-Beloserskij und so fort (nach Paris).

Ihre Schlösser sind Museen geworden, meist verblieben Einrichtung und Anordnung, und der Palast wird als solcher besichtigt (Museum der aristokratischen Lebensweise), aber auch wissenschaftliche und künstlerische Kollektionen fanden in den Schlössern Unterkunft, Leningrad hat jetzt über zweihundert öffentliche Sammlungen – es ist vom Rom des Nordens zum Athen des Nordens geworden, und nirgends verfügen die Akademien, die Universitäten, die Kliniken, die Schulen, die Sammlungen, die Bibliotheken und die Professoren über derart splendide Räumlichkeiten. Dabei ist die Einwohnerzahl, die im Kriege zwei Millionen betrug und während Revolution, Bürgerkrieg und Hungersnot und weil

Leningrad aufhörte, Rußlands Hauptstadt zu sein, auf sechsmalhunderttausend sank, wieder auf eine Million einhunderttausend angewachsen, obwohl einige Superkluge schon das Gras in den Straßen wachsen hörten und prophezeiten, an Stelle der Ermitage werde bald der Urwald wuchern. Statt des Grases wächst die Bevölkerungsziffer konstant, statt des Urwaldes wuchern ein paar NEP-Männer, und von den elfhundert jahrelang verödeten Häusern sind tausend von neuem bewohnt. Die restlichen hundert Gebäude, so die Kasernen am Marsfeld, verfielen allerdings beträchtlich, und ihre Renovierung würde mehr Geld kosten als ein Neubau. Derzeit die Stadt ohne Wohnungsnot (jeder obdachlose Junge hat hier ein Palais!), wird sie's bald nicht mehr sein, da sie der einzige baltische Hafen Rußlands ist und da die zentralen Unterrichtsbehörden über kurz oder lang hierher verlegt werden sollen.

Jedoch wir hatten uns vorgenommen, auf dem Newskij-Prospekt zu bleiben. Daß keine Gestalten Dostojewskijs, Tolstois und Lermontows, keine Kaleschen mit galonierten Dienern und keine schnauzbärtigen Generale und keine reichen Kaufleute mehr in Erscheinung treten, haben wir wohl genügend oft wiederholt, und es wird allmählich Zeit zu sagen, was in Erscheinung tritt. Vor allem tritt in Erscheinung, daß Leningrad auch im neuen Rußland eine elegante Stadt ist. Trotz der Textilnot ziehen sich die Frauen sehr gut an, nicht nur die jungen, auch die alten. Durchaus großstädtisch sehen die Männer aus, den Muschik im Schaffell und Ziegenfell, der in Moskau jenseits der Boulevards das Stadtbild beherrscht, findet man in Leningrad nicht; die Matrosen tragen sich außenbords wie aus dem Ei gepellt, sonst gibt es wenig Uniformen, nur die blauen Schildmützen der Studenten und der in technischen Berufen Tätigen; in sauberem Hemd und guten Anzügen gehen die Arbeiter auf den Straßen der inneren Stadt, stark unterschieden von ihren Genossen im Donezbecken, deren Mehrheit noch Lumpenproletariern gleicht.

Die Moral sitzt hier lockerer in den Gelenken, mag das nun Erbe der Hof- und Residenzstadt, mag das nun unveränderliche Eigenheit jeder Hafenstadt sein. Wirtshäuser blühen an allen Ecken und Enden, meist mit grün-gelbem Firmenschild und der Aufschrift »Wijn«, »Bawarja« oder »Lewnbrai« (laut lesen!), drei Kabaretts, eine Bar, und im Hotel d'Europe tanzt man sogar Foxtrott, dreimal in der Woche, sechs Paare aus dem Publikum, die sich, wenn Stimmungsbeleuchtung gemacht wird, auf neun erhöhen. Foxtrott und »Hotel d'Europe« – Sehnsuchtsziel aller Gents und Modedämchen Moskaus! (Unter »Foxtrott« versteht man in Sowjetrußland moderne Tänze; beim Foxtrott brach der Weltkrieg aus, und von Shimmy, Java, Blues, Charleston ahnen die Ärmsten nichts!) Außerdem gibt es zwei Spielklubs, einen mit Lotto auf dem Newskij und einen auf dem Wladimirskij-Prospekt, wo man Bakkarat und Makao spielen und die Aufmerksamkeit der Geheimpolizei auf sich lenken kann, und drei oder vier Juwelenläden, davon einen – den im Handelshof – mit Halbedelsteinen des Ural, insbesondere Lapislazuli.

Die Geschäfte strahlen Lichtreklamen aus, normale Litfaßsäulen und dreikantige transparente Glassäulen auf sechskantigem Postament sind plakathaft bemalt; auf weiße Leinwand werden gleichfalls Reklamen projiziert, zwischen Nachrichten der Abendblätter. Lautsprecher des Radios dröhnen an den Straßenkreuzungen, und die Gläubigen, die vor der Filiale der Troize-Sergijewa-Lawra knien, hören gleichzeitig das Gebet des Popen und das Orchester des Akademischen Operntheaters und wissen nicht, wo Gott wohnt. An der einen Ecke ist also die Leningrader Zahlstelle der Moskauer Kirche, an der zweiten Ecke der Funksprecher, an der dritten Ecke der Kaufhof, und an der vierten steht Ferdinand Lassalle. Nur als Herme, und da er nun einmal keinen Unterleib hat, ließ er sich auch den Schnurrbart abnehmen und ward zu einem Antinous, der die Handelsakademie absolviert hat; querkants und unregelmäßig ragt die Büste über das Postament hinaus. Lassalle teilt mit Plechanow, Jaurès, Bebel und einigen Sozialrevolutionären und Anarchisten das Schicksal, rechtzeitig gestorben zu sein, um Standbild, Straßen und Städte in Sowjetrußland gewidmet zu bekommen, denn hätten sie's erlebt, so hätte mancher, ein so ehrlicher Führer der Arbeiterschaft er auch sonst gewesen, für die Kriegskredite gestimmt und gegen die kommunistische Revolution agitiert. Jedenfalls steht jetzt Ferdinand Lassalle monumental da, nicht weit von der Katharina, die hat ihren Unterleib behalten und ist von den Statuen ihrer Günstlinge Potemkin, Rumjanzew, Bezkoi und Suworow umgeben. In dieser katharinischen Gegend öffnet der Newskij-Prospekt bereits ganz andere Prospekte als im Bahnhofumkreis, hier buchtet er sich aus zu Plätzen mit Blumenbeeten, frei und prächtig schauen die Fronten von Theater und Bibliothek nach allen Seiten.

Die Kasan-Kathedrale breitet ihre Arme aus, mächtige Kolonnaden, um ganz Rußland aufzunehmen; aber diese Umarmungsbereitschaft war nicht so gemeint, daß sich in ihnen Demonstranten zu Meetings gegen den Zarismus vereinigten, und da sie dies seit 1876 beständig taten, erfüllte man den Raum mit Rasen und Bosketts und sperrte ihn mit zierlichen Gittern – aus ist es mit den Demonstrationen, dachten die Regierenden und lachten sich ins Fäustchen, wie der Ehemann, der das Kanapee verkauft, damit seine Frau ihn nicht darauf betrüge. Die silberne Balustrade am Altar, sechshundert Kilo schwer, nach den napoleonischen Kriegen von den Donkosaken gestiftet, ist 1920, zur Zeit der Hungersnot, versilbert worden; sie soll keinerlei künstlerische Bedeutung gehabt haben. Von öffentlichen Kunstwerken ist erstaunlicherweise während des Bürgerkriegs nichts zerstört und nichts verschleppt worden, und nachher wurden die Sammlungen der Ermitage und der andern Museen durch Stücke aus den Schlössern verdreifacht und vervierfacht; am Tage und in den Abendstunden sind die Galerien von Besuchern durchflutet, meist von Exkursionen, bei denen Damen der ehemaligen Bourgeoisie und Hörer der kunsthistorischen Akademie die Führer machen; ungeheure Schätze aus den entlegensten und unbewohntesten Sommerresidenzen sind der Öffentlichkeit zugänglich gemacht, also »geraubt« worden.

Manchmal ist der Newskij-Prospekt eine Straße, manchmal ein Platz, manchmal aber auch eine Brücke; denn senkrecht auf diese Koordinate der Stadt verlaufen Vertikalprojektionen, und die sind flüssig. Schiffahrtskanäle. Man muß schon ein arger Schmeichler sein, um auf Grund dieser Kanäle Petersburg so malen zu können, daß man es erkennt und doch von Venedig nicht unterscheiden kann. Was aber brächten höfische Maler nicht zustande! – an den Wänden der russischen Museen und der Paläste von Zarskoje Selo ist zu bestaunen, wie die geschmeidigen Schüler Canalettos eine Perspektive zu wählen wußten, die dem Palais Stroganow die Züge des Dogenpalastes gibt, die (allerdings schmalen) Kaistraßen verschweigt, der Brücke zwischen Ermitage und Winterpalast den Schwung des Ponte dei Sospiri verleiht und auf der Moika, dem Jekaterininskij-Kanal und der Fontanka Gondeln schwimmen läßt.

Ganz großartig, schöner als der Markusplatz, wird der Newskij dort, wo er zu Ende ist, wo er in einem grandiosen Delta von Skulptur, Natur und Architektur sein Ziel erreicht, Mündung des ganzen russischen Landes in die Newa zu sein. Da leuchtet eine lange Spitze aus dunklem Gold über dem Figuren- und Säulenreichtum des Admiralitätsturmes, da rieselt der Springbrunnen und strecken sich die Bäume des Alexandergartens, da schickt sich Peter der Große an, mit seinem Pferd über den Fluß zu springen, da spreizen sich Senat und Synode und Garde-Manege, und da strotzt in altem Rot der Winterpalast, sichernd umschlossen von einem massiven Kreis der Ministerialgebäude.

Dahinter: die Newa. Vorige Woche war sie noch Eis, und nächste Woche wird sie ein Strom sein, aber sie vollzieht diesen Toilettenwechsel hinter braunwolkigem Vorhang. Der Himmel sandte ihn dem Flusse, und die vielgeprüfte Stadt wird er entschädigen, indem er ihr weiße Nächte gibt. Dann kann man nachts am Kai stehen und die Newa sehen und ihre geschmückten Inseln und die Peter-Pauls-Festung. Auf die blickten die Zaren und ihre Gäste, wenn sie sich vom Bankett erhoben, um ans Fenster zu treten: sie brauchten sich nicht zu beunruhigen, fest ragten die Wälle aus dem Wasser, jedem Ausbruchsversuch der gefangenen Empörer hohnsprechend. Die Zaren und ihre Gäste konnten lächelnd diesen Blick genießen, fest stand der Tower, weiß waren die Nächte, und keinem Gedanken öffnete sich der Prospekt des 25. Oktober 1917.

Seltsames Gehaben eines türkischen Bademeisters

Der nackte Türke, nichts als ein Lendenschurz umgürtet ihn, übergießt dich, dieweil du nackt auf marmornem Diwan liegst, mit einigen Scheffeln des heißen Wassers, das im steilen Bogen in die Wanne strömt. An den süßlichen Geruch des Schwefels, der an faule Eier und ähnliche Düfte erinnert, ohne unangenehm zu sein, hast du dich allmählich gewöhnt. Du spürtest ihn von weitem, als du den Schaitan-Maidan emporklommst, den Teufelsmarkt, gegen die Perserfestung zu, die zerfallen ist, aber immer noch schwer zu erfassen: mit unbewaffnetem Auge kann man nicht sehen, wo die Zitadelle beginnt und wo der kahle Felsen aufhört. Hier hat der georgische Zar Wachtang Girgaslan die wohltätigen Quellen entdeckt, immer sind es ja die Kaiser, die so etwas entdecken, ein gewöhnlicher Sterblicher kommt gar nicht dazu – Karlsbad und Aachen haben die gleiche Geschichte. Zar Wachtang Girgaslan befand sich also mit seiner Lieblingsfrau auf der Jagd, der Wind riß der Zarewna den Schleier fort, Hunde nahmen die Verfolgung auf. Plötzlich schlugen die Rüden an – man kennt das aus dem Lesebuch – Schwefel. Jedenfalls, der Schwefel ist nun einmal da, und inmitten der verfallenen Häuser mit den morschen Holzbalkonen stehen kleine Bäder und große, die Moscheen gleichen, das Wasser fließt aus dem Felsen in warmem, dickem Strahl, und unten hocken Frauen, Röcke und Hemden hoch aufgeschürzt und mit gegrätschten Beinen – hat man je so etwas gesehen –, nur der Mund ist keusch verschleiert –, sie waschen ihre Wäsche und ihre Teppiche in dem natürlich-heißen Wasser, das seinen Weg durch eine Wanne genommen hat.

Wir sprachen aber von dir und dem nackten Türken mit dem Lendenschurz, der dir eben einige Scheffel des heißen Wassers über den Leib gegossen hat und seine hohle Hand auf deinen Körper klatscht, daß es in den gewölbten Räumen wie Donner widerhallt. Nachdem du dich auf den Bauch gelegt hast, entlockt er deinem Rücken die gleichen dröhnenden Wirkungen, aber ehe du darob staunen kannst, hat sich der Moslem auf dich gestellt, als wärest du eine Gebetmatte, dreht sich oben in rhythmischen Bewegungen, dreht sich auf seinen Fersen, fühlt sich sauwohl auf deinem Rückgrat und hüpft vergnügt von einem Bein aufs andere. Du möchtest ihn aufmerksam machen: Hallo, das ist *meine* Wirbelsäule!, jedoch er würde dich nicht hören, denn der Kerl singt, bei Allah, er singt, Schreibtafel her, ich muß es niederschreiben, daß einer dem andern die Wirbelsäule zertrampeln und dabei singen kann. Endlich verläßt er deinen Revers, aber nur, um mit seiner Ferse in deine Kniekehle ein Loch zu bohren. »Wollen Sie sich nicht doch lieber wieder auf mein Rückgrat begeben?« will man ausrufen, zum Glück steigt er von selbst ab, prügelt deine Waden, tritt dich in die Schienbeingegend, genug, genug! du bist bereit, den gewünschten Mord einzugestehen, gewiß, ich habe das Kind geschlachtet – jetzt will er deine Knöchel, die du zeitlebens am richtigen Orte glaubtest, dorthin drehen, wo sich der Rist deines Fußes befindet; ach, ich habe das Kind nicht nur getötet, ich habe es auch vorher gemartert – und nun ist er an deiner Fußsohle, knetet und kitzelt sie, au, au! ich gestehe alles, ich habe nicht nur das gewünschte Kind getötet, sondern auch alle andern Kinder unserer Stadt, ich habe sie aufgegessen, hör nur auf mit dieser Bastonade, edler Sohn Mohammeds, (beiseite:) verfluchter Hurensohn!

Warum schaukelt er deine Arme nicht in vernünftigem Auf und Ab, wie es sonst Masseure tun, auch die in den Schwefelbädern von Tiflis-Schönau oder Trencsin-Tiflis, warum bringt der vermaledeite Kümmeltürke das Muskelwerk aus seiner gewohnten Federung, was hat die Muskularis bei der Axillaris zu suchen? Was haben ihm die unschuldigen Brustwarzen getan, was der Nabel, was der Bauch, was ... ach, womit ihr sündigtet, damit werdet ihr bestrafet werden ... Schon umklammert er deinen Hals, du bist gefaßt. Es sei! Besser, als länger diese Qual zu dulden, stumm willst du sterben. Er aber ist es, der schreit, er schreit wie ein Berserker, während er dich beklemmend umhalst. Warum brüllt er? Erst nach und nach begreifst du, daß er über alle Korridore hinweg einem andern Folterknecht eine Botschaft zurufen will, die türkisch ist und daher für die Ohren eines Giaur nicht verständlich. Der Nacken wird malträtiert und die Schultern, indes die Ohren Geschrei zu erleiden haben.

Wer hat diese Prozedur erdacht? Schreibt Alkoran sie vor, sind es fünfzig Suren, deren jede eine andere Pose angibt, ähnlich den Sonetten Aretinos, oder ist sie ein überlieferter Ritus flagellantischer Priester oder der Rest eines Gemeinschaftstanzes, muß sich jeder Muselmann solcher Marter unterziehen, hoch und nieder, Kaiser und Knecht – ich möchte nicht der Sultan sein!

Jetzt kommt etwas ganz Wunderbares. Der nackte Türke mit dem Lendenschurz war eigentlich nicht ganz nackt: er hatte über die rechte Hand ein Säckchen (»mein Reibsackel«, sagt der Wiener) geschnallt und holt nun einen zweiten Sack herbei, einen großen, den er mit heißem Wasser füllt, bis er prall ist, und schüttelt ihn und schwenkt ihn hin und her und schlägt dir plötzlich den Inhalt gegen den Leib. Aber siehe da, es tut nicht weh, es ist Seifenschaum, riesige Knollen, sie bedecken dich vom Scheitel bis zur Sohle, du erkennst dich selbst nicht in diesem Kostüm von irisierenden Kugeln, die einander den Platz streitig machen, gegeneinander anrennen, platzen oder einander verdrängen, daß von deinen Füßen aus ein dicker, weißvioletter Teppich von Blasen den ganzen Raum erfüllt. In der Mitte stehst du: ein schaumgeborener Venus. Unbarmherzig tappt der Türke in das opalene Glas, unbarmherzig zerschlägt er es an deinem Körper und in deinem Haar, an den Schläfen, am Schädel und in den Achselhöhlen und verreibt die Reste. So. Nun darfst du in das Bassin, das daraufhin überfließt, damit die hochgeschürzten Weiber da unten Wasser für ihre Felsbettwäsche haben; du mußt dich genau unter den Strahl setzen, der heiß und straff aus den Rohren strömt, du mußt – oh, wie schmerzt die Bastonade! – deine Fußsohlen darunterhalten, den Kopf, die Schulterblätter, alles je fünf Minuten, die Haut rötet sich, weh tun die Poren, der Sultan ist ein armer Mann, lebt er nach seinem Alkoran … Gerne bliebest du noch ein Weilchen in der Wanne, jedoch das darfst du nicht, der Türke hat Eile, er wickelt dich in ein Tuch und trocknet dich ab – nicht anders, als die Bediensteten aller andern Dampfbäder den Gast »abzutrocknen« pflegen: ein Klatsch auf den Bauch, ein Klatsch auf den Steiß, fertig! Der Rest ist dir überlassen, der nackte Bademeister packt seinen Sack mit Seifenschaum zusammen, hält dir die linke Hand hin, über die kein Reibsack gespannt ist, fünfundsiebzig Kopeken hat er zu kriegen, du gibst ihm einen Rubel, da murrt er und gestikuliert, bis du noch zehn Kopeken zugelegt hast. Früher hättest du ihm gern mehr gegeben, daß er aufhöre. Er gürtet das Tuch fester um seine Lenden, neigt sich dreimal bis auf die Erde und geht, um andere zu beglücken.

Du aber, endlich allein, vollendest die Abtrocknung, schiebst das Handtuch zwischen die Zehen, hinter die Ohren, in die Nase, in alle Öffnungen – es bleibt rein, wie es war, so sauber, Freund, warst du noch nie. Mit diesem Gefühl legst du dich auf den zweiten marmornen Diwan, den trockenen, steckst dir eine Zigarette an, süßliche Schwefeldämpfe umspielen dich, und im angenehmen Halbschlummer wünschst du: Ich möchte doch der Sultan sein. Siehste woll!

Zweifarbendruck von Taschkent

Graue Farbe: Die Stadt Taschkent ist von den kaiserlich-russischen Kolonisatoren – die »Herren Taschkents« nannte sie der Klassiker Saltykow-Schtschedrin in seinem gleichnamigen Roman – in ein europäisches Settlement und ein Eingeborenenviertel geteilt worden. In der Europäerstadt residierte der Gouverneur, gewöhnlich ein abgesägter General, wie Kuropatkin, der gegen die Japaner seine Unfähigkeit bewies, Samsonow, der 1915 seine Soldaten in die masurischen Sümpfe jagte, und andere, die ihre als Kriegsmänner erlittenen Scharten durch Härte gegen die Usbeken auszuwetzen versuchten. An Seiner Exellenz Seite walteten, ihm verwandt durch Stamm und Sinn, die Vertreter des Heiligen Synod, der Banken, der Zivilbehörden und der Baumwollfirmen. Die Altstadt aber, Ghetto der Usbeken, hatte in einer Distanz von zwei Kilometern abseits zu stehen und war ein jämmerlich vernachlässigter Bezirk.

Rote Farbe: Um den klaffenden Zwischenraum auszufüllen, werden jetzt fast alle Neubauten, deren die rasend emporschießende Hauptstadt bedarf, in der Altstadt aufgeführt, Fabriken, Arbeiterhäuser, Konsumgenossenschaften, Schulen, Klubs.

Graue Farbe: Trotzdem unterscheiden sich die Straßen der Altstadt noch immer kilometerweit durch nichts von den Negerdörfern der nördlichen Sahara, durch nichts von den schmutzigen Außenbezirken von Tunis. Hier wie dort die fensterlose Wand aus Lehm, der mit Stroh, Häcksel, Urin von Kamelen verrührt, von den Händen der Menschen angeklatscht, von der Hitze der Sonne gebacken und vom Zahn der Zeit zerbissen ist. Im ersten Stockwerk ein frei gelassener Raum als Veranda, zu ebener Erde Nischen, darin ein Hufschmied hantiert, ein Raseur, ein Sattler oder ein Brezelbäcker. Die Moscheen fraßen alle Architektur, für den Profanbau blieb nicht einmal ein Ornamentchen, nicht ein Ziegelchen übrig.

Rote Farbe: Jetzt erst wird das eintönige Gemäuer durch neue Häuser unterbrochen. Eine Straßenbahnremise und das Gebäude des Frauenklubs (Kinderkrippe, Säuglingsfürsorge, Mutterschutz, Aufklärungsarbeit) sind erstanden, eine große Druckerei, ein Technikum für Genossenschaftswesen, eine Filiale des Moskauer Zentralinstituts der Arbeit, eine gynäkologische Klinik, ein medizinisches Technikum zur Ausbildung von Krankenschwestern, Pflegern, Hebammen, von Hilfsarbeitern für Apotheken, Unfallstellen und Prophylaktorien. Die Moschee Scheich Anta-ur ist Aufnahmehalle der Filmfabrik »Roter Stern« geworden – in Hollywood macht man aus den Aufnahmehallen der Filmfabriken Moscheen. Im Garten der Ex-Moschee spielen junge Usbeken Tennis, am Rand des Bassins steht ein Rotes Teehaus. Das usbekische Nationaltheater trägt den Namen des Dichters und Komponisten Chakimsade Hamsa, der …

Graue Farbe: … 1926 im Tal von Fergana wegen seiner freigeistigen Poesie von religiösen Fanatikern erschlagen wurde.

Rote Farbe: Bei der Uraufführung des Dramas »Der erste Pfiff« von Mumtas setzte sich ein junger Mann neben uns, um uns, den einzigen Europäern im Zuschauerraum, die Bühnenvorgänge ins Russische zu übersetzen. Er tat das kritisch, und um so größer war unsere

Überraschung, als er sich im Laufe der Unterhaltung als der Autor herausstellte. Gerufen wurde er nicht, obwohl das Stück allen außer ihm gefiel. Er war weniger aufgeregt als die Zuschauer bei dieser seiner ersten Premiere, in diesem Augenblick seines Eintritts in die usbekische Theatergeschichte. Das Stück spielt unter Baumwollbauern, und sein Thema sind …

Graue Farbe: … die Machenschaften der Kulaken und der mit ihnen verbundenen Schädlinge, die sich ihre Aufnahme in die Kommunistische Partei erschlichen haben. (Zum Unterschied von anderen Schädlingsdramen auf den sowjetrussischen Bühnen tritt hier kein Pfaffe als Bundesgenosse der Kulaken auf.) Die Reaktionäre dingen Banditen, um die Führer der Arbeiter-Stoßbrigaden ermorden und die Baumwollfabrik in die Luft sprengen zu lassen.

Rote Farbe: Aber die GPU greift ein, da schon der Mordstahl blitzend die Luft durchfährt, die GPU greift ein, da die Lunte bereits glimmt, und jubelnd, minutenlang jubelnd – »bis«, »bis« – quittiert das keineswegs nur kommunistische Publikum dieses Einschreiten.

Graue Farbe (außerhalb des Rahmens um unseren Zweifarbendruck): Der Besucher aus dem Westen wirft die Frage auf: Warum könnte es kein europäischer Dramatiker wagen, die politische Polizei seines Landes, etwa die »Abteilung I A« in Deutschland, die »Siguranza« in Rumänien, die »Defensive« in Polen, die doch alle das Prinzip ihres Staates vertreten, sympathisch auf die Bühne zu stellen? Der Besucher aus dem Westen wirft die Frage auf, warum alle diese energisch staatserhaltenden Behörden geheime Behörden sind,

Rote Farbe: … während die GPU bei der Maifeier

oder bei der Oktoberfeier begeistert bejubelt wird, fast in jedem Haus das Bild ihres Gründers Dsershinskij hängt, Schulen, Fabriken, Klubs sich nach ihm nennen.

Graue Farbe: Im Theater Hamsa sitzen viele Frauen mit dem Tschadschwan, einem Schleier aus Pferdehaaren.

Rote Farbe: Sie sehen auf der Bühne Frauen ihres Stammes, die ihre Sprache sprechen, ihre Lieder singen und kein Schutzschild vor dem Antlitz tragen. Und die Verschleierten klatschen den Unverschleierten Beifall.

Graue Farbe: Dabei muß man wissen, daß es in Usbekistan noch Gegenden gibt, wo Frauen, die sich ohne Tschadschwan zu zeigen wagen, gesteinigt werden. – Neben einer der verschleierten Theaterbesucherinnen sitzt ihre Tochter.

Grau-rote Übergangsfarbe: Wie ihre Mutter ist sie in das Nationalgewand, Parandscha, gehüllt, das vom Kopf bis zu den Knöcheln reicht, aber sie ist nicht verschleiert.

Rote Farbe: Und das Mädchen neben ihr – Freundin? Schwester? – hat kurzes Haar, europäische Kleidung. Viele junge Usbekinnen und Tadshikinnen tragen schon die olivengrüne Uniform der Komsomolzen.

Graue Farbe: Auf der Hauptstraße der Altstadt schaut eine Gruppe von Frauen durch das Roßhaarschild zu …

Rote Farbe: … wie ein Auto von einer Frau angekurbelt wird. Tschadschwan und Autobrille schützen gleichermaßen vor dem argen Staub Taschkents, aber die Autobrille nimmt man ab, wenn man sie nicht braucht.

Graue Farbe: Den Tschadschwan nimmt man nicht ab, zeitlebens steckst du hinter einem Gitter, durch das du die Welt schwarz siehst und durch das die Welt dich schwarz sieht, in einer beweglichen Kerkerzelle, die nur dein Gebieter öffnen darf.

Rote Farbe: Ein Brückenkopf, tief in das dumpfe Lehmgesiedel der Altstadt vorgeschoben, ein Brückenkopf der neuen Zeit ist der Frauenklub von Taschkent. Wenn man einige Stunden in den Beratungsstellen dieses mächtigen Neubaus zubringt, dann erlebt man schaudernd den wahren Orient.

Graue Farbe: Ein Mädchen kommt herein, hebt den Schleier.

»Wie alt bist du?«

»Vierzehn Jahre.«

»Was willst du?«

»Ich – ich habe vor neun Wochen – geheiratet. Und ich ich möchte – möchte weg von meinem Mann.«

»Wer hat dich verheiratet?«

»Meine Mutter. Sie ist sehr arm, und sie hat für mich ein großes Kalim (Kaufpreis) bekommen.«

»Wieviel hat er bezahlt?«

»Sechzehn Hammel.«

»Wie alt ist er?«

»Das weiß ich nicht. Seine Enkelsöhne sind älter als ich.«

»Er hat also außer dir noch eine Frau?«

»Nein. Er hatte drei Frauen, sie sind alle tot.«

»Was ist er von Beruf?«

»Händler. Er ist Lischenez.« (Einer, dem die Bürgerrechte abgesprochen sind.)

»Warum willst du von ihm fort?«

»Ich bin ein Jahr lang zur Schule gegangen und möchte weiterlernen oder wenigstens lesen. Das erlaubt er nicht. Ich hatte ein Buch, er hat es verbrannt und mich geschlagen. Ich habe einmal gesagt, daß ich den Schleier ablegen will. Darauf hat er gedroht, er wird mich töten, wenn ich so etwas auch nur sage. Er läßt mich nicht ausgehen. Ich kann aber nicht den ganzen Tag auf der Erde sitzen und mit dem Halsband spielen. Heute bin ich weggelaufen.«

Rote Farbe: »Gut. Du kannst vorläufig hierbleiben.«

»Aber ich – ich bekomme ein Kind.«

»Der Arzt wird dich untersuchen, vielleicht kann er dir helfen.«

»Wird meine Mutter die sechzehn Hammel zurückgeben müssen?«

»Nein. Wir werden ein Protokoll aufnehmen und schicken es ans Gericht.«

Graue Farbe: Zwei Frauen treten ein, jede mit einem Kind, das kleinere hat Beinchen und Händchen verbunden, es ist eben im Ambulatorium unten im Haus behandelt worden. Die beiden entschleiern sich nicht, sprechen durcheinander. Man schickt die eine hinaus. Aus den Worten der Zurückbleibenden geht hervor:

»Wir sind Frauen des gleichen Mannes. Er ist fünfundsiebzig Jahre alt, Lischenez. Ich bin die jüngere, er zieht mich ihr vor und mein Kind dem ihren. Aus Eifersucht hat sie mein Kind an den Backofen gestoßen. Ich habe mich bei unserem Mann beschwert, und er hat sie geschlagen, bis sie zusammenbrach. Acht Tage mußte ich sie pflegen …

Rote Farbe: … dann haben wir beschlossen, beide von ihm fortzugehen. Aber wir wissen nicht, wovon wir leben werden. Kannst du uns einen Rat geben?«

»Wollt ihr gleich hierbleiben?«

»Nein. Heute gehen wir noch nach Hause.«

»Gut. Wir werden eine Anzeige machen. Für die Kinder muß er auf jeden Fall sorgen.«

»Da wird er doch erfahren, daß wir ihn angezeigt haben!«

»Nein. Ihr müßt nur die Wahrheit sagen, wenn das Gericht euch verhört.«

Graue Farbe: In der konservativen frommen Altstadt von Taschkent blühte früher die Prostitution. Auch heute empfinden noch manche Frauen Arbeit beschämender als den mit verhülltem Gesicht ausgeübten Männerfang. Gewöhnlich sind es die älteren Frauen im Harem ihres Gatten, er gibt ihnen und ihren Kindern kein Geld mehr, so daß sie zwischen Nationaltheater und Zirkus auf den Strich gehen, während er im Teehaus sitzt.

Rote Farbe: Eine Nachtklinik, drei Prophylaktorien, drei Ambulatorien arbeiten in der Nähe des Basars; die Bordelle sind aufgehoben, an ihrer Statt sind Arbeitsstellen eingerichtet, in denen die Prostituierten bleiben müssen, bis sie Lesen, Schreiben und eine Arbeit erlernt haben.

Graue Farbe: Im ehemaligen Gouvernement Turkestan waren die mohammedanischen Frauen ausnahmslos Analphabeten.

Rote Farbe: Noch immer stößt die Durchführung der allgemeinen Schulpflicht für Mädchen auf steile Hindernisse; den Mädchenschulen müssen Lehrerinnen zugewiesen werden, die Knabenschule darf nicht im gleichen Haus sein. Allerdings besuchen Frauen auch schon Mittelschulen – vor dem Krieg gab es hier überhaupt keine den Mohammedanern zugängliche Mittelschule. Im Frauenklub werden Tageskurse und Abendkurse zur Liquidierung des Analphabetentums abgehalten. Die Klubmitglieder, durchweg usbekische, tadshikische oder kirgisische Frauen, bilden verschiedene Zirkel: Sport, Theater, Musik und Landesverteidigung. Der Zirkel der Gottlosen nennt sich hier »Naturwissenschaftlicher Kurs«, und man lehrt dort Biologie und Völkerkunde, Allah möglichst aus dem Spiel lassend. Eine Filiale der staatlichen Sparkasse amtiert im Klubgebäude, verschleierte Frauen legen erspartes Geld auf ihren Namen ein – ein großer Schritt zur Befreiung aus der Sklaverei. (In Deutschland darf keine verheiratete Frau ohne Zustimmung ihres Mannes ein Bankkonto eröffnen.)

Graue Farbe: Ein Museum im Wartezimmer gibt den Müttern Anschauungsunterricht in Säuglingspflege. An Bildern und Schaustücken wird die Schädlichkeit der bisherigen Methode gezeigt. Das Usbekenbaby, in einer mit weißen Tüchern verhängten Wiege, dem »Beschik«, festgebunden, kommt während seines ersten Lebensjahres nur beim Wechseln der Windeln aus diesem schaukelnden Kerkerchen heraus. Die Mutter beugt sich über die Wiege, um das Kind zu stillen. Wenn es Pipi macht, so läuft das Wasser zwischen zwei schrägliegenden Miniaturmatratzen in ein Töpfchen unter der Wiege. Blasenkatarrhe sind die Folge, durch das unbewegliche Liegen wird das Köpfchen flach, die Einschnürung der Ärmchen durch Armbänder stört den Blutkreislauf, und das landesübliche Abwischen des Popos mit Steinen ist auch nicht das Richtige. (Auf allen Abtritten der Altstadt sind Steine bereit, alle für einen, einer für alle, und bilden neben der kollektiven Benutzung der Teetasse und des Tschilims, der Schlauchpfeife, die Hauptursache für die Verbreitung der Syphilis.)

Rote Farbe: Modelle und Bilder stellen diesen Landesübeln die moderne Säuglingspflege gegenüber. Tief verschleiert sitzen die Mütter da, aber ruhig entblößen sie vor den eintretenden Männern die Brust, um ihr Kind zu stillen, sie lassen sich vom Arzt gynäkologisch untersuchen, wenn nur ihr Gesicht verdeckt bleibt. Manche befolgen den Rat, ihr Kind in der Krippe zu belassen. Wir durchwandern den Kindergarten, wo die Erziehung zur Gemeinschaft beginnt. Bei den Dreijährigen ist eben Mittagessen. Der Diensthabende, schrecklich stolz auf sein Amt ist der Stöpsel, wackelt mit einem Löffel zu einer beim Tisch sitzenden Altersgenossin und legt ihn vor sie hin, wackelt zurück zum Löffelschrank und bringt dem nächsten einen Löffel – einen vollendeten Kellner kann man ihn nicht nennen. Die Sanitätskommission der vierjährigen Usbeken hält Sitzung ab. Sie entscheidet mit leidenschaftslosem Ernst, ob die Fingernägel ihrer Kollegen sauber sind und genügend kurz geschnitten. Im Garten wird gespielt, die Kinder – was spielen die Kinder in der Sowjetunion? –, sie spielen Kolchos.

Graue Farbe: Viele der Kleinen leiden an Würmern, die vom Wasser der Kanäle und Bassins stammen, Säuglinge (ein bläulicher Rhombus auf der Rückenhaut, der Mongolenfleck, ist das Kennzeichen der Rasse während der ersten Lebensmonate) saugen die Infusorien mit der Muttermilch ein.

Rote Farbe: Mit Ausnahme des Arztes sind alle Funktionäre des Frauenklubs Usbekinnen, wie auch alle Ämter und fast alle Betriebe von Einheimischen geleitet werden. Die Befreiung der Frau vollzieht sich gleichzeitig mit der Befreiung der ganzen Nation, vollzieht sich ersprießlich, während …

Graue Farbe: … die Kolonialmächte ihre Sklavenhaltern mit der Behauptung begründen, die Kolonialvölker

– alte Kulturvölker wie Inder oder Araber! – seien unfähig zur Selbstverwaltung. Freilich, noch gibt es viel Grau im Zweifarbendruck Taschkents, oft wird die neue Zeit mißverstanden.

Rote oder graue Farbe? Da putzen sich junge Leute im Kanal der Altstadt die Zähne und gurgeln das trübe Wasser, in dem der Nachbar, von der hygienischen Agitation beeinflußt, sich die Füße wäscht.

Graue Farbe: Im Hof der usbekischen Häuser schwelt eine Pfütze, an deren Rand ein Teppich ausgebreitet ist, darauf manchmal ein Damebrett, immer geleerte Teetassen und Brotreste. Der Hausherr führt uns ins Taschkari, die Männerabteilung. Möbellose Zimmer ohne Ofen. Zusammengelegte Steppdecken sind bereit, jederzeit als Stühle, und ein Teppich, jederzeit als Tisch zu dienen. Nachts sind Decken und Teppich das Bett. Wir möchten das Frauenhaus sehen. Ungern willigt der Hausherr ein, tritt auf die andere Seite des Hofes, von wo ein gedeckter Korridor hinüberführt zum Itschkari, klatscht in die Hände, ruft »ej, kotschinglar« (verschwindet!) und geht voraus, um zu sehen, ob die Luft rein ist. Nur eine mit bunten Metallen und Perlmutter eingelegte Truhe schmückt den Frauenraum. An der Wand hängt der Susaneh, ein Teppich, der unvollendet ist, weil man stirbt, wenn man ihn zu Ende webt. So will es Allah, und Allah will, daß die Frau hier ihre Zeit verbringt, ohne einen anderen Mann zu sehen als ihren »Gebieter« – er soll dein Herr sein, das hat Mohammed aus der Bibel plagiiert –, ihm hat sie, Lebenszweck, ihre Liebe zu geben, bis er eine jüngere kauft, mit der sie nun, der verhaßten, höhnischen, zeitlebens auf dem gleichen Teppich hockt. Sogar den Namen verliert das Mädchen, das heiratet. Von dem Tage an, da sie den ersten Knaben geboren, heißt sie »Mutter des Achmed« oder »Mutter des Ibrahim«.

Rote Farbe: Die Sowjetgesetze verbieten die Vielweiberei. Der, der mehrere Frauen besitzt, darf sie behalten, jedoch keine neue Ehe schließen.

Graue Farbe: Aber welche Usbek hoch oben in den Bergen wird nach dem Gesetz fragen, wenn ihm jemand für seine Tochter zwanzig oder gar sechzig Hammel bezahlt? Und welche Behörde kann in alle Geheimnisse des Familienlebens eindringen, solange die Register nicht die ganze Bevölkerung erfassen? Fast in allen alten Häusern erhält man auf die Frage, wer im Itschkari wohne, die Antwort: »Meine Mutter, meine Gattin und meine Töchter.«

Rote Farbe: Am Rand der Altstadt fängt eine neue Stadt an. Kein Viertel mehr grau in grau, ein Viertel im Grünen, ein rotes Viertel im Grünen. Arbeiterhäuser. Über den Ziegeldächern hängen Antennen, den fünfzackigen Stern mit Sichel und Hammer als Schmuck. Gärten mit Gemüsebeeten und Obstbäumen. Gorodok Selinskowo heißt der neue Bezirk. Auch hier wohnen Usbeken. Wir können eintreten, selbst wenn der Hausherr nicht daheim ist. Die Kinder führen uns umher, knipsen das elektrische Licht an, drehen den Hahn der Wasserleitung auf, schalten das Radio ein – ungeahnte Wunder. Eine junge Frau sitzt auf dem Teppich, wie ihre Schwestern in der grauen Nachbarschaft, ihr Töchterchen ist mit breiten Armreifen behängt, wie die Töchterchen ihrer Schwestern in der grauen Nachbarschaft, in der Ecke steht der Beschik, die verhängte Wiege, wie bei ihren Schwestern in der grauen Nachbarschaft. Aber die Wiege wird nur nachts benützt. Und niemand hat in die Hände geklatscht und »ej, kotschinglar« gerufen, als wir nahten. Die Hausfrau sieht uns, die fremden Männer, unbefangen an, obwohl sie unverschleiert ist – sie trägt überhaupt keinen Schleier mehr –, und antwortet auf unsere Fragen: »Fünfzehn Rubel kostet das Haus monatlich, und nach sechzehn Jahren gehört es uns. Mein urtak (Genosse) ist achtundzwanzig Jahre alt, er arbeitet bei der Straßenbahn. Ja, ich bin Mitglied des Frauenklubs, aber mein Töchterchen ist noch zu klein, es läßt mir jetzt keine Zeit hinzugehen, kaum Zeit zum Lernen.« Sie zeigt auf die Fibel, ein Heft und einen Bleistift, die neben ihr liegen.

»Rikscha!« – »Rikscha!«

Im Hinblick auf die kriegerischen Ereignisse darf man die Straßen der beiden ausländischen Hoheitsbezirke von Schanghai nach Mitternacht nicht mehr betreten. Jeder verspätete Passant wird unnachsichtlich festgenommen, wenn er nicht ein Europäer ist und seinen polizeilichen Erlaubnisschein bei sich hat.

Allnächtlich werden die verhafteten chinesischen Arbeiter und Arbeiterinnen, Straßenhändler und Markthelfer von Polizisten zu Zügen formiert, die sich aus allen Richtungen zum Sammelgefängnis bewegen. Train dieser Eskorten sind Hunderte von Rikschas, mitgefangen – Krieg und Polizeistunde durften die zweibeinigen, zweirädrigen Droschken nicht bekümmern, sie gingen ihrem Geschäft nach, wie sie es vor dem Kriege taten.

Nacht und Tag, kreuz und quer, Schritt und Trab, kreuz und quer, in Tropenglut und Regen fahren und laufen sie vom Settlement in die Konzession, von Hongkew nach Nantao, fahren und laufen sie, wohin es der Fahrgast verlangt, sie müssen überall und immerdar auf den Kunden lauern, auch nachts, auch während des Krieges, trotz des Standrechts, trotz des Verbots, sonst könnten sie nicht einmal so leben, wie sie leben.

Du trittst aus irgendeinem Haus, im gleichen Augenblick stoßen sie von allen Seiten auf dich zu, im Augenblick bist du umzingelt von einer Wagenburg, umtost von einladenden, flehenden Rufen:

Rikscha
Rikscha Rikscha
Rikscha du Rikscha
Rikscha Rikscha
Rikscha

Wo du, Europäer, schreitest, stets umgiert dich eine Kohorte von Rikschas und bröckelt erst ab, wenn du energisch »Bu-Jao – ich will nicht« zischst, aber schon wird deine Parallele von einer neuen abgelöst, die das Wort »Bu-Jao« noch nicht energisch genug von dir gehört hat.

Zu Beginn deines Aufenthalts in China, insbesondere in Peking oder Tsingtao, vermeidest du es, auf die Straße zu gehen, sofern du nicht unbedingt mußt. Es ist beklemmend, plötzlich die Hoffnungen so vieler auf sich gerichtet zu sehen, umgeben zu sein von Menschgenossen, die dir ihre Arbeit anbieten, alle flehend und winkend und sich gegenseitig beiseite schiebend. Noch kleiner als der Lohn, den der Kuli für die Fahrt bekäme, ist die Chance, daß gerade er von dir ausersehen wird ... Was nützt es, er muß um diese Chance kämpfen.

Jin-li-che heißt Menschenkraft-Fahrzeug, der Japaner sagt Jinrikscha, das »l« gilt ihm als »r«. (Ich hörte in Yokohama einen Redner von Renin, Ruxemburg und Riebknecht sprechen. Dagegen ist in China das »r« ein »l«, und ein Lehrer beteuerte mir höflich, er habe den »Lasenden Lepoltel« deutsch gelesen.)

Die Jinrikscha kommt aus Japan, wenn auch ihr Erfinder – na, was denn! – ein Europäer war. Der Mann, der als erster den Einfall hatte, einem Handwagen einen Stuhl aufzusetzen und diesen Fahrstuhl als öffentliches Verkehrsmittel zu verwenden, war der anglikanische Geistliche Reverend M. B. Bailey, o Segnungen des Westens und der Kirche. Das geschah Anfang der siebziger Jahre in Tokio.

Ein Franzose namens Ménard eilte nach China, nach Schanghai, um in der Konzession eine Konzession für den Rikschaverkehr zu erlangen. Aber die Stadträte der amerikanischen und englischen (später internationalen) sowie der französischen Gemeinde wußten, daß Ersetzung von Tier oder Maschine durch Menschenkraft hierzulande das sicherste Geschäft ist, und dachten gar nicht daran, dem flinken Importeur ein so einträgliches Monopol zu schenken. Sie beschlossen, gegen ansehnliche Steuern zwanzig Lizenzen für je zwanzig Rikschas auszugeben.

Monsieur Ménard hätte über den Umstand, eine dieser Lizenzen zu bekommen, recht froh sein können, wenn, ja wenn er Geld genug gehabt hätte, die zwanzig Karren herstellen zu lassen. Er hatte es nicht, und so mußte er sich mit zwölfen begnügen. Das mißfiel den beiden Stadtverwaltungen, sie wollten jede Lizenz im Interesse ihrer Steuerkasse zwanzigfach ausgenützt sehen. Am 31. März 1875 entzogen sie ihm die Lizenz, ihm, dem Pionier der Rikschas, die noch heute, im Zeitalter von Taxi, Privatauto, Autobus, Motorrad und Straßenbahn, der Französischen Konzession jährlich 267 966 Tael und dem Internationalen Settlement 337 030 Tael einbringen!

Mehr Glück als Ménard hatte einer seiner Landsleute in Peking. Mit dem Plan, den Rädern des Menschwagens einen Schutz aus französischem Gummi überzuziehen, erwarb er ein Riesenvermögen, und das war doch nur ein kleiner Prozentsatz vom Verdienst der Pneumatikfabrikanten.

Es gibt Unternehmer, die haben ein paar hundert Rikschas zu laufen, jede bringt täglich 1 Dollar 70, der Wagen braucht keine Remise, und das Pferd braucht keinen Hafer und keinen Stall und nicht einmal einen Hufschmied. Barfuß jagen die Kulis durch die Straßen, kreuz und quer, auf und ab, hin und her, Schritt und Trab, Nacht und Tag, ganz junge und ganz alte, solche, die mit dem ganzen Fuß auftreten, solche, die nur Zehen und Ballen aufsetzen, und solche, denen man die Tuberkulose gar nicht ansieht. Eine Taxameteruhr dem Menschen an Lunge und Herz anzuschnallen, hat noch kein Missionar erfunden.

Der Unternehmer kauft die ganze Arbeitszeit des Kulis, indem er sich vom Kuli bezahlen läßt. Fünfundachtzig Cents täglich entrichtet der arbeitsuchende, arbeitleistende Kuli seinem »Arbeitgeber« dafür, daß er ihm die beiden Räder borgt. Nur für vierzehn Stunden, von drei Uhr nachmittags bis fünf Uhr morgens. Für die Zeit von fünf Uhr morgens bis drei Uhr nachmittags zahlt ein anderer seinem Besitzer auch fünfundachtzig Cent, darf aber dafür am nächsten Tag vier Stunden länger laufen. Viele Karren haben bloß einen Fahrer – seine Arbeitszeit ist unbeschränkt.

In Schanghai sind 24 378 Kulis den öffentlichen Rikschas vorgespannt, die Zahl der Familienmitglieder, die sie ernähren, übersteigt 100 000. Das Durchschnittseinkommen des Rikschakulis beträgt zwölf mexikanische Dollar im Monat, sein Durchschnittsleben in diesem Beruf dauert fünfeinhalb Jahre. Dann stirbt er.

Zwölf Mark dafür, daß er dreißigmal im Monat, wochentags und sonntags, vom frühen Nachmittag bis zum frühen Morgen, tagaus, tagein, hafenaus, hafenein, von Nantao bis Tschapei, von Siccawei nach dem Broadway, kreuz und quer, hin und her, auf und ab, Schritt und Trab, federnd und zerrend, durchschnittlich hundertdreißig Meter in der Minute macht, bis zu zehn Kilometer in der Stunde. Die Lunge wird vernichtet durch diesen Lauf, sie muß auch noch als Hupe dienen; die Autos erkennen dieses Signal nicht an. Fast täglich sieht man, daß Rikschas angefahren werden, und bei jedem Zusammenstoß steigt der Chauffeur vom Auto und verprügelt den Kuli. Überanstrengung, Herzkrankheit, Lungenschwindsucht, Gefahr und Mißhandlung sind des Rikschakulis Los. Fünfeinhalb Jahre lang. Dann stirbt er.

Den Fahrpreis kann er nicht erhöhen, so muß er mit den Beinen der Straßenbahn und dem Omnibus den Rang ablaufen, muß billiger sein als beide. Einfach die Straßenbahnwagen umzuwerfen, wie es die Rikschakulis während ihres großen Novemberstreiks 1929 in Peking getan, das geht nicht an, dafür wurden zweihundertzehn Kulis geköpft. Sie starben mit dem ergreifend naiven Ruf: »Nieder mit dem Kapitalismus, nieder mit den Straßenbahnwagen, es lebe die Solidarität!«

Zwanzig Kupfer (sechs Pfennig) will der chinesische Fahrgast für eine ziemlich lange Strecke bezahlen, für die der Kuli dreißig verlangt; es wird gefeilscht, indem das Angebot auf Rädern neben der zu Fuß gehenden Nachfrage dahinläuft; schließlich muß der Kuli nachgeben, denn auf Schritt und Tritt, hüben und drüben lauert die Konkurrenz. Ein besserer Kunde ist der Europäer, er gibt zehn bis zwanzig Cent. Jetzt, da die Quartiere der Chinesen unter dem Donner der japanischen Schiffsgeschütze in Rauch und Trümmer aufgehen, ist das Europäergeschäft lebhaft: die fremden Mächte kamen herbei, um bei der allfälligen Aufteilung Chinas nichts zu verabsäumen, und ihre Matrosen und Marinesoldaten fahren aus den Bars zu den Barkassen am Hafen. Sie fühlen sich in ihrer Menschdroschke, als säßen sie in einem Rolls Royce, sie lassen die höchste Geschwindigkeit einschalten, obwohl dem strapazierten Motor abends alles Gas ausgegangen ist, und sie winken leutselig den russischen Emigrantendamen zu, die ohne Räder, ohne Gummi, kreuz und quer, auf und ab, Tag und Nacht das Trottoir der Avenue Joffre bilden, auf jeden Mann zustoßen und ihn umringen, wenn er aus einem Haus tritt.

Fährt man mit Bekannten, so laufen die Kulis in gleichem Schritt und Tritt nebeneinander her, damit man die Unterhaltung fortsetzen kann. Oft sind die menschlichen Pferdekräfte ungleich.

»Warum haben Sie diesen alten Krampen genommen? Sehen Sie, wie gut mein Kuli die Beine aus den Hüften wirft.« – »Ich schaue immer nur auf die Knöchel, wenn ich eine Rikscha nehme. Die mit dünnen Fesseln laufen am besten, auch wenn sie alt sind.«

Selten sagen die Fahrgäste, wohin sie wollen, der Kuli kennt ja die europäischen Namen der Straßen nicht. Man zeigt ihm, wo er einbiegen soll, wo er halten soll; für die Fahrgäste ist er ein Gaul, und nur in ihren Hirnen konnte der Plan reifen, ein öffentliches Trabrennen der Rikschakulis zu veranstalten.

Für die Polizei ist der Kuli nichts Besseres. Sausen bloß ihre Gummiknüppel auf ihn nieder, weil er des Stoppsignals nicht geachtet hat, so kann er noch froh sein. Schlimmer, wenn der strenge Schutzmann ihm strafweise das Sitzkissen aus dem Karren nimmt; eh der strenge Schutzmann nicht mit dreißig Cent bestochen wird, gibt er es nicht heraus. Geht der Hüter des Gesetzes gesetzlich vor, dann schraubt er die an der Rikscha befestigte Plakette ab. Da muß denn der arme Kuli seinen Wagen geradenwegs nach Hause ziehen, er hat heute nicht mehr die Möglichkeit, seine Schale Reis zu verdienen, indem er die Stadt im Trab oder im Galopp, erst frisch, dann müd, bald »Go«, bald »Stop«, von Nord nach Süd durchrast; erst morgen darf er sich seine Wagennummer im Polizeipräsidium holen.

Der Zeuge dieser Straßenszenen kommt zu der Auffassung, daß sich die Kulis mit ihrer Rolle abgefunden haben: Wir sind Zugtiere, man peitscht uns, man gibt uns wenig Futter – sie sind die Herren, wir ziehen und zerren – wir laufen dorthin, wohin es der Herr verlangt, der uns am Rücken sitzt. Nach fünfeinhalb Jahren ist es ohnehin vorbei, und wir sind bei unseren Ahnen. Wir sind an die Deichsel gefesselt wie Pferde, sollen wir deshalb auch mit den Beinen ausschlagen oder unwillig wiehern wie Pferde? In fünfeinhalb Jahren ist ja alles vorbei.

Irre dich nicht, Gedankenleser! Mancher Rikschakuli denkt vielleicht so, wie du vermutest. Doch viele gibt es, die sich abends in einem Haus treffen, Horchposten sind aufgestellt, damit die Polizei nicht überraschend eindringe, die Karren sind bei Freunden, eine Wagenburg ohne Kulis wäre verdächtig. Man lernt, diskutiert und beschließt ...

Diese Stunden zahlen die Rikschakulis mit ihrer Arbeitszeit, und wenn sie ertappt werden, mit ihrem Kopf. Wenn sie ertappt werden, haben sie nicht einmal mehr die fünfeinhalb Jahre Ablaufzeit vor sich, dann müssen sie morgen aufs Schafott. Sie sterben, wie ihre Pekinger Genossen starben, aber ihrem letzten Ausruf fehlt das Pereat auf die Straßenbahnwagen.

Es gilt, einen Verbrecher zu bestatten

Es starb Chang Tsi-kuei. Chang Tsi-kuei war Führer der Za-Bao-Tong, der »Schutzgewährenden Gesellschaft«. Gegen seinen Magenkrebs konnte ihm diese Gesellschaft keinen Schutz gewähren. Wissend, daß er dem Tode verfallen, erschien er vor wenigen Wochen in dem besonders heiligen buddhistischen Kloster von Putu und bot dem Oberpriester eine Summe von 25 000 Tael als Spende an, Sühne oder Ablaßgeld. Der heilige Laodah zeigte ihm die kalte Schulter: »Tsien bu tsching tsang – es ist kein klares Geld.« Chang Tsi-kuei mußte, den Krebs im Magen, die Todesangst im Herzen, das Geld in der Tasche, wieder aus dem Kloster ziehen.

Kein anderer als der heilige Laodah, der Abt von Putu, durfte dem Chang Tsi-kuei solchen Schimpf bieten. Aber andererseits hätte ja auch Chang Tsi-kuei keinem andern als dem Abt von Putu Geld geboten, er war kein Geber, er war ein Nehmer – der Schanghaier Bezirk Hongkew kannte und fürchtete Chang Tsi-kuei und wird seiner niemals vergessen.

Wenn in einem Bezirk das Oberhaupt der Geheimgesellschaften zu Grabe getragen wird, so ist das die seltene Stunde, in der sich ein Vorhang lüftet. Gestalten der Finsternis wandeln durch das Sonnenlicht. Mancher Fremde, der die Erzählungen von Chinas unterirdischen Verbrechergilden für puren Mythos hält, wird in dieser Stunde eines Besseren belehrt.

Welch eine Beerdigung! Der ganze Stadtteil, soweit er nicht mitwirkte, stand Spalier. Voran, hoch zu Roß, drei Sikhs, beturbant und bebärtet, Lanzen in der Hand, ja sogar ein europäischer Polizeisergeant ritt mit ihnen. Für die Beistellung der drei indischen Paradefiguren zahlten die Veranstalter je zehn Silberdollar, für den Weißen fünfzehn.

Einen europäischen Zivilisten aus Hongkew, der als Leidtragender hinter dem Sarg einherginge, hatte man nicht bekommen.

Unter den vielen, die man gegen ein Honorar von hundert Dollar für diese Rolle zu gewinnen versuchte, war auch der mir gut bekannte Amerikaner M. Mister M. ist immer geneigt, für drei Glas Brandy oder eine

Unze Opium jede gewünschte Schandtat zu begehen, hat mit Gericht und Polizei und Gefängnis reichlich zu tun, kein anständiger Mensch verkehrt mit ihm.

Dennoch hat er das Angebot, durch einfaches Hinter-dem-Sarg-Gehen die Totenfeier des Chinesen zu verschönen, mit Verachtung zurückgewiesen.

Auch ohne Mister M. gestaltete sich die Beerdigung pompös genug. Nach den indischen Hellebardieren und dem europäischen Sergeanten kamen chinesische Reiter in Mongolentracht mit spitzen Hüten, dann folgte wie üblich, aber weit über das Übliche hinaus, der Zug der Bildsäulen: überlebensgroße, drei, vier Meter hohe Figuren aus buntem Papiermaché, darstellend Götter, Drachen, Hunde, Sänften mit schönen Frauen darin, Diener, Pferde – nun, um eine lange Sache kurz zu sagen, all diejenigen Wesen, die den Toten ins Jenseits begleiten mögen. Vierzehn Musikkapellen marschierten spielend hinter dem Mummenschanz.

– –
– –

Den Sarg trugen 32 Kulis, wie es für ein Begräbnis Erster Klasse Vorschrift ist. (Zweiter Klasse: 16 Kulis, Dritter Klasse: 8 Kulis, Vierter Klasse: 4 Kulis, gar keine Klasse: man schmeißt die Leiche aufs Feld, wo Hunde und Katzen sie beknabbern, oder vor die Tür eines Europäers, der sie eingraben lassen muß.)

Hinter dem Sarg schreitet immer der älteste Sohn des Toten. Im Falle Chang Tsi-kuei schritt der älteste Sohn nicht, sondern ließ sich tragen.

Weiße Kittel, schäbigsten Zwillich, hatten zum Zeichen der Trauer die Angehörigen angelegt. Die endlose

Kolonne ihrer Wagen beschloß den Zug. Er ging vom Trauerhaus in der Yaloo Road bis zum Haus der Jangtschou-Gilde, Sinza Road. Dort beteten Priester (keineswegs so streng in puncto »klaren Geldes«, wie es zu sein der reiche Oberpriester von Putu sich leisten darf), sie rührten die Trommeln und bliesen die Flöten und sangen die Gebete. Rauchopfer stiegen himmelwärts.

Die Leiche bleibt im Schanghaier Haus der Landsleute aus Jangtschou bis zu dem Tag, den die Geomanten nach langen Überlegungen und Gestirnuntersuchungen als den für die Beerdigung vorteilhaftesten feststellen werden. An diesem authentisch günstigsten Tag wird man den toten Chang Tsi-kuei, der einst in Jangtschou zur Welt gekommen war, nach Jangtschou zurückbringen.

So prächtig, wie ein Fürst der Schanghaier Unterwelt zu Grabe fährt, könnte auch ein anderer reicher Mann von Schanghai zu Grabe fahren. Aber der Unterschied zwischen dem Fürsten der Unterwelt und einem andern reichen Mann von Schanghai liegt dort, wo wir – ihr erinnert euch? – zwischen den vierzehn Musikkapellen und den zweiunddreißig Sargträgern zwei Reihen Gedankenstriche gemacht haben. Diese zwei Zeilen bedeuten zwei mal tausend Gangster, zweitausend Mitglieder der Za-Bao-Tong, der »Schutzgewährenden Gesellschaft«, zweitausend immertreue Mitglieder vom Ringverein. Diese Immertreu-Solidarität veranschaulichten sie heute, nur heute coram publico, indem sie wirklich einen Ring bildeten, einen langgezogenen, sich vorwärts bewegenden weißen Ring. Sie, alle zweitausend, trugen gemeinsam ein einziges weißes, in sich zurückkehrendes Band.

Im Schritt würdiger Bürger, als die sie sich fühlten, bewegten sich die würdigen Gauner von Hongkew, die Mannen des würdigen Obergauners Chang Tsi-kuei, miteinander durch die Trauer und das weiße Band verbunden, am profanen Volk vorbei.

Der Vater zeigt sie seinem Kind: Sieh hin. Die da, die im Innern des weißen Bandes einhergehen, die da sind es! Sie saugen unser Blut, sie heben von uns Tribute ein, sie sind eine schutzgewährende Gesellschaft für die Mächtigen, die zu ihnen gehören oder ihnen Schutz gewähren. Da gehen sie, präge sie dir ein und hüte dich vor ihnen, sie sind das Messer im Nacken.

Nichts ändert sich dadurch, daß Chang Tsi-kuei starb. Ein neuer Führer kommt. Sein ältester Sohn kann es diesmal nicht sein, er ist erst sechs Monate alt. Deshalb kann er auch nicht hinter dem Sarg gehen, sondern wird getragen. Der neue Führer ist schon gewählt, ein Verwandter des Toten, er heißt Tschao Mo-lun. Fürs erste wird er den Besitz Chang Tsi-kueis verwalten, seine Schlösser und seine Konkubinen, und für uns wird unter Tschao Mo-lun alles so bleiben, wie es unter Chang Tsi-kuei war.

Zum Mitte-Herbst-Fest, am fünfzehnten Tage des achtzehnten Mondes, zum Ching Ming, dem Frühlingsfest am fünften Tage des fünften Mondes, und zum Neujahrsfest kommt die Bande und präsentiert dir ihre Rechnung. Gegen die Höhe der Abgabe, die dir vorgeschrieben wird, gibt es keinen Rekurs. Der Bote sagt dir, was du zu zahlen hast, und gibt dir keine Quittung, aber du bezahlst, was verlangt wird, und er liefert ab, was du ihm bezahlst, sonst ginge es euch beiden schlecht. Denk an das Messer im Nacken.

Zahle regelmäßig, ordentlich deine Lösegelder; die unregelmäßigen, außerordentlichen werden dir von Fall zu Fall vorgeschrieben. Gewinnst du im Spielsaal, macht das Pony, auf das du gesetzt hast, das Sweepstake-Rennen, wird dir ein Los gezogen, beerbst du einen Verwandten – glaube ja nicht, daß es geheim bleibt. Der Gewinnsteuer an die »Schutzgewährende Gesellschaft« entgehst du nicht. Sie hat ihre Informationsquellen in jedermanns Nähe. Eine eifersüchtige Geliebte wird dich früher oder später anzeigen, sei es, um sich an dir zu rächen, sei es, um ihre Rivalin zu schädigen. Vor dem Geheimbund bleibt nichts geheim.

Nicht von diesen direkten Abgaben allein leben die zweitausend ihr gutes Leben, nicht davon allein bezahlen Chang Tsi-kuei und seine Getreuen ihre Schlösser und ihre Nebenfrauen und ihre Autos. Einträglicher als die Einhebung von Tributen (wenn auch noch immer nicht das Einträglichste, das kommt erst) ist die Volksvergiftung. Die privaten Lotterien, die unbefugten Spielhöllen, der geheime Kinderverkauf bringen großes Geld. Vor allem aber die Opium-Kombinate, die Konzerne von Mohnpflanzern, Opiumeinkäufern, Großhändlern und Einzelverschleißern.

Angefangen vom Mohnfeld in der fernen Provinz Szetschuan bis zur Opiumpfeife in der nahen Yohang Road ist der Weg mit Abgaben an die »Schutzgewährende Gesellschaft« gepflastert, die freilich Schutz gewähren kann, da die Polizei – Hongkew gehört zum Internationalen Settlement – ihr Werkzeug ist.

Ebenso die Justiz. Ob wohl innerhalb des weißen Bandes jene Richter mitgehen, die Mitglieder der Za-Bao-Tong sind? Ich kenne einen gut, Kwang Hwahsien, heute habe ich ihn nicht gesehen. Kwang Hwahsien war schon in der Kaiserzeit ein Mandarin vierten Grades, in der Republik ward er noch mehr: Mitglied des inneren Kreises der »Schutzgewährenden Gesellschaft« und gleichzeitig Richter bei allen großen Prozessen. Jetzt hat er sich von seinem Amt als Diener der Gerechtigkeit mit einigen Millionen zurückgezogen.

Reichlich und sicher fließen diese Quellen seit Jahrhunderten.

Mehr aber, als das Volk zu schröpfen und zu vergiften, trägt das moderne Geschäft ein: das Volk niederzuhalten, jeden Versuch einer Auflehnung, ja, jeden Ansatz zur Organisation in Blut zu ertränken und jeden eines radikalen Gedankens Verdächtigen um die Ecke zu bringen.

Als Tschiang Kai-schek, um die Bundesgenossenschaft Englands zu erwerben, den Befehl zur Ausrottung der Revolutionäre gab, war schnell die »Schutzgewährende Gesellschaft« zum Henkerswerk bereit. Zwar konnte der konkurrierende Geheimbund, die »Blaurote Gesellschaft«, die unter der Regierung Du Yu-sens in der Französischen Konzession die Franzosen besticht und die Chinesen aussaugt, weit mehr Arbeiter und Studenten in Nantao und im Erholungspark (Recreation Ground) schlachten, als die Za-Bao-Tong in den Straßen von Hongkew und im angrenzenden Tschapei zu schlachten vermochte, aber immerhin gab es auch in Tschapei und Hongkew Tausende von roten Toten.

Durch solche Taten erwirbt man sich gleichermaßen das Vertrauen der chinesischen Regierung wie der ausländischen Herren, durch solche Taten erweisen sich die

Verbrecherbanden als Stützen der Gesellschaft. Nimmermehr wird der Staat so brauchbare Bürger in ihren geheimen Bundesangelegenheiten stören. Sie können sich mit Stolz mit Reitern und Musikkapellen öffentlich zeigen, wenn es einen der Ihren zu bestatten gilt.

Bei den Heizern des Riesendampfers

An Bord der »Vaterland«, 2. Juni 1914

Wir fallen in die Unterwelt, den regulierten Fall des Fahrstuhls. Haßerfüllt und fürchterlich hören wir es aus der Tiefe dringen, in die wir sinken, immer unheimlicher und unerträglicher wird die Glut.

Die zehnte Station ist die Endstation des Lifts, aber wir sind noch lange nicht unten, erst im Vorraum sind wir der Teufelsküche. Höllenhunde in glattschwarzem Fell scharren und stampfen und knurren und belfern in grausam gleichförmigem Takt, und bläulicher Schweiß tropft aus ihren Poren, ihren Nüstern.

Festgeschmiedet sind die stählernen Ungetüme da, die ihre Wut verdampfen, die sich in kosmischen Geschwindigkeiten um ihre Achse drehen, ewig um ihre Achse, einhundertachtzigmal in der Minute. Sie müssen sich bewegen, denn sie bewachen das Reich der Verdammnis, das unter ihnen ist. Und sie sind selbst gut bewacht und genau kontrolliert: Die zitternden Zeiger hinter halbkreisförmigen Scheiben würden es denunzieren, die starren roten Ochsenaugen an den Wänden würden es verlöschend verraten, und die Ventile würden Hilfe herbeipfeifen, wenn in diesen seelenlosen Lebewesen ein Gedanke an Auflehnung keimte. Der Mensch weiß sich zu schützen gegen die Kolosse, die für ihn arbeiten – er schützt sich durch ihresgleichen.

Und als wir die Maschinensäle durchwandert haben, vorbei an Vorwärtsturbinen und Rückwärtsturbinen, an beschaufelten Rädern und beschaufelten Trommeln, an einundsechzigtausend Wellen Pferdestärken, geht es noch tiefer hinab. Steil und eng ist der eiserne Stufenweg, wir tun besser, rückwärts zu gehen, um nicht kopfüber hinunterzustürzen. Die Geländerstange der Treppe können wir nicht mit bloßen Händen berühren, denn sie glüht. Je weiter wir tappen, desto heißer schlägt es uns um Stirn, Wangen und Hals, desto schwerer ringt sich der Atem aus dem Munde.

Die Leiter endet, wir betreten Boden. Unsere gemarterten Augen sehen schwarze Dämonen, die schattenhaft aus Wänden treten und in Wänden verschwinden, von Zeit zu Zeit peitscht uns ein gelbroter Lichtstrahl, und aus grauem Höllenrachen springt eine Feuerwelle hervor, uns zum Bewußtsein bringend, daß wir Gerösteten noch immer nicht unempfindlich gegen Hitze sind. Wehe der Seele, die hier brät!

Fünfundfünfzig Meter unterhalb der Oberkante des Schornsteins stehen wir; an der Heckseite, im Kesselraum Nr. 4. Dieser »Raum« hat zwei breite Hauptstraßen von je dreißig Meter Länge und vier enge Seitengassen, je fünfundzwanzig Meter lang, kein Raum also, sondern ein Stadtviertel. Zwölf Wolkenkratzer: die Kessel. Den beiden breiten Avenuen sind die Fronten zugekehrt, und von hier aus führen in jedes Gebäude drei mächtige Tore, in der schlichten Sprache des Technikers »Feuerlöcher« genannt. Es gibt vier Kesselräume; nur der dem Bug zugekehrte hat nicht zwölf, sondern bloß zehn dieser Hochöfen. Sechsundvierzig haushohe Kessel mit dreimal sechsundvierzig hungrigen Mäulern. Zweihundert Meter hat man geradeswegs vom Anfang bis zum Ende dieses Massenquartiers von Kohle, Stahl, Staub, Ruß und Feuer zu durchmessen.

Keine Nachtruhe gibt es. Schon im Hafen wurden die unermeßlich großen Bunker außenbords gefüllt, ein ganzes Bergwerk versenkte sich donnernd hierher, achttausenddreihundertvierundsechzig Tonnen und noch eine Notreserve von vierhundertdreiundneunzig Tonnen – zwanzig Stunden brauchten die Kohlenelevatoren dazu. Dann begann für zweihundert Heizer und für zweihundert Trimmer das Kesseltreiben, die Arbeit, ihre eigene Werkstätte in eine Höllenlandschaft zu verwandeln. Hinab stürzt aus den Bunkern das schwarze Gestein in stählerne Schubkarren, die nun beladen zwischen den Kesseln schwanken. Es geht zu den Feuern. Die Glocke schrillt. Fünfmal in der Stunde schrillt sie. Das ist das Knurren des Magens, das ist das Zeichen zur Fütterung, das ist hier die Musik. Kohorten nackter Heizer greifen mit ihren Schaufeln in die Kohle und stoßen sie dem gierigen Tier zwischen die Lefzen. In beiden Unterkesseln, in den Röhren und bald auch im Oberkessel siedet das Wasser, Dampf wallt auf, und man hört, wie er oben im Maschinenraum die Speichen der Räder bewegt, wie die Turbinen, die vier Wellen und die vier Schrauben mit den Kräften von sechzigtausend Pferden zu atmen, zu leben und zu toben beginnen.

Die Gestalten am Ofen sind schwarz, schwarz wie alles ringsumher. Nur wenn sich das eiserne Gebiß des Kessels klaffend zu neuer Mahlzeit öffnet, wenn der

Heizer mit der vier Meter langen Durchstoßbrücke das Feuer glatt über den Rost streicht oder wenn er mit der Schleuse alle vier Stunden die Schlacke aufbricht und Asche forträumt, dann fällt rotes Licht auf seine Stirn, nur dann sieht man weiße Streifen um seine Augen und an seinen Mundwinkeln, und man erkennt, daß diese Kohlenformation ein Mensch ist.

Sein Oberkörper ist waagrecht vorgeneigt, sein Unterkörper ist zum Sprung nach hinten bereit. So zurückweichend-vorwärtsstrebend kämpfen Gladiatoren. Der Speer fährt in den Schlund des Molochs, aus dem giftiger Odem faucht. Schon wirft sich das Ungeheuer empor – da klappt die Tür des Zwingers zu, und hinter ihr hört man ohnmächtiges Stöhnen. Es wird wieder dunkel in den Straßen der Dampffabrik.

Pause. Silhouetten huschen vorbei. Wenn unmittelbar vor uns ein Arbeiter stehenbleibt oder sich zu Boden kauert, gleicht er einem schwarzen Stalagmiten. Die Trimmer schippen wieder in ihre Karren, die Feuer toben in ihren Kottern, sie zermalmen die Kohle, da ihnen der Mensch entging. Funken taumeln schräg durch das Düster, doch die Verzweiflung erstickt sie sofort.

Der Heizer darf jetzt eine Luftdusche nehmen. Er tritt im Stollen einige Schritte zur Seite, unter die Öffnung des Ventilators, und ein wirbelnder Windzug lockert die an die Stirn geklebten Haare und läßt sie flattern. Sechs solcher Lüftungsmaschinen sind da, jede hat zweihundertfünfzig Pferdestärken: Ihnen ist es zu danken, daß man nicht versengt wird, aber sie können die Luft nicht kühlen, nicht verhindern, daß Stufen und Karren und Geländer glühend und die Arbeiter schweißdurchtränkt sind. Was will selbst diese Menge frischer Meeresluft gegen den Samum ausrichten, der sich aus den täglichen dreizehnhundert Tonnen brennender Kohle erhebt! Die Kessel sind besser daran: Vier Gebläse von zweitausendzweihundert Pferdekräften führen ihnen Verbrennungsluft zu. Während der Asche-Ejektor Schutt und Schlacke schluckt, um sie in den Ozean zu kotzen, packen unsichtbare Schläuche die Rauchmassen, schleppen sie durch Kasematten und Kanäle rings um die Schiffswand, bis hinauf in die drei ockergelben Riesenschornsteine, die das Wahrzeichen des Schiffes sind. Die Schlote aber, die hohen Herrschaften, ziehen den Rauch behaglich ein und paffen ihn in die Luft.

Oberhalb des Kesselraums bewegen sich die Kolben der beiden Zentrifugalpumpen auf und nieder, daß der Dampf nicht verlorengehe, wenn er seine Pflicht getan – er muß wieder in neue Arbeit. Kaum ist er aus den Druckturbinen ausgetreten, braust er in die Kondensatoren, wo er niedergeschlagen wird. Dieses wiedergewonnene Kondensat wird in den Druckvorwärmern auf eine Temperatur von hundertzwanzig Grad gebracht und durch Speisepumpen zurück zu den Kesseln gedrängt, wo es neuerdings verdampft. Und der bereits einmal ausgeatmete Dampf strömt abermals in die Turbinen, sorgt dafür, daß deren Leben nicht erlöscht.

Freilich, nicht alles vom kostbaren Dampf kann ewig erhalten bleiben; durch Leckage und Undichtigkeit geht Qualität verloren. Da wird denn in den Evaporatoren destilliertes Ersatzwasser aus Seewasser erzeugt und dem Kondensat zugeführt.

Ewig jedoch steht der Heizer an der Feuerung und schiebt dem nimmersatten Raubtier neues und neues Futter zu. Nach je vier Stunden dürfen die Feuermänner aus der Arena treten, von der andern Schicht abgelöst. Vier Stunden später geht es wieder los. Wie beim Sechstagerennen. Auch die Überfahrt dauert sechs Tage.

In der Arbeitspause duschen oben in den Badesälen die Abgelösten und legen Wäsche an. Dann trinken sie ein Glas Bier und klettern auf ihr Lager. Es sind deutsche Arbeiter, keine Neger oder Chinesen, die unten im Kohlenbereich zu Kohle werden. Erfüllt die Glut der Kessel sie mit Glut? Erregt sie der Takt der Bewegung zur Bewegung? Ruft sie der Kampf zum Kampf? Hat der Pfiff ein Echo in ihnen, der Pfiff, der keine Unterbrechung zuläßt bei ihrer Arbeit im Fieberreich?

Sie spülen den Kohlenstaub mit einem Glase Bier hinunter und schlafen.

Hommage an einen Rastlosen

Ilija Trojanow

Auf den Telegrafendrähten sitzen blau-gelbe Vögel – wo saßen sie, bevor es Telegrafen gab? Sie nehmen sich zwischen den fünf Linien wie Musiknoten aus, man könnte sie vom Blatt spielen.

Egon Erwin Kisch

Letzte Woche hätte ich ihn beinahe erwischt. Es war mir vor einiger Zeit zugetragen und seitdem mehrfach bestätigt worden – von Menschen verschiedener Klasse und Güte, von Hochstaplern, Matrosen, Kellnern, Gauklern, Schaffnern und sogar von einer unehelichen Nichte Madame Tussauds –, dass er sich niemals auf ein neues Land einlasse, ohne dass dieses Land Spuren bei ihm hinterließe. Auf seinem Körper, genauer gesagt, in Form jener Einritzungen, die gemeinhin Tätowierungen genannt werden. Jedes Land, sagte mir ein Obdachloser aus Charkow mit einem gewaltigen Oberkörper und Augen, die das Wasser in einem alten Dampfkessel zum Brodeln gebracht hätten, beschrifte ihn – dies zeichne den Reisenden aus. Da ich ihn gerade in Istanbul vermutete, suchte ich alle dortigen Tätowierungssalons ab, ein in jeder Hafenstadt langwieriges Unterfangen und zudem von nicht unbeträchtlichem Risiko, denn wohin ich auch kam, wurde mir – mal mit Charme, mal mit griffiger Gewalt – ein eigenes Tattoo nahegelegt, und einmal musste ich in höchster Not das schwere Musterbuch kolorierter Vorlagen einem Glatzkopf mit kaukasischen

Gesichtszügen über den Schädel schlagen, um zu verhindern, dass er mir einen Buddha auf den Bauch pinselte, dessen Grinsen mit jedem Kilo, das ich zulegte, breiter werden würde. Meine Fahndung führte mich schließlich ins Gewerkschaftsbüro der vorderasiatischen Tatauisten, wo mir ein in die Jahre gekommener Funktionär über etwas Kaffee und jeder Menge Kaffeesatz mitteilte, ich hätte ihn leider um wenige Stunden verpasst, noch am Vormittag sei er auf dem Holzstuhl gesessen, auf dem ich nun Platz genommen hatte, entspannt habe man sich über die Pyramiden von Teotihuacán und die Wiener Internationale unterhalten, als ihn ein Anruf aus traurigem Anlass überrascht habe, sein ehemaliger Oberst sei verstorben und er daher zur eiligen Abreise verpflichtet, um bei der anstehenden Trauerfeier mit nacktem Oberkörper neben dem Sarg zu sitzen, der armen Witwe zuliebe, denn von dem Oberst sei leider kein anderes Porträt überliefert als die Tätowierung auf seinem eigenen Rücken. Ob der Funktionär dieses Hautbildnis zu sehen bekommen habe, erkundigte ich mich neugierig, und dieser erwiderte pikiert, ein solches Ansinnen sei grundsätzlich ungehörig und erst recht, wenn ein Mitmensch gerade seinen Oberst verloren habe. Ich nickte einsichtig und lenkte das Gespräch auf die Folgen der Globalisierung für das Tätowierungshandwerk, bevor ich im erstbesten höflichen Moment meinen Abschied nahm.

Auf Schiffen reiste ich ihm hinterher, denn er kreuzte die Ozeane, ein Liebhaber der Äquatortaufe und der unsanften Landungen. Oft war es schwer zu ermitteln, welche Passage er genommen hatte. Sein Name figurierte selten auf Passagierlisten, denn er heuerte meist an – ob aus Geldnot, wie man angesichts der unregelmäßigen und bescheidenen Zeitungshonorare vermuten könnte, oder um jede Chance zur Recherche zu nutzen –, als Leichtmatrose etwa oder als Heizer auf dem Riesendampfer *Vaterland*, der Deutschland mit Amerika verband. Ich war in Cuxhaven voller Hoffnung an Bord gegangen, doch kaum stieg ich in die Teufelsküche der Heizer hinab, *inmitten der Höllenhunde, die in glattschwarzem Fell scharrten und stampften und knurrten und belferten in einem grausam gleichförmigem Takt*, erfuhr ich von einem der Eingeschwärzten, Kisch sei vor kurzem an Land gegangen, er wolle den Kohlenstaub mit einem Glase Bier hinunterspülen. Wie nicht anders zu erwarten, traf ich ihn in keiner der Kaschemmen Cuxhavens an. Also überwand ich mit Hilfe des *Vaterlandes* den Atlantik.

Bei der Einreise nach New York bat mich der *immigration officer*, zur Seite zu treten, dann eskortierte mich eine übergroße Uniform in einen Raum, der von den Verdammten der Welt okkupiert war: dunkelhäutigen Verdächtigen aus drei Kontinenten. Ich war der einzige Europäer und somit auffällig. Die Blicke der anderen schienen mir Ungebührliches vorzuwerfen, ich kam mir wie ein Eindringling vor. Als ich nach zwei Stunden unerquicklicher Wartezeit endlich an der Reihe war, erklärte ich einem chinesischstämmigen Offizier der *Homeland Security*, ich sei einem Mann namens Kisch auf den Fersen.

– Haben Sie Grund zu der Annahme, er hält sich in den Vereinigten Staaten von Amerika auf?

– Er war von Ihrem Land fasziniert. Er hat ein Buch mit dem Titel »Paradies Amerika« geschrieben.

– War das ironisch gemeint?

– Gewiss nicht.

– Wir mögen keine Ironie.

– Natürlich nicht.

– Ist er bei uns auffällig geworden?

– Nun, er ist damals aus dem von den Nazis besetzten Frankreich nach New York geflohen, und er wurde auf Ellis Island interniert und tagelang vom FBI verhört.

– Es muss einen guten Grund gegeben haben.

– Das FBI wollte herausfinden, wie weit links er stand.

– Und wie weit links stand er? Das interessiert auch uns.

– Weiter links als Kautsky, weniger links als Trotzki.

– Wie bitte?

– Will sagen, er stand überhaupt nicht.

– Wieso suchen Sie ihn überhaupt?

– Wegen seiner Empathie.

– Das ist kein ausreichender Grund.

– Weil er den Gegenstand seiner Betrachtung stets umarmte, trunken vor Begeisterung. Das imponiert mir.

– Meine Unterlagen sagen etwas anderes.

– Sie haben Unterlagen über die Begeisterungsfähigkeit?

– Wir waren nicht die Einzigen, die ihn unter die Lupe nahmen. Ihm ist wiederholt die Einreise verweigert worden: November 1932 in Österreich als »gefährlicher Ausländer«, Ende 1934 in Australien als »unerwünschte Person«, worauf er angeblich vom Schiff auf den Kai sprang und sich das Bein brach.

– So viel Behördenpech kann doch kein Zufall sein.

– Kommen wir zu Ihnen. Sie haben Ihren letzten Aufenthalt überzogen.

– Das kann nicht sein. Sagen Sie mir bitte die Daten.

– Sie sind am 17. November 2000 eingereist und erst am 24. Januar 2000 abgereist.

– Am 24. Januar 2000?

– Ja.

– Dann habe ich meinen Aufenthalt nicht überzogen, sondern …

– Kommen Sie mir jetzt nicht schlau.

– Es ist offensichtlich ein Fehler.

– Schaut so aus. Aber ich kann ihn nicht beheben.

Und so entwischte mir Kisch ein weiteres Mal.

Können Sie sich meine Freude vorstellen, als ich ihn endlich traf? Ohne eigenes Zutun übrigens. Kaum hatte ich die Suche aufgegeben, stand er mir unverhofft gegenüber, mit roter Mütze und in blauer Uniform, auf seinem Revers der Titel *Senior Guide*.

– Willkommen im Museum »Marktplatz der Sensationen«, sagte er.

Das Museum bestand aus *zerfetzten Uniformstücken, zerbrochenen Gewehren, verblaßten Daguerreotypien, durchlöcherten Schränken* und vielen verschiedenen Plakaten. Er machte einen energischen Eindruck auf mich, und offensichtlich redete er gerne. Zudem hatte er eine Zigarette im Mund, die in bogartesker Manier im linken Mundwinkel baumelte, ohne je vollständig herunterzubrennen. Das erste Exponat, vor dem wir hielten, war ein Plakat der »Gesellschaft zur Erforschung angeborener Talente auf phrenologischer Grundlage in Süddeutschland«.

– Diese Gesellschaft hat behauptet, dass es *bald keine Heuchelei, kein Leugnen, keine Verstellung, keinen Betrug und keine Untreue mehr geben* werde.

– Erstaunlich.

– Ich habe nur gefragt: Wann? Die Phrenologen wurden zornig. Wir sollten die Menschheit umgehend kraniologisch schulen, schlug ich vor. Vor allem die Personalleiter und die Ehevermittler. Ein Abtasten des Schädels beim Vorstellungsgespräch dürfte ausreichen: keine schlechten Angestellten mehr. Und anstatt dass Politiker Kinderköpfe tätscheln, müssten deren Eltern den Schädel des Kandidaten in die Hände nehmen können: das Ende der falschen Fuffziger in der Politik. *Falsch alle Diagnosen! Überall blieb es grau, überall Kulissen, nirgends eine Zierde, nirgends ein Schmuck, außer den Mausoleen, überall nur der Schall des fallenden Eisens, des rollenden Eisens, des schlagenden Eisens …*

– Sie sind sprunghaft!

– Ich selbst oft überrascht.

– Und dieses »Ich«, das Sie so gerne benutzen …

– Ist das »überraschte Ich«, ganz genau. Offenbar verstehen Sie halbe Phrasen besser als Wiederholungen.

– Ich habe mich immer wieder gefragt …

– Jetzt können Sie mich ja fragen!

– … ob Sie abergläubisch sind?

– Und wie. Was erwartet Sie von einem Nachfahren des Rabbi Löw, der Golem ist mir in die DNA geschrieben, und welche jüdische Legende emanzipiert sich schon vom Aberglauben?

– Welches ist Ihre Unglückszahl, wenn ich fragen darf?

– 14.

– Wieso gerade vierzehn?

– Das lässt sich doch schnell ausrechnen: 14 besteht aus 13, dem ultimativen Unglück, und der unscheinbaren Eins. 15 ist ebenso gefährlich, und die 16 bekommt mir nicht besser. Eigentlich ist jede Zahl höher als 13 eine Bedrohung, die ich gerne umginge.

Das nächste Exponat war eine schiefe Gedenktafel.

– Es sollte eines Kriegshetzers erinnert werden, aber er ist trotzdem vergessen worden. Gerechtigkeit der Geschichte.

– Die Tafel hat einen Sprung ...

– Ja. Ich habe *einen braven Stein gegen sie geschleudert.*

– Ich dachte, der Reporter sollte sich nicht einmischen.

– Papperlapapp. Der gute Reporter sollte anregen, dass die Leser hingehen und desgleichen tun.

– Sie verachten die Sachlichkeit?

– Mitnichten. Aber es liegt *die Versuchung nahe, die gehäuften Fakten durch sich selbst wirken zu lassen, also phantasielos zu erscheinen. Dieser Versuchung muß der wahre Schriftsteller, das ist: der Schriftsteller der Wahrheit, vermeiden, er darf die Besinnung seiner Künstlerschaft nicht verlieren, er soll das grauenhafte Modell mit Wahl von Farbe und Perspektive als Kunstwerk gestalten, er muß Vergangenheit und Zukunft in Bezug zur Gegenwart stellen – das ist logische Phantasie, das ist die Vermeidung der Banalität und der Demagogie.*

Wir standen inzwischen vor einer Vitrine, in der sich einige Offizierssterne und andere Militärabzeichen befanden.

– Einige Memento mori an meine stolzeste Stunde.

– Und was ist das?

Ich deutete auf ein rundes Abzeichen in den Habsburger Farben.

– Eine Kokarde. Ich habe sie zusammen mit den Sternen während einer Rede vor meuternden Soldaten in Wien spontan abgerissen und in die Menge geworfen. Es gab großen Applaus.

– Waren sie nicht fest an die Uniform genäht?

– Gewiss.

– Sie müssen sehr starke Finger gehabt haben?

– Oder sie vorher etwas gelockert haben!

Am Ausgang schüttelte ich ihm dankbar beide Hände.

– Ich bin beeindruckt, wo Sie überall dabeigesessen sind. Wie haben Sie die zum Schreiben nötige Distanz bewahrt?

– *Ich bin feindselig sitzengeblieben.* Man hat mir das Misstrauen nicht immer angesehen, aber ich hoffe, dass es meinen Texten nicht fehlt.

Biographische Notiz

Egon Erwin Kisch wurde am 29. April 1885 als Sohn eines Tuchhändlers in Prag geboren. Er absolvierte die deutsche Realschule und nahm an der Technischen Hochschule Prag ein Studium auf. Erste journalistische Erfahrungen machte er 1905 als Volontär am »Prager Tageblatt«, danach besuchte er eine Journalistenschule in Berlin. Von 1906 bis 1913 arbeitete er als Lokalreporter für die erste deutschsprachige Prager Tageszeitung »Bohemia«. Die zahlreichen Feuilletons, Geschichten und Reportagen, die in dieser Zeit entstanden, erschienen später in Buchform: »Aus Prager Gassen und Nächten« (1908) und »Prager Kinder« (1913). Am Ersten Weltkrieg nahm Kisch als Soldat der k.u.k. Armee teil, 1917 war er Offizier im Wiener Kriegspressequartier. Er wurde Mitglied des Arbeiterrates und 1918 erster Kommandant der Roten Garden in Wien. 1921 siedelte er nach Berlin über. Große Reportagereisen führten ihn in die Sowjetunion, nach Amerika, China und Australien. 1925 erschien »Der rasende Reporter«, eine Sammlung von Reportagen, die Kischs legendären Ruhm begründete. Nach dem Reichtagsbrand verschleppte man ihn in die Festung Spandau, von wo er bald nach Prag abgeschoben wurde. Stationen seines späteren Exils waren Paris, Spanien, nach Kriegsbeginn die USA, seit Ende 1940 Mexiko, wo sein Erinnerungsbuch »Marktplatz der Sensationen« entstand. Im Frühjahr 1946 kehrte Egon Erwin Kisch nach Prag zurück, wo er am 31. März 1948 starb.

Textnachweis

Egon Erwin Kisch, *Gesammelte Werke in Einzelausgaben.* Herausgegeben von Bodo Uhse und Gisela Kisch. Fortgeführt von Fritz Hofmann und Josef Polácek. Berlin 1960–1993.

Schreib das auf, Kisch! (Band 1): Der Bleistift zitterte; Dolni Brodac, 10. September 1914; Freitag, den 13. November 1914; Montag, den 22. März 1915

Aus Prager Gassen und Nächten (Band 2): Café Kandelaber; Karl May in Prag; In der Wärmestube

Prager Kinder (Band 2): Invalidenhaus

Prager Pitaval (Band 3): Wie der Türke auf der Karlsbrücke um seinen Säbel kam; Im letzten Kerker des Magisters

Zaren, Popen, Bolschewiken (Band 4): Henker in Haft, Opfer befreit; Der Newskij-Prospekt; Seltsames Gehaben eines türkischen Bademeisters

Asien gründlich verändert (Band 4): Zweifarbendruck von Taschkent

China geheim (Band 4): Die Hinrichtung; »Rikscha!« – »Rikscha!«; Es gilt, einen Verbrecher zu bestatten

Paradies Amerika (Band 5): Individualität, erzeugt am laufenden Band; Vierzehn Dinge in Sing Sing

Der rasende Reporter (Band 6): Ein Spaziergang auf dem Meeresboden; Elf Totenköpfe auf dem Katheder; Die Hochschule für Taschenspieler; Unter den Obdachlosen von Whitechapel; Bei den Heizern des Riesendampfers

Hetzjagd durch die Zeit (Band 6): Lenins möbliertes Zimmer; Der Naturschutzpark der Geistigkeit

Wagnisse in aller Welt (Band 6): Justiz gegen Eingeborene

Nachlese (Band 7): Der erste Schub; Rettungsgürtel an einer kleinen Brücke

Marktplatz der Sensationen (Band 8): Ausgangsstation; »Auswärtige« Berichterstattung; Die Mutter des Mörders; Ein Mädchen, das des Mörders harrt; Kriminalfall wie keiner

Entdeckungen in Mexiko (Band 8): Liebe und Lepra

Mein Leben für die Zeitung 1906–1925 (Band 9): Die Börse der Nachrichten; Im Elternhaus der Reclam-Bändchen

Mein Leben für die Zeitung 1926–1947 (Band 10): Mord, Mord und wiederum Mord, zehn Jahre lang; Das giftige Königreich am Rhein

Läuse auf dem Markt (Band 11): Von Škubánken